DIANA

Das Buch

Berlin im Sommer 1914: Die begabte junge Engländerin Christine ist für ein Jahr zur Ausbildung bei einem berühmten Geigenvirtuosen. In Briefen berichtet sie ihrer Mutter von ihren beruflichen Fortschritten, den privaten Freuden und Kümmernissen, aber auch von ihrer Begegnung mit den Deutschen. Häufig begegnen Christine Mißtrauen, Arroganz und Vorurteile, sie spürt wenig vom Geist eines Bach, Mozart oder Beethoven. Die Begeisterung für den Krieg verändert die Stadt und ihre Bewohner. Die bedrückende Atmosphäre bleibt der jungen Engländerin in Erinnerung.

Die Autorin

Elizabeth von Arnim wurde als Mary Annette Beauchamp 1866 in Sydney geboren und wuchs in England auf. 1890 heiratete sie den preußischen Adligen Graf Henning August von Arnim-Schlagenthin. Nachdem 1898 ihr erster Roman *Elizabeth und ihr Garten* anonym erschienen war, wurde Elizabeth von Arnim schnell zur Bestsellerautorin. Bei Ausbruch des Ersten Weltkrieges ging sie zurück nach England und heiratete dort nach dem Tod ihres ersten Ehemannes den Earl Francis Russell, den Bruder von Bertrand Russell. Nur ein Jahr nach der Hochzeit verließ sie ihren zweiten Ehemann und ging in die USA, wo sie 1941 in South Carolina verstarb.

Im Diana Taschenbuch erscheinen auch: *Verzauberter April* (62/173), *Elizabeth und ihr Garten* (62/178), *Priscilla auf Reisen* (62/221), *Der Garten der Kindheit* (62/254), *Die Reisegesellschaft* (62/290), *Vera* (62/356).

Elizabeth von Arnim
Christine

Roman

Aus dem Englischen
von Angelika Beck

DIANA VERLAG
München Zürich

Diana Taschenbuch Nr. 62/0374

Titel der Originalausgabe
»Christine«
Erstveröffentlichung 1917
unter dem Pseudonym Alice Cholmondeley
bei Macmillan & Co., London

Taschenbuchausgabe 02/2004

Der Diana Verlag ist ein Verlag der
Ullstein Heyne List GmbH & Co. KG
Printed in Germany 2004

Umschlagillustration: René und Barbara Stoeltie und
Getty Images/Howard Kingsnorth
Umschlaggestaltung: Hauptmann und Kampa
Werbeagentur, München – Zürich
Satz: Schaber Satz- und Datentechnik, Wels
Druck und Bindung: GGP Media, Pößneck
Gedruckt auf chlor- und säurefreiem Papier

ISBN: 3-453-87369-6

http://www.heyne.de

Meine Tochter Christine, die mir diese Briefe schrieb, starb am Morgen des 8. August 1914 in einem Stuttgarter Krankenhaus an offener doppelseitiger Lungenentzündung. Fast drei Jahre lang habe ich diese Briefe für mich behalten, weil sie durch die Liebe, die in sie eingegangen ist, zu etwas Heiligem wurden in einer Zeit, da jeder von uns alles, was er an Gutem besaß, wie einen Schatz hütete; aber auch, weil sie mir, die ich die Deutschen nicht kannte und die, wie die meisten Leute in England, lange Zeit keine Bitterkeit gegenüber ihnen hegte und ihre Fehler bereitwillig erklärte und entschuldigte, in ihren Urteilen zu überzogen und pauschal erschienen. Jetzt, nachdem einige Jahre vergangen sind, in denen sich von seiten Deutschlands Handlungen häuften, für die es nur eine Erklärung und kaum eine Entschuldigung gibt, meine ich, daß diese Briefe, die ein Stimmungsbild von der deutschen Öffentlichkeit unmittelbar vor dem Kriege geben und von einer Person geschrieben wurden, die voller Begeisterung und mit einer durch und durch positiven Einstellung nach Berlin fuhr, einen wertvollen Beitrag leisten können, einen kleinen Teilbereich in dem großen Mosaik von Deutschland zusammenzufügen, das wir uns in Zukunft klar und ungeschminkt vor Augen halten müssen, wenn die Welt gerettet werden soll.

Ich veröffentliche die Briefe in der Reihenfolge, in der ich sie erhielt, und lasse nichts dabei aus. Heutzutage gehören wir keinen kleinen Zirkeln mehr an, keinen Grüppchen mit begrenzter Mitgliederzahl. Unsere

Geheimnisse und privaten Schätze sind uns entrissen worden. Wir sind eine große Familie. Wir teilen unser Leid; und alles, was es an Liebe und Glück gibt, selbst die winzigste Äußerung solcher Empfindungen, sollten wir ebenfalls teilen. Aus diesem Grunde lasse ich in den Briefen nichts weg.

Der Krieg tötete Christine, genauso unerbittlich, als ob sie ein Soldat in den Schützengräben gewesen wäre. Ich will gar nicht von ihrem großen Talent reden, das außergewöhnlich war. Auch das ist der Welt verlorengegangen, zerschlagen und vergeudet vom Krieg.

Ich habe sie nicht mehr wiedergesehen. In einem Telegramm teilte man mir mit, daß sie tot sei. Ich versuchte, nach Stuttgart zu fahren, wurde aber an der Grenze zurückgewiesen. Die letzten beiden Briefe, der aus Halle und jener aus Würzburg, erreichten mich erst, nachdem ich bereits die Nachricht von ihrem Tod erhalten hatte.

London, im Mai 1917 Alice Cholmondeley

Anmerkung des Verlegers: Der Verleger hielt es für besser, einige Namen auf den folgenden Seiten zu ändern.

■ ■ ■

Lützowstraße 49, Berlin
Donnerstag, 28. Mai 1914

Mein liebstes Mütterlein, hier bin ich außer Gefahr, und bevor ich meine Koffer auspacke oder sonst etwas unternehme, sende ich Dir schnell einen lieben Gruß. Am Bahnhof habe ich ein Telegramm aufgegeben, damit Du weißt, daß mich unterwegs niemand gefressen hat, wie Du zu fürchten schienst. Es ist herrlich, hier zu sein, ganz allein, als wäre ich ein junger Mann, der den ersten Schritt ins Berufsleben tut. Mir ist ganz feierlich zumute, es ist ein so großes neues Abenteuer. Kloster kann mich erst am Sonnabend empfangen, aber sobald ich ein Bad genommen und ein wenig aufgeräumt habe, hole ich meine Geige heraus und sehe, ob ich zwischen London und Berlin das Spielen verlernt habe. Wenn ich nur sicher sein könnte, daß Du Dir nicht allzusehr verlassen vorkommst! Liebe Mutter, es wird ja nur ein Jahr dauern oder sogar noch weniger, wenn ich furchtbar hart arbeite und wirklich Fortschritte mache, und ist es dann erst einmal vorbei, bedeutet ein Jahr doch gar nichts. Oh, ich weiß, Du wirst mir im nächsten Brief schreiben, daß es Dir überhaupt nichts ausmacht, ja, sogar gefällt, aber Deine Chris hat schließlich nicht umsonst ihr ganzes Leben bei Dir verbracht; sie kennt Dich mittlerweile recht gut; zumindest so viel von Deinem geheiligten Selbst, wie Du ihr zeigen magst. Natürlich weiß ich, daß Du tapfer sein wirst und all das, aber man kann sehr unglücklich sein, während man tapfer ist, und nebenbei bemerkt, ist man nur dann tapfer, wenn man leidet. Das Schlimmste daran ist, daß wir so arm sind, sonst hättest Du mit mir kommen können, und wir hätten ein Haus gemietet und uns für mein Lehrjahr häuslich eingerichtet. Nun ja, wir werden nicht ewig arm bleiben. Ich werde Dir Sohn und Mann und alles sein, was liebt und treu ist, und ich werde unseren Lebensunterhalt verdienen und immer für Dich sorgen. Bisher hast Du für mich gesorgt, jetzt bin ich an der Reihe. Glaubst Du etwa, ich sei umsonst ein solches Riesenweib von zweiundzwanzig Jahren und einem Meter fünfundsiebzig mit dieser glücklichen Begabung zum Geigespielen? Nur gut, daß es jetzt Sommer ist, oder bald sein wird, und Du in Deinem Garten vor Dich hin werkeln kannst, weiß ich doch, daß Du Dich dort am wohlsten fühlst; und bis zum Winter wirst Du Dich daran gewöhnt haben, daß ich nicht bei Dir bin. Außerdem können wir uns dann ja auf den Frühling freuen: Im Frühling bin ich mit meiner Ausbildung fertig und komme heim. Dann fange ich an, Konzerte zu geben und Geld zu verdienen. Wir werden das kleine Haus haben, von dem wir in London immer träumten, dazu noch unser Cottage, und wir werden fortan glücklich sein. Eigentlich hat das Schicksal es doch schön gefügt, daß wir auf dieser Welt außer uns beiden niemanden haben, weil so jeder von uns die ganze Liebe des anderen bekommt. Sonst würde sie sich auf ein Dutzend Ehemänner und Brüder und andere Leute verteilen. Aber ich wünschte mir doch, daß der liebe Dad noch am Leben und bei Dir wäre.

Diese Pension ist die Dachgeschoßwohnung eines vierstöckigen Hauses, und es gibt keinen Aufzug, so daß ich völlig außer Atem oben ankam, zumal ich nach meiner im Sitzen verbrachten Nacht im Zugabteil ganz zerschlagen und kaputt war. Nachdem ich geläutet hatte, kam Frau Berg persönlich zur Tür und öffnete, und als sie mich da stehen sah, warf sie zwei riesige Hände in die Höh' und rief aus: *»Herr Gott!«*

»Nicht wahr?« pflichtete ich ihr bei, denn mir war klar, daß ich fürchterlich aussah.

Und während ich so dastand und meinen Geigenkasten, den Schirm und eine Papiertüte mit Ingwerbiskuits festhielt, die mir die stillen Stunden der Nacht etwas versüßt hatten, sagte Frau Berg, sie habe nicht gewußt, wann genau mit mir zu rechnen sei, weshalb sie beschlossen hätte, mich überhaupt nicht zu erwarten, denn sie habe die Beobachtung gemacht, daß Dinge, mit denen man nicht rechnet, zu einem kommen, und die Dinge, die man erwartet, nicht eintreten; zudem sei sie eine fleißige Frau, und fleißige Frauen vertun ihre Zeit nicht mit Warten; und dann sagte sie: »Kommen Sie herein.«

»Seien Sie willkommen, mein Fräulein«, fuhr sie, als ich die Türschwelle überschritten hatte, mit einer etwas rauhen Herzlichkeit fort und streckte mir dabei ihre beiden Hände zum unübersehbaren Gruß entgegen; und da ich selbst keine Hand frei hatte, ergriff sie das, was sie zu fassen kriegte, und das war die Tüte mit den Biskuits, und die riß entzwei.

»Herr Gott!« rief Frau Berg aufs neue, als sie über den Parkettboden des Flurs kullerten, *»Herr Gott, die schönen Kakes* (sic)*!«* Und sie bückte sich nach ihnen; also legte ich meine Siebensachen auf einen Stuhl und bückte mich ebenfalls danach, und ob Du's glaubst oder nicht, die Biskuits kamen aus den Ecken eindeutig sauberer heraus, als sie zuvor waren. Denn nicht die Biskuits reinigten den Fußboden, wie es in London der Fall gewesen wäre, sondern der Fußboden die Biskuits; was die Sauberkeit dieser Unterkunft angeht, kannst Du somit unbesorgt sein.

Gut, daß ich in meiner Jugend Deutsch gelernt habe, denn auch wenn es jetzt so eingerostet ist, daß ich nur Dinge wie ›*Nicht wahr*‹ sagen kann, verstehe ich doch alles, und bin sicher, daß ich mindestens eine Woche lang recht gut mit den paar Brocken zurechtkommen werde, die mir irgendwie im Gedächtnis kleben. Eingefallen ist mir wieder:

Nicht wahr.
Wundervoll.
Natürlich.
Herrlich.
Ich gratuliere, und
Doch.

Bis auf *doch* haftet keiner dieser Wendungen auch nur der leiseste Anhauch von Streitlust oder Schärfe oder sonst ein Beigeschmack an, mit dem sich eine Fremde bei den Einheimischen unbeliebt machen könnte.

Mein Schlafzimmer wirkt sehr reinlich, ist geräumig und behaglich, und ich werde bestimmt sehr gut darin arbeiten können. Ich kann Dir gar nicht schildern, wie aufregend es für mich ist, endlich hier zu sein und bei dem großen Kloster zu studieren! Du liebe, gute Mutter, die Du Dich so sehr einschränkst, Dir alles vom Munde absparst, um mir diese Chance zu ermöglichen! Wie werde ich arbeiten, und arbeiten, und noch mal arbeiten! Und in einem Jahr – nein, nicht ein Jahr, sagen wir lieber: in ein paar Monaten – werde ich für immer zu Dir zurückkommen und meine Gaben mitbringen. Oh, ich hoffe, es *wird* Gaben geben – große, schöne Gaben, die ich Dir zu Füßen legen kann! Ich will jetzt runterlaufen und diesen Brief einwerfen. Ein paar Meter weiter auf der Straße habe ich einen Briefkasten entdeckt. Und danach nehme ich ein Bad und lege mich ein paar Stunden ins Bett, denke ich. Es ist ja erst neun Uhr morgens, so daß ich heute noch viele Stunden vor mir habe und am Nachmittag üben und Dir am Abend noch einmal schreiben kann. Adieu also für ein paar Stunden, liebste Mutter.

Deine glückliche Chris

■ *28. Mai, abends*

Hier ist es sehr komisch, aber recht behaglich. Um meine Bequemlichkeit brauchst Du Dir keine Gedanken zu machen, liebe Mama. Es gibt eine Menge zu essen, und wenn ich auch nicht ›in der Wolle‹ sitze, so doch zweifelsohne in Federn – Du solltest das riesige dunkelrote Satinplumeau auf meinem Bett sehen! Da Du ja selbst in Deutschland warst, um den armen Dad in all jenen *Kurorten* wieder auf die Beine zu bekommen, kannst Du Dir gewiß vorstellen, wie sonderbar mein Schlafzimmer aussieht, nämlich wie ein ehrwürdiges, düsteres Wohnzimmer, in das jemand aus einem plötzlichen Einfall heraus ein Bett gestellt hat. Es ist ein hohes Zimmer: hoch, was die Decke betrifft, die in den Ecken mit blauen Wolken und rosa Engeln – unverkennbar deutschen – bemalt ist, hoch sind auch die Türen, deren es drei gibt, und die beiden Fenster. Die Fenster haben lange dunkle Vorhänge aus Rips oder irgendeinem Wollstoff und lange kaffeebraune Tüllvorhänge; in der einen Ecke steht ein großer grüner Kachelofen; die Tapete ist dunkelbraun mit goldfarbenem Blumenmuster, und von einer farbigen Stuckrosette in der Deckenmitte hängt ein kunstvoll gedrechselter und vergoldeter Kronleuchter herab, der aber kein Licht gibt – Wanda, das Mädchen für alles, bringt mir eine Petroleumlampe mit einem grünen Glasschirm, wenn es dämmerig wird. Ich habe ein sehr kurzes Bett mit einer dunkelroten Satindecke, in die rundherum mein Bettlaken eingeknöpft ist, und einem Kopfkissen, das sich durch einen Keil unter der Matratze so hoch auftürmt, daß ich in fast sitzender Stellung schlafen werde, und dann als krönenden Abschluß das Plumeau, das dafür sorgen wird, daß ich nicht abhebe, wenn ich einen Alptraum habe. In einer Ecke steht ein klitzekleiner Waschtisch, bei dem man noch mehr als bei dem Bett das Gefühl hat, er sei erst nachträglich reingestellt worden, und an die Wand dahinter ist über einen Teil der Tapete, die ich womöglich am Sonntagmorgen bespritzen könnte, wenn ich mich richtig waschen sollte, ein Streifen graues Leinen geheftet mit dem in blauer Wolle darauf gestickten Spruch:

Eigener Herd
Ist Goldes Werth

Wenn man die Zeilen im richtigen Geiste liest, reimen sie sich, sonst nicht. Ich liebe das Sentimentale, Du nicht auch? Und augenblicklich besonders, in einem fremden Land und in einem Zimmer wie diesem. Deswegen bin ich ja auch hier und dafür will ich arbeiten: für einen *eigenen Herd,* an dem Du und ich uns gegenübersitzen und uns unsere glücklichen Zehen an unserem eigenen Ofengitter wärmen können. Ach, es wird herrlich sein, wenn wir wieder zusammen in unseren eigenen vier Wänden sind! Wo wir uns einschließen, die Welt aussperren und einfach sagen können: »Na, bitte!«

Über dem Spruch vom eigenen Herd hängt an einem Nagel ein Spiegel, so hoch, daß ich nur meine Augenbrauen darin sehen könnte, wenn er nicht in mir ein passendes Pendant gefunden hätte. Aber so, wie ich beschaffen bin, sehe ich mich bis zum Kinn darin. Was darunter vorgeht, werde ich nie wissen, solange ich in der Lützowstraße wohne. Draußen, sehr tief unten, denn das Haus hat durchgängig hohe Räume und ich wohne im obersten Stockwerk, fahren nahezu unentwegt bimmelnde Trambahnen durch die Straßen. Sie klingen viel aggressiver als die Trambahnen, die ich bisher gehört habe, oder es liegt daran, daß meine Ohren noch so müde von heute nacht sind. Es gibt zwar Doppelfenster, die den Lärm aussperren werden, während ich übe – und ihn auch einsperren. Ich möchte täglich acht Stunden üben, wenn Kloster es zuläßt – zwölf, wenn es sein muß, deshalb habe ich beschlossen, Dir nur sonntags zu schreiben; denn wenn ich mir nicht eine solch strenge Regel auferlege, werde ich Dir jeden Tag schreiben, und was würde dann aus den acht Stunden? Ich will morgen damit anfangen und mich so gut wie möglich auf den großen Mann am Samstag vorbereiten. Obwohl ich weiß, daß ich irgendwie von irgendwoher so etwas wie Talent zum Geigespielen mitbekommen habe, bin ich fürchterlich nervös und voller Angst – es hängt schließlich viel davon ab. Weiß der Himmel, woher *dieses* Stückchen Glück kommt, da Du ja bisher kein besonderes Talent für irgendein Instrument entwickelt hast, aber immerhin bist Du die perfekte Zuhörerin, oder nicht? Und der arme Dad zog es immer entschieden vor, in einem Zimmer zu sein, wo keine Musik zu hören war. Weißt Du noch, wie er zu sagen pflegte, er könne sich nicht vorstellen, aus welchem Ende der Geige die Geräusche kämen, und er wünschte, es kämen überhaupt keine heraus, egal ob aus dem vorderen oder dem hinteren? Aber welch eine Gnade, welch echte Gnade und Lösung unserer

Schwierigkeiten, daß ich diese eine Gabe mitbekommen habe, damit ich vielleicht wirklich etwas Gutes daraus machen kann. Und dafür danke ich Gott auf den Knien.

Es gibt hier noch vier weitere Pensionsgäste, drei deutsche, zwei Frauen und ein Mann, sowie eine Schwedin; und fünf Leute von außerhalb kommen täglich zum Mittagessen, allesamt Deutsche, vier davon Männer. Sie haben für ihre Mahlzeiten sogenannte *Abonnementskarten,* die einen Monat gelten. Frau Berg führt einen offenen Mittagstisch – das steht auf einer Tafel am Geländer zur Straße – und berechnet eine Mark und 25 Pfennige für eine Mahlzeit, wenn man für einen Monat bucht, und eine Mark fünfzig, wenn man sie einzeln bezahlt. Also nimmt jeder für einen ganzen Monat. Ich glaube, das wird ein ziemlicher Spaß. Heute wurde ich feierlich bei den Tischgenossen eingeführt, zuerst stellte mich Frau Berg allen zusammen vor als *unser junger englischer Gast, Mees* – nein, ich kriege nicht zu Papier, was sie aus Cholmondeley machte, aber irgendwann werde ich es Dir buchstabieren; und es ist ja auch wirklich hart für sie, daß ihr einziger englischer Gast, der doch ohne weiteres Evans oder Dobbs oder so ähnlich hätte heißen können, einen Namen trägt, der ellenlang aussieht, aber ausgesprochen wird, als sei er ganz kurz – und dann wurde mir jeder einzelne namentlich vorgestellt. Alle verbeugten sich formvollendet und steif. Ein paar von ihnen sind Studenten, wie ich aus ihren Reden entnahm, einige sind hier, glaube ich, weil sie kein Zuhause haben – Strandgut des Lebens; einige sind Angestellte, die von ihren Büros in der Nähe zum Essen kommen; und der Älteste, der auch die meiste Ehrerbietung genießt, ist ein Doktor Sowieso. Vermutlich verschlug es ihnen die

Sprache, weil ich Ausländerin bin, denn sie waren sehr schweigsam und förmlich, aber sie werden sich wohl recht schnell an mich gewöhnen. Hast Du mich nicht einmal getadelt, weil sich jedermann viel zu schnell an mich gewöhne? Da ich der Neuankömmling bin, ist mein Platz am Ende des Tisches im Dunkeln neben der Tür. Als ich meine Blicke die Tafel entlang ins Licht wandern ließ, war ich beeindruckt, mit welcher Konzentration und Ernsthaftigkeit, mit welcher Sorgfalt und welchem Geschick sich die in zwei Reihen sitzenden Gäste mit der Bratensauce und ähnlich flüchtigem, beweglichem Zeug, das man nicht ohne Kampf zu fassen kriegt, zu schaffen machten. Na, wenn es mir gelingt, mich auch nur halb so geschickt und geduldig auf meine Geigerei zu verlegen, werde ich in sechs Monaten wieder zu Hause sein!

Ich bin ganz schläfrig, ich muß aufhören und zu Bett gehen. Heute vormittag habe ich tatsächlich etwas geschlafen, ein oder zwei Stunden; für einen längeren Schlaf war ich viel zu aufgewühlt, glaube ich, von meiner Ankunft hier. Jetzt fallen mir die Augen zu, obwohl ich gar nicht aufhören mag, denn ich werde Dir erst am Sonntag wieder schreiben, und bis dahin sind es noch zwei volle Tage, und Du weißt ja, allerliebste Mutter, nur wenn ich mich mit Dir brieflich unterhalten kann, fühle ich mich Dir nahe. Aber es fallen mir jetzt die Augen zu, deshalb gute Nacht und Lebwohl bis Sonntag, mein Schatz. Von Herzen alles Liebe

Deine Chris

Um acht Uhr essen wir zu Abend; heute gab es kalte Heringe mit Bratkartoffeln und Tee. Glaubst Du wirklich, daß ich nach einem solchen Abendessen von jemandem wie Dir träumen kann?

Sonntag, den 31. Mai 1914

Liebste Mutter, mindestens sechsmal täglich verging ich fast danach, Dir zu schreiben, seit ich vorgestern meinen Brief an Dich einwarf, aber Regeln sind schließlich Regeln, besonders, wenn man sie selbst aufstellt, weil dann ja die armen kleinen Dinger so furchtbar hilflos sind und beschützt werden müssen. Ich hätte nicht mehr in den Spiegel schauen können, wenn ich meine selbst auferlegte Regel gebrochen hätte, aber ich habe die ganze Zeit an Dich gedacht und Dich lieb gehabt – oh, so sehr!

Also, ich bin *sehr* glücklich. Das will ich Dir gleich als erstes schreiben, damit Du beruhigt bist. Ich habe Kloster besucht und ihm vorgespielt, und er war furchtbar nett und hat mir Mut gemacht. Er sagte fast das gleiche wie Ysaye damals in London und wie Joachim, als ich klein war und ihm mein erstes Stück vorspielte, als ich auf dem Eßzimmertisch in Eccleston Square stand und beim Spielen ganz fasziniert auf sein Barthaar starrte, weil ich ja noch nie zuvor einen Bart so aus der Nähe gesehen hatte. Also schwebe ich seitdem wie auf Wolken und trage den Kopf ganz schön hoch, wer würde das wohl nicht? Kloster ist klein, rundlich, rotgesichtig und kahlköpfig, der kahlköpfigste Mann, den ich je sah; völlig kahl, beinahe ohne Augenbrauen und dazu noch sauber rasiert. Er ist das ulkigste Männchen, bis man ihm eine Geige gibt, aber dann –! Ein Jahr bei ihm müßte wahre Wunder bei mir wirken. Das sagte er auch; und als ich zu Ende gespielt hatte – es war die g-moll-Sonate von Bach, Du weißt schon, diejenige, die mit der Fuge beginnt:

– schüttelte er mir feierlich die Hand und sagte – was glaubst Du wohl, sagte er? – »Mein Fräulein, als Sie hereinkamen, dachte ich bei mir: Schau an, noch so eine sauber gewaschene, gutaussehende, einfältige, reiche, nichtssagende englische Mees, die meine Zeit und ihr Geld mit Stunden vertun wird. Jetzt stelle ich fest, daß ich es mit einer Künstlerin zu tun habe. Mein Fräulein, *ich gratuliere.*« Und er verneigte sich feierlich vor mir, was ungeheuer ulkig wirkte. Ich meinte, vor Stolz vergehen zu müssen.

Ich weiß nicht, warum er mich für reich hielt, wenn man bedenkt, wie alt meine Klamotten sind und insbesondere meine blaue Strickjacke, die ich angezogen hatte, weil ich darin so bequem spielen kann; abgesehen davon, daß die Leute hier, wie ich inzwischen bemerkt habe, anscheinend überzeugt sind, daß jeder Engländer reich *ist* – jedenfalls mehr Geld hat, als ihm guttut. Deshalb schilderte ich ihm also unsere bedauernswerte finanzielle Lage und sagte, wenn er einmal einen Blick auf meine Strickjacke werfen wolle, würde er daraus ohne weitere Worte ersehen können, wie nötig es sei, daß ich etwas Geld verdiene. Und ich erzählte ihm, daß ich eine Mutter hätte, die eine ebensolche, wenn auch schwarze Strickjacke trage, weshalb ihr jemand vor Einbruch des Winters eine neue schenken müsse, und es außer mir niemanden gebe, der das täte.

Abermals verneigte er sich leicht vor mir – (er spricht Englisch, weshalb ich ihm eine Menge erzählen konnte) – und sagte: »Mein Fräulein, Sie brauchen sich keine Sorgen zu machen. Ihre Frau Mama wird ihre Strickjacke bekommen. Ihre Finger sind voll von dem, was sich sofort in Gold verwandelt.«

So weit, so gut! Wie findest Du das? Er sagt, ich müsse mich an die Arbeit machen und wie ein Sklave schuften und, so drückte er sich aus, mit einer *sozusagen verteufelten Unermüdlichkeit* üben, und wenn ich das, was er mein ungewöhnliches Talent nennt, richtig entwickele (ich berichte Dir alles wortgetreu, und Du weißt, liebste Mutter, es ist nicht alberne Eitelkeit, die mich diese Worte wiederholen läßt – Eitelkeit habe ich hinter mir; ich bin nur einfach fassungslos vor Dankbarkeit, daß ich zufälligerweise Geige spielen kann) –, dann werde ich am Ende des Jahres, erklärt er, in ganz Europa spielen und so viel Geld verdienen, daß wir beide nie mehr einen Gedanken an Geld verschwenden müssen; was ein höchst erstrebenswerter Zustand sein wird.

Du kannst Dir vorstellen, in welcher Stimmung ich seine Treppe hinunterging und die Potsdamerstraße entlang nach Hause lief. Mir war, als könnte ich nun jedermann die Stirn bieten. Vielleicht kommt Dir diese Äußerung etwas merkwürdig vor, aber nachdem ich Dir nun solche glorreichen Neuigkeiten berichtet und erzählt habe, wie glücklich ich bin, will ich Dir nicht verhehlen, daß ich mich bei Frau Berg ein bißchen verloren fühle. Einsam. Ausgegrenzt. Ich habe den düsteren Verdacht, daß sie mich dort nicht leiden können.

Kloster hatte mich nämlich erst gestern empfangen können, das heißt am Sonnabend und zwar am Nachmittag, so daß ich den ganzen Freitag und den größten Teil des Sonnabends nichts mit mir anzufangen wußte, abgesehen vom Üben, und obwohl ich mit dem festen Willen hierhergekommen bin, jedermann reizend und nett zu finden, ist mir nach und nach klar geworden, daß mich Frau Berg und die anderen Untermieter und *Mittagsgäste* nicht besonders mögen, obwohl ich erst meinte, mir das nur einzubilden. Nun, ich hätte dies wohl bedrückt und resigniert als die natürliche Folge meines unsympathischen Wesens akzeptiert und mich durch immer neue

Anstrengungen um ihre Sympathie bemüht – wäre es nicht schlimm gewesen, mit ansehen zu müssen, wie ich mich immer mehr verbiege, in dem Bemühen, nett zu sein? –, aber die Leute auf der Straße können mich anscheinend auch nicht leiden. Sie sind nicht freundlich. Ja, sie sind sogar unhöflich. Und die Leute auf der Straße können ja eigentlich nichts gegen mich persönlich haben, weil sie mich gar nicht kennen. Deshalb kann ich mir nicht vorstellen, warum sie so gemein sind.

Wenn man auf der Straße ist, würde man natürlich am liebsten unsichtbar sein, überhaupt nicht bemerkt werden. Das wäre am besten. Und am zweitbesten ist, zuvorkommend behandelt zu werden, mit der geduldigen Höflichkeit der Londoner Polizisten oder eines x-beliebigen Passanten, den man in England, Italien oder Frankreich nach dem Weg fragt. Der Berliner murmelt im Vorübergehen das Wort *Engländerin*, so, als wäre es ein Fluch, oder flüstert oder besser gesagt: zischt einem *Ros bif* ins Ohr – das lieben sie anscheinend und halten die Bemerkung für ebenso vernichtend wie witzig –, und die Frauen mustern einen von oben bis unten und auch sie zischen sich zu: *Engländerin*.

Du hast mir nie erzählt, daß Deutsche unhöflich sind; oder sind sie es nur in Berlin? Nach meinem ersten Erkundungsgang durch den Tiergarten und die Straße Unter den Linden zu den Museen hinunter, den ich zwischen zwei Übungsabschnitten einlegte, riskierte ich lieber, mich zu verlaufen, als jemanden nach dem Weg zu fragen. Und was die Polizisten betrifft, an die ich mich bisher immer ganz selbstverständlich gewandt hatte, wenn ich Hilfe brauchte, da ich, seit ich denken kann, stets bei Polizisten Rat und Hilfe suche, so gaben mir die hiesigen ganz einfach keine Antwort. Sie standen bloß herum und schauten leicht amüsiert drein. Und dabei verstanden sie natürlich, denn ich hatte mir meine Frage schon vorher zurechtgelegt. Ich hätte ihnen furchtbar gern eine geklebt – ich, die sonst überhaupt nicht darauf erpicht ist, Leuten eine herunterzuhauen, ich, der Du so oft vorgeworfen hast, zu freundlich zu den Leuten zu sein. Aber selbst das sanftmütigste Lamm, ein Lamm, das von Milch und Honig trieft, würde sich in einen Löwen verwandeln, wenn seine höflichen Anfragen auf solch mutwillige Grobheit stießen. Ich war mir auf so empörende Weise sicher, daß alle diese Leute, ohne Ausnahme, Polizisten oder Untertanen, dieselbe Frage mit ausgesuchtester Höflichkeit beantwortet hätten, wenn ich ein Offizier oder in Begleitung eines solchen gewesen wäre. Sie kriechen zu Kreuze, wenn ein Offizier daherkommt; und eine Frau, die sich in Begleitung eines Offiziers befindet, könnte ihnen ohne weiteres auf die Füße treten, wenn sie wollte. Unhöflich waren sie bloß, weil ich allein und eine Frau war. Selbst wenn ich mit Engelszungen geredet hätte, wie der heilige Paulus sagt – und was ich, wenn man darunter wohlklingende Worte versteht, ja eigentlich auch tat –, hätte es mir nichts genützt.

Als mir unterwegs eine so merkwürdige und unverhüllte Abneigung entgegenschlug und ich wußte, daß mir nichts anderes übrigblieb, als in die unfreundliche Atmosphäre bei Frau Berg zurückzukehren, fühlte ich mich schon ein wenig verloren. Nun kann ich es Dir ja gestehen, weil ich inzwischen viel Erfreuliches erlebt habe. Es macht mir nichts mehr aus. Jetzt stehe ich über den Dingen und bin selig. Ich darf mich wirklich nicht beklagen, hat mich doch Fortuna großzügiger bedacht, als einem gewöhnlichen Sterblichen zusteht. Und mit Klosters Lob im Herzen bin ich der üblichen Mühsal und Plage enthoben, aus denen das Leben für die meisten Frauen besteht, die ihm ein Auskommen abringen müssen, ohne über besondere Gaben zu verfügen. Daß ich dieses Talent besitze, ist ein solch einmaliger Glücksfall. Wie werde ich arbeiten! Ein Tempel des Glücks soll dieses komische, düstere Schlafzimmer werden! Ich spiele ihm so lange Bach vor, bis es seine Häßlichkeit verliert.

Ich weiß nicht, warum mir als erstes immer Bach einfällt, wenn ich etwas über Musik schreibe. Beim Gedanken an Musik kommt er mir ebenso automatisch in den Sinn wie Wordsworth, wenn ich an Poesie denke. Ich weiß, daß keiner von beiden der Größte auf seinem Gebiet ist, obgleich Bach den Größten ebenbürtig ist, aber Wordsworth und Bach liebe ich mehr als alle anderen. Welch eine Welt, liebe Mama! Sie ist voller Schönheit. Und dann ist da die harte Arbeit, die allem erst die richtige Würze gibt. Harte Arbeit muß sein; das habe ich erkannt. Ich finde, die Welt ist großartig so – voll der Herrlichkeit, die in der Vergangenheit geschaffen wurde und die uns Ansporn ist, noch größere Leistungen zu vollbringen. Man muß nur die Bereiche der Gegenwart ausblenden, die man nicht mag, um dies deutlich zu erkennen und das Glück zu empfinden, das darin liegt. Ich schließe mich in dieses Schlafzimmer ein, dieses häßliche, schäbige Schlafzimmer mit seinem albernen klobigen Schnickschnack, und nehme meine Geige heraus, und sogleich wird es licht und hell, alles ist erfüllt von Tönen – durchbebt von den strahlenden Klängen der schönen, anmutigen Weisen, die große Männer vor langer Zeit in sich gespürt und geschaffen haben. Wen kümmert es da noch, daß Frau Bergs Pensionsgäste nicht mit einem sprechen und die Berliner Straßen und Polizisten unfreundlich sind? Tatsächlich vergesse ich dabei die große Entfernung und die vielen Stunden, die mich von Dir trennen, die endlos langen Meilen und Stunden, die zwischen mir hier und Dir dort liegen, und bin glücklich, ach, so glücklich – so glücklich, daß ich vor Freude weinen könnte. Und das würde ich wohl auch, wenn mein Geigenspiel darunter litte.

Eben kommt Wanda, um mir mitzuteilen, daß das Essen bereitsteht. Sie klappert einfach mit der Suppenterrine gegen meine Tür, wenn sie sie den Gang zum Speisezimmer hinunterträgt, und dabei ruft sie kurz: *»Essen.«*

Ich will den Brief heute nacht beenden.

■ *Schlafengehenszeit*

Ich möchte Dir nur noch schnell gute Nacht wünschen und Dir sagen, falls Du es noch nicht wissen solltest, wie sehr Deine Tochter Dich liebt. Am Sonntag darf ich nicht üben, wegen der *Hausruhe,* sagt Frau Berg, und so habe ich Zeit zum Nachdenken; ich bin verblüfft, wie leer das Leben ohne Dich ist. Es ist, als habe man mir das Wichtigste abgetrennt, und ich muß jetzt, so gut es geht, mit dem kümmerlichen Rest zurechtkommen. Wie gut, daß ich das so stark empfinde, denn somit werde ich um so härter arbeiten, um die Zeit zu verkürzen. Harte Arbeit ist die Brücke, über die ich zu Dir zurückkommen werde. Du bist nämlich der einzige Mensch auf der Welt, der mich liebt, der einzige, der wirklich innig Anteil an mir nimmt, dem es nicht einerlei ist, ob ich leide, und der sich freut, wenn ich glücklich bin. Sich freut – das ist ein viel zu blasses Wort –, ich sollte besser sagen: jubelt. Es ist so wunderbar, daß Du glücklich bist, weil ich es bin – so rührend. Ich vergehe vor Liebe und Dankbarkeit, wenn ich daran denke, wie lieb Du mir dies alles ermöglicht hast, hierherzukommen und mir meinen

Traum zu erfüllen, bei Kloster Unterricht zu nehmen, obwohl Du wußtest, daß das für Dich so viele öde einsame Monate bedeuten würde. Verzeih mir, wenn meine Worte sentimental klingen. Ich weiß, daß Du mir verzeihst, also brauche ich mir nicht die Mühe zu machen, Dich darum zu bitten. Das ist es ja, was ich an Dir so liebe – Du hast immer Verständnis, Du nimmst nie etwas krumm. Ich kann mit Dir reden; egal, wie töricht, was für eine Närrin ich bin – blind, herzlos, lächerlich, störrisch oder eigensinnig –, Du kannst es Dir aussuchen, es werden Dir Gelegenheiten einfallen, auf die all diese Eigenschaften zutrafen – Du schaust mich mit diesen verschmitzten lieben Augen an, in denen irgendwie immer ein Lachen liegt, und machst eine kleine Bemerkung, die zeigt, daß Du den ganzen häßlichen Firlefanz von Unsinn beiseite schiebst und mit Verstand und völlig unvoreingenommen nach einer Erklärung suchst. Und wenn Du sie gefunden hast, verstehst Du und verzeihst; denn natürlich gibt es stets einen Grund, wenn ganz normale Leute, die keine geborenen Feinde sind, unangenehm werden. Sicherlich sind wir genau deshalb auch so glücklich miteinander gewesen – weil Du es niemals *persönlich* genommen hast, wenn ich mich dumm und herzlos zeigte oder äußerte. Immer war Dir klar, daß es sich dabei um nichtigen Quatsch, einen momentanen Anfall, eine vorübergehende Krankheit handelte und daß das im Grunde nie Deine Chris war, die Dich liebt.

Adieu, liebste Mutter. Ich sollte schon längst im Bett liegen. Morgen habe ich meine erste reguläre Stunde bei Kloster. Und morgen sollte ich einen Brief von Dir bekommen. Du paßt auf Dich auf, nicht wahr? Du möchtest doch nicht, daß ich so fern von Dir in Sorge lebe? In Sorge und Ungewißheit?

Deine Chris

■ ■ ■ *Berlin, Dienstag, 2. Juni 1914*

Liebste Mutter, gerade sind Deine beiden Briefe angekommen, zwei herrlich lange auf einmal, und ich kann einfach nicht bis zum nächsten Sonntag warten, um Dir zu berichten, wie sehr ich mich darüber gefreut habe, so werfe ich also für das hier 20 Pfennige zum Fenster hinaus. Meine selbstgesetzte Regel, nur sonntags zu schreiben, breche ich dadurch allerdings nicht. Dies hier ist kein richtiger Brief, sondern ein Kuß. Wie froh bin ich, daß Du wohlauf bist und gut zurechtkommst. Auch mir geht es gut, und ich bin glücklich, weil ich so viel zu tun habe – Du kannst Dir gar nicht vorstellen, *wie* viel. Noch nie in meinem Leben habe ich so hart gearbeitet, und Kloster ist mit mir zufrieden. Folglich bleibt mir jetzt, wo ich auch noch von Dir Post erhalten habe, kaum noch etwas zu wünschen übrig, scheint mir, und ich schwebe wie auf Wolken. Leb wohl, mein Schatz, bis Sonntag.

Chris

Oh, ich muß Dir nur noch schnell sagen, daß ich in meiner Stunde gestern das f-moll-Konzert spielte – Du weißt schon, das virtuose, das wie ein Feuerwerk anmutet, wobei Kloster gelegentlich auf dem Klavier Teile des Orchesterparts einfügte, weil er mein gymnastisches Können testen wollte. Er lachte, als ich damit fertig war, tätschelte mir die Schulter und sagte: »Sehr gute Akrobatik. Damit wollen wir es nun bewenden lassen. Wir werden uns jetzt auf die wirkliche Musik konzentrieren.« Und er sagte, ich solle ihm vorspielen, was ich von der Bachschen Chaconne beherrsche. Ich war so glücklich. Kloster, der mich durch die Wunderwelt Bachs führt – das war, als würde man von einem Engel bei der Hand genommen und durch den Himmel geführt.

■ ■ ■ *Berlin, Sonntag, 7. Juni 1914*

Meine liebe Mutter, jedesmal wenn ich an einem Sonntagmorgen aufwache, fällt mir sofort ein, daß es der Tag ist, an dem ich mit Dir zusammensein darf. Ich bringe kaum die Geduld fürs Frühstück auf und für die Zeit, die ich brauche, um mit diesen dicken Kaffeetassen zu Rande zu kommen, die so dick sind, daß mir, ich mag so geschickt trinken, wie ich will, immer dort, wo mein Bart wäre, wenn ich einen hätte, die Tropfen hinabrinnen. Und um nur ja schnell weglaufen und mich mit Dir unterhalten zu können, stopfe ich die Brötchen in mich hinein und verschütte alles mögliche. Gestern bekam ich einen weiteren Brief von Dir, und Hilda Seeberg, ein Mädchen, das hier wohnt und Malerei studiert, sagte, als ich sie auf dem Gang traf, nachdem ich ihn in meinem Zimmer gelesen hatte: »Sie haben einen Brief von Ihrer Frau Mutter bekommen, nicht wahr?« Du siehst also, wie Deine Briefe auf mich wirken.

Du brauchst keine Angst zu haben, daß ich zuwenig Bewegung habe. Jeden Tag nach dem Mittagessen mache ich einen ausgedehnten Spaziergang durch den Tiergarten, einen richtigen, flotten Spaziergang, bei dem man gehörig ins Schwitzen kommt. Das Wetter ist schön und Berlin vermutlich um diese Jahreszeit am schönsten, aber nach London beeindruckt es mich nicht besonders. Es hat nichts Geheimnisvolles, keine Atmosphäre; es tritt einem lärmend entgegen. Es gibt hier alles, was eine Großstadt haben sollte – öffentliche Gebäude, Standbilder, Brunnen, Parks, breite Straßen; und es ist etwa so ermutigend und liebenswert wie ein nach dem letzten Schrei gestaltetes Armenhaus. Berlin wirkt keimfrei; es strahlt eine ernüchternde Sauberkeit aus.

Beim Essen unterhalten sie sich über die Reize und die Vollkommenheit Berlins, bis mir fast die Augen zufallen. Du weißt ja, wie merkwürdig schläfrig man wird, wenn einen etwas ganz schrecklich langweilt. Von Schweigsamkeit kann bei ihnen keine Rede mehr sein, inzwischen sind sie geradezu ins andere Extrem verfallen; erst redeten sie überhaupt nicht mit mir, jetzt reden alle gleichzeitig auf mich ein. Immer und immer wieder versichern sie mir, daß ich mich in der schönsten Stadt der Welt befinde. Eine solche Begeisterung und Ausdauer, wie sie diese deutschen Pensionsgäste an den Tag legen, wenn es darum geht, alles Deutsche in den Himmel zu heben und alles Fremde zu kritisieren, hast Du noch nicht erlebt. Sie sind ziemlich eigenartig und nehmen alles so persönlich. Sie behaupten zum Beispiel, London sei unbeschreiblich häßlich, und dann schauen sie mich herausfordernd an, als hätten sie damit einen persönlichen Makel an mir benannt und wollten dreist an der Beleidigung festhalten. Sie führen mir die entsetzlichen Zustände in den Slums vor Augen, so, als stünden mir die Slums ins Gesicht geschrieben. Sie erzählen mir mit mitleidigem Getue, wie es in den Slums aussehe, welch schreckliche Schandflecke und Mißgeburten das seien, und daß ich – sie sagen zwar England, aber von ihrem Gebaren her zu urteilen käme niemand auf die Idee, daß sie nicht mich meinen – niemals darauf hoffen könne, als taugliches Mitglied einer ehrenhaften europäischen Gemeinschaft betrachtet zu werden, solange diese Orte und neuralgischen Punkte nicht beseitigt würden.

Neulich versicherten sie mir, daß England als Nation wirklich nicht tauglich sei, von einer anderen anständigen Nation politisch anerkannt zu werden, aber mit steifen Verbeugungen in meine Richtung setzten sie hinzu, daß der einzelne Einwohner jenes unsäglich gewöhnlichen und materialistischen Landes zuweilen durchaus liebenswert sei, insbesondere wenn er oder sie durch irgendein Wunder nicht jenes überhebliche, hochnäsige Benehmen habe, das dieses unglückselige Volk in der Regel auf so bedauernswerte Weise kennzeichne. »*Sie sind so hochnäsig*«, hatte der Bankangestellte, der mir gegenübersitzt, ausgerufen und dabei mit anklagendem Finger auf mich gedeutet; und momentan erschrak ich so, daß ich dachte, meiner Nase sei etwas Entsetzliches zugestoßen, und mit der Hand besorgt danach griff. Da lachten sie und ließen sich dann zu dem Eingeständnis herab, daß individuelle Liebenswürdigkeit hier und da durchaus anzutreffen sei.

Ich sitze ganz brav auf meinem Stuhl, während solche Reden geführt werden – und jetzt, da sie das anfängliche Stadium eisiger Kälte mir gegenüber überwunden haben, ist das bei jeder Mahlzeit der Fall, und ich versuche, munter und lebhaft zu sein, und werfe mit meinen sechs deutschen Brocken um mich, wann immer sie mir passend scheinen. Stell Dir Deine arme Chris vor, wie sie versucht, munter und lebhaft zu sein mit elf Deutschen – nein, zehn Deutschen, denn die elfte am Mittagstisch ist eine Schwedin und sagt kein Wort. Und alle zehn Deutschen, einschließlich Frau Berg, schauen mich vorwurfsvoll an, während sie mir wie aus einem Mund erzählen, wie fürchterlich meine Heimat ist. Ob wohl Leute in Londoner Pensionen den deutschen Pensionsgästen sagen, wie fürchterlich Deutschland ist? Ich glaube nicht. Wenn sie mich nur mit dem Burenkrieg in Ruhe ließen! Ich habe ihnen zu erklären versucht, daß ich zu der Zeit, als er tobte, noch ganz klein war, aber in ihren Augen bin ich anscheinend dennoch direkt dafür verantwortlich. Die Finger, die an jenem Tisch wegen des Burenkrieges auf mich gerichtet waren! Mit erhobenen Fingern erzählten sie mir von den schrecklichen Dingen, die die Engländer taten, und als ich sie fragte, woher sie das wüßten, sagten sie, es habe in den Zeitungen gestanden; und als ich wissen wollte, in welchen Zeitungen, antworteten sie: in ihren; und als ich sie fragte, woher sie wüßten, daß dies stimmte, sagten sie, das wüßten sie, eben weil es in den Zeitungen gestanden habe. Somit kamen wir keinen Schritt weiter. Wenn es hart auf hart kommt, nehme ich meine Zuflucht beim Englischen, und sie paddeln strampelnd hinter mir her.

Am merkwürdigsten ist ihre Feindseligkeit gegen England und die absonderliche, widerwillige und dennoch innige Bewunderung, die damit einhergeht. Sie kommen mir vor wie ein Mädchen, das den angeschwärmten Mann nicht für sich zu interessieren vermag. Er macht sich nichts aus ihr, ja, ist um so gleichgültiger, je gereizter sie wird, gereizt vor lauter Verbitterung über verschmähte Liebe. Eines Tages beim Mittagessen, als sie wieder so auf mir herumgehackt hatten, kam mir plötzlich der Gedanke, daß dies wohl die Erklärung für ihr Verhalten sei, und ich rief auf englisch: »Sie sind doch nur verliebt in uns!«

Zwanzig runde Augen starrten mich an, düster anfangs, verständnislos, und dann machte sich langsam Entsetzen in ihnen breit.

»In Sie verliebt? Verliebt in England?« rief Frau Berg und fuchtelte mit dem Tranchiermesser in der Luft herum, während sie mich anstarrte. *»Nein, aber so was!«* Und mit einem Schlag ließ sie ihre schweren Fäuste mitsamt dem Messer auf den Tisch fallen.

Nachdem ich so verwegen begonnen hatte, schien es

mir nun am sinnvollsten, ihnen kühn die Stirn zu bieten, und ich versuchte mir Mut zu machen bei dem Gedanken, daß das Blut aller Cholmondeleys in meinen Adern fließt, ganz zu schweigen von jenen Deiner Vorfahren, die an der Seite des Schwarzen Prinzen gekämpft haben sollen; und obwohl ich gerne mehr meinesgleichen um mich gehabt hätte, sagte ich doch recht mutig und eigensinnig: »Bis über beide Ohren.«

Du kannst Dir nicht vorstellen, wie ernst sie das nahmen. Alle redeten gleichzeitig und sehr laut. Alle waren aufs äußerste erbost. Nun wünschte ich mir, den Mund gehalten zu haben, denn in meinem schwerfälligen Deutsch konnte ich meinen Einfall nicht richtig darlegen, und es fiel mir schwer, weiterzulächeln und so zu tun, als seien sie nicht unfreundlich, denn ich glaube nicht, daß sie unfreundlich sein *wollten.* Wenn ich irgendwie zu erkennen gegeben hätte, daß ich sie für unhöflich hielt, hätten sie, so befürchtete ich, gemerkt, daß sie es waren und sich dann so unbehaglich gefühlt, daß die Situation, wie sie sagen, *peinlich* geworden wäre.

Vier der täglichen Gäste am Mittagstisch sind Männer, und einer der Pensionsgäste ist ein Mann; und diese fünf Männer und Frau Berg protestierten lautstark. Sie machten ihrem Unmut mit Ausrufen Luft wie: »*Nein, so was!*« und »Dieser englische Hochmut!« und einzelnen Wörtern wie »*unerhört*«; und dann ergriff einer, der Herr Doktor Krummlaut heißt, Rechtsanwalt und Witwer ist und von den übrigen sehr geschätzt wird, das Wort und redete behutsam und geduldig auf mich ein, wobei er behauptete, wie sehr sie alle es bedauerten, daß eine so junge und so begabte Dame (er verneigte sich, und ich verneigte mich) – o ja, sagte er und hob die Hand, als wolle er bereits im voraus etwaige Einwände der Bescheidenheit abwehren, die ich vielleicht machen würde – was allerdings gar nicht meine Absicht war –, er habe gehört, daß ich unbestreitbar talentiert sei und nicht nur talentiert, sondern auch, er lasse es sich nicht nehmen, das zu behaupten, und sei überzeugt, seine Kollegen am Tisch würden sich genauso verhalten, wenn sie an seiner Stelle wären, eine attraktive junge Dame (er verneigte sich, und ich verneigte mich), kurzum, wie leid es ihnen tue, erleben zu müssen, daß ein junges Fräulein mit diesen Vorzügen zugleich Meinungen und Ansichten vertrete, die nicht nur höchst unpassend für ihr Geschlecht, sondern auch, egal bei welchem Geschlecht, so furchtbar verkehrt seien. Jede Dame, sagte er, sollte über einiges Geschichtswissen und ausreichende Kenntnisse der drei Arten von Politik verfügen: *Politik, Weltpolitik* und *Realpolitik,* damit ihr nicht solche irrigen und leichtfertigen Schlußfolgerungen unterliefen, zu denen das junge Fräulein, wie sie eben demonstriert habe, gelangt sei, und sie sollte ihrem Ehemann oder Sohn aufmerksam zuhören, wenn sie über diese Dinge reden. Er sagte noch vieles andere mehr, etwa, daß eine Frau über diese Dinge gerade genug, aber nicht zu gut Bescheid wissen solle, denn ihre Intelligenz dürfe nicht überanstrengt werden, weil ihre vorrangige Aufgabe darin bestehe, die Wiege der Rasse zu sein; und, so entnehme ich seinen Worten, dieser Aufgabe wird sie nicht so gut gerecht, wenn man ihr erlaubt, andere Fähigkeiten in sich zu entwickeln, die über das hinausgehen, was sie braucht, um eine angenehme Zuhörerin abzugeben.

Selbst der Versuch zu erklären, was ich mit meiner Behauptung meinte, Deutschland sei im Grunde in England verliebt, war zwecklos, weil mir die Worte fehlten; aber genau das ist der Eindruck, den ich aus meinen kurzen Erfahrungen mit einem kleinen Bereich deutschen Lebens gewonnen habe. Diese Deutschen hier jedenfalls benehmen sich wie eine Frau, die das Pech hat, jemanden zu lieben, der nichts von ihr wissen will. Natürlich ist sie, so stelle ich es mir vor – denn ich kann bei solch sklavischen Abhängigkeiten nur Vermutungen anstellen –, sehr gedemütigt und verärgert, und das um so mehr, als es dem, den sie liebt und haßt – ist es nicht möglich, gleichzeitig zu lieben und zu hassen, Mütterchen? Ich kann es mir ganz gut vorstellen – völlig einerlei ist, ob sie ihn liebt oder haßt. Und was sie auch tut, er ist höflich – ›stets Gentleman‹, wie die Deutschen sagen. Und das ist natürlich zum Verrücktwerden.

■ *Abends*

Weißt Du, daß ich Dir den ganzen Vormittag über geschrieben habe? Ich schrieb und schrieb, ohne zu merken, wie die Zeit verging, und als ich zum Mittagessen gerufen wurde, war ich erstaunt und entrüstet, denn ich hatte Dir nicht einmal die Hälfte dessen erzählt, was ich Dir eigentlich erzählen wollte. Zu Tisch zu gehen und ohne Dich zu essen, war, als schlüge ich Dir die Tür vor der Nase zu und ließe Dich draußen stehen und hungern.

Wenn ich die Sonntage nicht in Gedanken bei Dir verbrächte, wüßte ich gar nicht, was ich mit ihnen anfangen sollte. Ich würde sie hassen. Am Sonntag darf ich nicht spielen, weil es verboten ist, an diesem Tag zu üben, und, so sagte Frau Berg, wie soll sie denn wissen, ob ich übe oder spiele? Außerdem würden die anderen dadurch gestört, was natürlich stimmt, denn sie ruhen sich alle am Sonntag aus, stehen spät auf, schlafen nach dem Mittagessen und gehen erst aus, nachdem sie gegen fünf Uhr ihren Kaffee getrunken haben. Heute, als ich hoffte, sie seien alle ausgegangen, hatte ich plötzlich solche Lust, ein wenig zu spielen, daß ich meine Saiten dämpfte und kaum hörbar ein paar Takte spielte, die mir aus einem sehr schönen Stück von Ravel einfielen, das mir Kloster neulich gezeigt hatte – ein ganz schwermütiges, wunderbares Stück; und beim Spielen summte ich die seltsamen Harmonien vor mich hin, weil sie das Schönste an dieser Komposition sind. Nun, es war wirklich nur wie ein Flüstern, und jedesmal, wenn eine Straßenbahn vorbeifuhr, mußte ich meinen Kopf tief über die Geige beugen, um überhaupt etwas zu hören, doch nach fünf Minuten erschien Frau Berg, aufgeknöpft und erhitzt von ihrer *Mittagsruhe,* und bat mich, doch etwas Rücksicht auf die anderen und auch auf den Tag zu nehmen.

Ich schämte mich sehr. Außerdem kam ich mir vor wie mit fünfzehn, als hätte man mich in der Schule bei irgendeinem Streich ertappt. Daß ich auf den Tag keine Rücksicht genommen hatte, war mir egal, weil ich denke, es kann dem Sonntag nur guttun, wenn man ihm Ravel vorspielt, aber es war mir peinlich, die Mitbewohner gestört zu haben. Ich konnte nur mein Bedauern bekunden und versichern, daß es nicht wieder vorkommen würde – wie ein reumütiges Schulmädchen. Aber was glaubst Du wohl, was ich am liebsten gemacht hätte? Ich wäre am liebsten zu Frau Berg gerannt, hätte ihr die Arme um den Nacken gelegt und gesagt, daß ich einsam bin und Dich brauche, und ob sie wohl für einen Moment lang so tun könnte, als hätte sie mich lieb? Sie sah so gemütlich und dick und freundlich aus, wie sie da in der Tür stand, die sie völlig ausfüllte. Allerdings stand sie zu weit weg von mir, als daß ich ihre Augen hätte sehen können, denn wenn man in diese blickt, vergeht einem die Lust, zu ihr zu laufen.

Aber ich rannte natürlich nicht zu ihr. Ich wußte zu gut, daß sie dafür kein Verständnis haben würde. Und ich weiß eigentlich auch nicht, warum ich ein solches Bedürfnis verspürte, mich in jemandes Arme zu werfen. Vielleicht, weil ich Dir beim Schreiben immer so nahe bin, daß mir dann wieder bewußt wird, wie weit weg Du bist. Die Woche über arbeite ich, und bei der Arbeit vergesse ich alles; und dann ist da die Aufregung während des Unterrichts und die Freude, Kloster loben und anspornen zu hören. Die Sonntage gehören Dir allein, da wird mir dann klar, was Monate bedeuten können, wenn einer nach dem anderen tagein, tagaus durchlebt werden muß, ehe man zu dem Menschen zurückkehrt, den man liebt. Warum bist Du nur so lieb, liebste Mutter? Wenn Du eine ganz normale Mutter wärst, wäre ich viel gelassener. Die Trennung von einer solchen würde mir nichts ausmachen. Wenn ich mir die Mütter anderer Leute so ansehe, kommt mich kein großes Verlangen an, bei ihnen zu sein. Aber da ich erfahren habe, was es heißt, mit Dir in Liebe und Verständnis zusammenzuleben, bedarf es schon einer ganzen Menge unerschütterlichen und gleichbleibenden Mutes, um alleine zurechtzukommen.

Nun verfalle bitte ja nicht auf den Gedanken, daß ich mir Sorgen mache, hörst Du, denn das tue ich nicht. Es ist nur, weil ich Dich so liebhabe. Wir sind doch die besten Freundinnen. Stets hast Du Verständnis, bist nie schockiert. Ich kann Dir sagen, was immer mir in den Sinn kommt. Es tut so gut, wie wenn man ein Gebet spricht. Beim Beten hält man auch nie inne, um sich zu fragen, ob man Gott schockiert, und genau deshalb lieben wir Gott – weil wir glauben, daß Er immer versteht und daher verzeiht; und wieviel mehr – ist das nun sehr verwerflich? – liebt man dann erst die eigene Mutter, die einen versteht, weil sie ja da ist und man sie auch küssen kann. Ich denke, küssen hat einen großen Vorzug; es ist ein ungeheurer Trost, den Menschen, den man liebt, einfach berühren zu können. Gute Nacht, mein gesegnetes Mütterlein, und Adieu bis zur nächsten Woche.

Deine Chris

Vielleicht könnte ich jeden Mittwoch ein paar Zeilen schreiben – keinen Brief, nur ein paar Zeilen? Was meinst Du dazu? Es wäre wirklich nicht mehr als eine Postkarte, außer daß ich sie in einen Briefumschlag stecken würde.

Berlin, Sonntag, den 14. Juni 1914

Am Mittwoch habe ich also nicht geschrieben, ich war standhaft. (Guten Morgen, liebste Mutter!) Ich wußte durchaus, daß es keine Postkarte werden würde oder etwas mit einer solchen auch nur entfernt Verwandtes. Es wäre ein Brief geworden. Ein langer Brief. Und bald schon hätte ich dann täglich geschrieben und wäre völlig verweichlicht, hätte in der Vergangenheit gelebt, anstatt mich weiter auf meine Arbeit, das heißt auf die Zukunft zu konzentrieren. Das ist es nämlich, was ich momentan tun muß: Ich darf nicht zuviel an Dich und an zu Hause denken, sondern muß mein Gesicht von diesen beiden lieben, begehrenswerten Dingen abwenden, damit ich um so schneller zu beiden zurückkehre. Zwar haben wir gar kein Zuhause, wenn man darunter ein eigenes Haus mit Möbeln versteht; aber für Deine Chris ist dort das ›Zuhause‹, wo Du bist. Schlicht und einfach überall, wo Du bist. Es ist doch sehr bequem, daß alles so schön beisammen und so leicht zu transportieren ist, nicht wahr. Tragbar, könnte man fast sagen, wenn man bedenkt, wie winzig Du bist und wie groß ich bin.

Aber weißt Du, liebste Mutter, es fällt mir leichter, hart zu werden und hocherhobenen Hauptes nach vorn statt über die Schulter zurück zu Dir zu blicken, wenn ich sehe, wie ungeheuer sentimental die Deutschen sind. Es ist ganz erstaunlich. Sie sind die sonderbarste Mischung aus wirklich brutaler Härte, einer Härte, die aus ihrer sich von der unseren fundamental unterscheidenden Lebenseinstellung entspringt, und einer Weichlichkeit, bei der einem der Mund offenstehen bleibt. Sie können es nicht ertragen, daß ein Ereignis, egal, wie viele Jahre es zurückliegt, dem Vergessen anheimfällt und sich, wie es sich gehört, in Staub auflöst. Sie halten daran fest und graben es jedes Jahr an dem bewußten Tag wieder aus, jahrzehntelang anscheinend – ich nehme an, ihr Leben lang. Wenn es ihnen nicht wirklich mehr nahegeht – was natürlich auch bei ihnen vorkommt, denn wie kann man sich auf Dauer etwas so zu Herzen nehmen? –, dann tun sie eben so, als empfänden sie etwas dabei. Man denke nur, mit einem solchen Ballast durchs Leben gehen zu müssen, alle Poren verstopft vom Staub vergangener Tage! Ich stelle mir vor, wie sich die Deutschen durchs Leben schleppen, immer schwerfälliger, je älter sie werden, weil sie eine ständig wachsende Anzahl von Gedenktagen hinter sich herziehen, eine bei jedem Schritt länger werdende Kette im Schlepptau, wie Dein geliebter Goldsmith sagt – wenn er es nicht gesagt hat oder ich irgend etwas durcheinanderbringe, wirst Du mich sicher zurechtweisen und aufklären, wer es gesagt hat. Du weißt ja, daß ich hier keine Bücher habe, außer den beiden, die man wie Tennyson und Browning oder Arnold Bennett und H. G. Wells (wenngleich vermutlich gegen dessen Willen) stets in einem Atemzug nennt – also: Shakespeare und die Bibel.

Neulich ging ich in Hilda Seebergs Zimmer, um sie zu fragen, ob ich ein paar Stecknadeln haben könne, und da saß sie vor einer Photographie ihres Vaters, einem mürrisch dreinblickenden alten Mann mit gezwirbeltem Schnurrbart und kahlem Schädel. Sie hatte eine Girlande weißer Rosen um den Rahmen gewunden und mit einem schwarzen Band befestigt, und zwei brennende Kerzen standen davor, und Hilda trug ein schwarzes Kleid und saß einfach da, die Hände im Schoß und starrte auf das Bild. Ich entschuldigte mich und wollte schnell wieder weg, aber sie rief mich zurück.

»Ich feiere«, sagte sie.

»Oh«, sagte ich höflich, aber ohne die geringste Ahnung, was sie damit meinte.

»Heute ist der Geburtstag meines Papas«, sagte sie und deutete auf die Photographie.

»Wirklich?« fragte ich verblüfft, denn ich meinte mich zu erinnern, daß sie mir erzählt hatte, er sei tot. »Aber sagten Sie nicht ...«

»Ja. Natürlich habe ich Ihnen erzählt, daß Papa seit fünf Jahren tot ist.«

»Warum dann ...«

»Aber *liebes Fräulein,* er hat doch weiterhin Geburtstag«, sagte sie und sah mich ehrlich erstaunt an, während ich ihren Blick mindestens ebenso erstaunt erwiderte.

»Jedes Jahr«, sagte sie, »kommt doch wieder der Tag, an dem Papa geboren wurde. Soll er denn etwa auf seine Geburtstagsfeier verzichten müssen, bloß weil er im Himmel ist? Und was würden wohl die Leute denken, wenn ich ihn nicht feierte? Sie würden denken, ich hätte kein Herz.«

Nach diesen Worten machte sich in mir die Hoffnung breit, es werde einen Kuchen geben, denn hier haben sie herrliche Geburtstagskuchen, und es ist Brauch, jedem, der einem über den Weg läuft, ein Stück davon zu geben. Also ließ ich aus den Augenwinkeln diskret den Blick schweifen, um mir meine Gier nach Kuchen nicht anmerken zu lassen, und ich hob meine Nase ein wenig und schnupperte vorsichtig nach allen Seiten, aber weder sah ich einen Kuchen, noch roch ich einen. Frau Berg hatte vor drei Tagen Geburtstag – da gab es einen himmlischen Kuchen, ein großes flaches Etwas mit Sahne darin. Er schmeckte so gut, daß man ihn am liebsten zuerst gegessen und sich dann hineingesetzt und zugeschaut hätte, wie die ganze Sahne seitlich herausquillt; aber offensichtlich ist der Kuchen das einzige, was man nicht zum Geburtstag bekommt, wenn man tot ist. Ich will dies nicht ins Lächerliche ziehen, liebste Mutter, und ich weiß gut, was es heißt, seinen geliebten Papa zu verlieren, aber Hilda hat mir erst neulich ihre Familienphotos gezeigt, denn wir freunden uns gerade etwas zögerlich an, und als sie zu dem Bilde kam, das ihren Vater zeigte, sagte sie ganz offen, daß sie ihn nicht gemocht habe, und daß es eine Erleichterung gewesen sei, als er starb. »Alles hat er mir verboten«, sagte sie mit einem unfreundlichen Blick auf die Photographie, »es sei denn, etwas diente seiner eigenen Bequemlichkeit.«

Als ich am Freitag zum Unterricht ging, fragte ich Kloster, was es mit Gedenktagen auf sich habe. Ihm ist nichts Menschliches fremd, und er hat viel Verständnis für menschliche Schwächen – nachsichtig und zugleich zum Lachen aufgelegt, doch sein Genius scheint ihn so weit von anderen Deutschen zu entfernen, denn er kritisiert sie mit einer unbefangenen Gründlichkeit, die überraschend ist. Die Bemerkungen, die er zum Beispiel über den Kaiser macht, den er ziemlich respektlos S. M. (die Abkürzung für *Seine Majestät*) nennt – jagen mir in diesem Land der *lèse majesté* geradezu Schauer über den Rücken. In England, wo wir sagen können, was uns beliebt, habe ich nie jemanden etwas Respektloses über den König äußern hören. Hier, wo man schon ins Gefängnis kommt, wenn man sich über einen Beamten, ja selbst über einen Polizisten, kurzum über irgend jemanden, der Uniform trägt, lustig macht, denn das ist das strafbare Vergehen der *Beamtenbeleidigung* – haben sie nicht himmlische Wörter? –, sagen Kloster und Leute, denen ich bei ihm zu Hause begegnet bin, was ihnen paßt, und das heißt, daß sie recht respektlos über jenen Gesalbten Gottes, den Kaiser, herziehen, der überhaupt nicht beliebt zu sein scheint. Kloster gehört zu den Intellektuellen, und seine Freunde sind allesamt kluge Leute, und diese Art von Leuten macht sich wohl nicht viel aus absoluten Monarchen. Kloster sagt, Monarchen seien Anachronismen, die Welt sei zu alt für sie, zu erwachsen für Maskerade und Firlefanz. Und als ich am Freitag zum Unterricht kam, war seine Haustür mit Immergrün und Papierblumen geschmückt – Maskerade und Firlefanz also sogar bei Kloster. Ich trat recht widerstrebend ein, da ich nicht wußte, in welche Art von Gedenkfeier ich nun wieder hineinplatzen würde. Aber es war nur wegen der Heimkehr seiner Frau – ich hatte nicht gewußt, daß er eine Frau hat, er machte auf mich den Eindruck eines rundherum glücklichen Junggesellen. Sie war drei Wochen weg gewesen; nicht annähernd lange genug, um bei der Rückkehr eine Girlande aus Immergrün um die Haustür zu verdienen, so jedenfalls würden wir beide denken und andere Bürger Englands, das für seine Selbstironie und Selbstkritik bekannt ist. Er lachte, als ich ihm sagte, ich hätte schon befürchtet, bei einer Totengedenkfeier zu stören.

»Meine liebe Mees Chrees«, sagte er und zuckte mit seiner dicken Schulter – er fragte mich neulich, wie man mich zu Hause nenne, und ich sagte, Du nennst mich Chris, und er sagte, er wolle mich, mit meiner Erlaubnis, ebenfalls *Chrees* nennen, aber mit einem *Mees* davor, um zu zeigen, daß er freundlich sein, aber es dennoch nicht an Achtung fehlen lassen wolle –, »wir sind als Nation noch immer dem Kind und dem Wilden so nah. Dem klugen Kind und dem mächtigen Wilden. Wir mögen schlichte und maßlose Emotionen und das in Fülle; beim Essen und bei unseren Vergnügungen schätzen wir das Deftige und Reichliche; fett müssen unsere Mahlzeiten sein und fett unsere Frauen. Und wie die Kinder trauern wir, wenn wir trauern, maßlos und amüsieren uns auch so; und wie die Wilden haben wir Angst und umgeben uns deshalb mit Vorschriften und Feiern, Kanonen und Königen. Andere Länder haben allenfalls einen König. Wir hier meinen drei und einen Kaiser zu benötigen. Der Wilde, der sich vor allem fürchtet, fürchtet sich nicht mehr als wir Deutsche. Wir fürchten andere Völker, wir fürchten andere Leute, wir fürchten die öffentliche Meinung in einem unglaublichen Ausmaß, und wir zittern vor der Meinung unserer Dienstboten und Händler; wir haben Angst vor unseren eigenen Umgangsformen und müssen daher an dem idiotischen Brauch des Duellierens festhalten, bei dem nur allzuoft der Mann, dessen Ehre Genugtuung verlangt, auf der Strecke bleibt; wir fürchten alle, die über uns stehen, von denen es stets sehr viele gibt; wir fürchten alle Beamten, und unser Land wimmelt von Beamten. Der einzige, den wir nicht fürchten, ist Gott.«

»Aber ...«, begann ich, da mir ihr Leitsatz einfiel, den sie Bismarck verdanken.

»Ja, ja, ich weiß«, unterbrach er mich. »Das stimmt jedoch nicht. Das Gegenteil ist der Fall. Wir Deutsche fürchten nicht Gott, sondern alles andere auf der Welt. Höflich sind wir nur aus Angst, aus Angst vor dem Duell; denn wie das Kind und der Wilde haben wir noch keine Zeit gehabt, uns gute Manieren derart anzugewöhnen, daß sie uns in Fleisch und Blut übergehen, und von Natur aus sind wir nicht höflich. Nur aus Angst sind wir höflich. Infolgedessen – denn alle Menschen müssen sich hier und da entspannen – sind wir brutal, wenn wir es mit Schwachen, nicht Standesgemäßen oder vorübergehend Hilflosen zu tun bekommen. Es ist eine enorme Erleichterung, einen Augenblick lang mal natürlich sein zu können. Jeder Deutsche ergreift dankbar selbst die kleinste Gelegenheit, die sich ihm dazu bietet.«

Kloster würde Dich sehr interessieren. Er sitzt da, seine Geige auf seinen dicken kleinen Knien, sein Bogen unterstreicht seine Sätze mit Klopfen und Beben, sein kahler Schädel reflektiert das Licht, das durchs Fenster hinter ihm fällt, und seine Augen treten weit aus dem Gesicht, das außergewöhnlich gerötet ist. Er sieht aus wie eine freundliche Garnele; nicht im geringsten wie eine Person mit einem beweglichen und subversiven Geist, nicht im geringsten wie ein großer Musiker. Er hat keines der physiognomischen Merkmale, die man bei einem sehr musikalischen Menschen erwartet:

buschige Augenbrauen, eine gewölbte Stirn, tiefliegende Augen und eine wallende Mähne, im Gegenteil. Neulich, nachdem ich zu Ende gespielt hatte, trat er zu mir, streckte sich – er ist ein gutes Stück kleiner als ich – und zog mit seinem Finger ganz sachte meine Augenbrauen nach, erst die eine, dann die andere. Ich wußte nicht, was das sollte.

»Mein Finger ist sauber, Mees Chrees«, sagte er, da er merkte, wie ich zurückzuckte. »Ich habe ihn eben abgewischt. Seien sie also unbesorgt. Aber Sie haben die echte Beethovenstirn – dieselbe Form –, ich mußte sie einfach berühren. Tut mir leid, wenn es Sie inkommodiert hat, aber ich mußte sie berühren. Ich habe noch keine solche Ähnlichkeit mit der Stirn des Meisters gesehen. Sie könnten sein Kind sein.«

Ich brauche Dir nicht zu schildern, liebste Mutter, daß mir die Pensionsgäste und die Mittagstischgäste, zu denen ich dann zurückkehrte, ziemlich gleichgültig waren. Wenn ich nur ordentlich Deutsch sprechen könnte, hätte ich mich gar zu gern zu dem mir gegenübersitzenden Herrn Mannfried hinübergebeugt, einem kränklich aussehenden jungen Mann, der täglich von seiner Bank in der Potsdamerstraße zum Mittagessen kommt und von jenem Haß erfüllt ist, hinter dem sich in Wirklichkeit eine Schwäche für England verbirgt. Er hat fahles Haar und einen Mund, der aussieht wie zwei scharlachrote Schnecken – tut mir leid, daß ich so gemein bin, aber er sieht tatsächlich wie zwei rote Schnecken aus. Und dann hätte ich gesagt: »Ist Ihnen schon aufgefallen, daß ich einen *Beethovenkopf* habe? Wie finden Sie das: eine *Engländerin* mit einem Beethovenkopf? Einer Ihrer großen Männer sagte, es sei so, also muß es wohl stimmen.«

Gegenwärtig üben wir die Bachsche Chaconne ein.

Er zeigt mir eine andere Lesart, seine Idee. Er wird sie nächste Woche hier in der Philharmonie spielen. Ach, könntest Du ihn nur hören! Er hatte ursprünglich vor, in dieser Saison nach London zu gehen und dort mit einem besonderen Orchester ausgewählter Musiker zu spielen, hat nun aber umdisponiert. Ich fragte ihn, warum, und er antwortete achselzuckend, sein Agent, der all diese Dinge für ihn arrangiere, halte es anscheinend für klüger, wenn er nicht führe. Ich fragte ihn erneut, warum – Du weißt ja, wie hartnäckig ich bin –, denn ich kann mir nicht vorstellen, warum es für London besser sein soll, um einen solchen Genuß zu kommen, und warum es für ihn besser sein soll, ihn zu verweigern, aber er zuckte nur wieder mit den Schultern und sagte, er tue stets das, was ihm sein Agent rate. »Mein Agent versteht sein Geschäft, meine liebe Mees Chrees«, sagte er. »Ich lege meine Angelegenheiten in seine Hände, und dann mache ich alles, was er sagt. Das erspart mir Scherereien. Gehorsam ist etwas Bequemes.«

»Aber warum dann …«, begann ich, da mir einfiel, was er über Könige und Meister und Autoritätspersonen gesagt hatte; doch er nahm seine Geige und spielte ein Stück. »Schauen Sie«, sagte er, »so …«

Und wenn er spielt, stehe ich einfach nur da und lausche. Es ist wie ein Zauberbann. Man steht da und vergißt alles …

Abends

Heute nachmittag habe ich Deinen Brief noch einmal gelesen, der so voll Liebe und Sorge um mich ist, und zwar draußen in einer Ecke des Tiergartens. Während ich Dir so eifrig schreibe, Seite um Seite von den Dingen, die ich Dir erzählen möchte, vergesse ich ganz,

Dir das zu erzählen, was Du eigentlich wissen möchtest. Ich glaube, ich beantworte keine einzige Deiner Fragen! Das kommt, weil ich völlig in Ordnung bin, es mir richtig gutgeht, was meinen Körper betrifft, so daß ich schlicht und einfach vergesse, davon zu schreiben. Ich kriege Unmengen zu essen, und es ist sehr nahrhafte, weil deutsche, Kost. Gewiß werde ich davon bald ziemlich auseinandergehen, denn Frau Berg füllt uns tagtäglich mit Mehlklößen ab, und ich bin sicher, die machen sich irgendwie und irgendwann bemerkbar. Seit ich hier bin, habe ich auch noch keine einzige Erkältung gehabt, also bin ich ihnen endlich entwachsen; und ich bleibe nicht bis in die späte Nacht auf und lese – selbst wenn ich es versuchte, könnte ich es nicht, denn Wanda, das Mädchen für alles, das auch so aussieht – bin ich nicht lustig? –, kommt jeden Abend um zehn Uhr auf ihrem Weg ins Bett vorbei und nimmt mir die Lampe weg.

»Vorschriften«, sagte Frau Berg, als ich sie fragte, ob es nicht ein bißchen früh sei, um mich im Finstern zurückzulassen. »Aber Sie sitzen ja gar nicht im Finstern. Habe ich nicht eine Kerze und Streichhölzer bereitgelegt für den Fall, daß Sie in der Nacht raus müssen?«

Doch die Kerze ist billig und funzelig, also versuche ich gar nicht erst aufzubleiben und bei ihrem Schein zu lesen. Ich spare sie für etwaige Notwendigkeiten auf.

Den größten Teil des Nachmittags verbrachte ich im Tiergarten. Ich saß in einer grünen Ecke, die ich entdeckte, wo es etwas Rasen und einige Gänseblümchen gibt neben einem Teich, weitab von einem Pfad und somit weit ab von den sonntäglichen Menschenmassen. Ich sah den Vögeln zu und las das *Wintermärchen*, pflückte ein paar Gänseblümchen und war sehr glücklich. Die Gänseblümchen stehen jetzt vor mir in einem Eierbecher. Alles roch so gut, so warm, so süß und jung, die Blätter der Eichen sind noch ganz klein und zart. Das Leben ist doch schön. Es ist geschickt gefügt, daß es jedes Jahr einen Juni gibt und jeden Tag einen Morgen, ganz abgesehen von Dingen wie den Vögeln und Shakespeare und der eigenen Arbeit. Manchmal, wenn ich besonders glücklich war, sagtest Du zu mir, es lägen noch größere Herrlichkeiten vor mir – wenn ich erst einmal einen Liebsten hätte, wenn ich einen Mann und wenn ich selbst einmal ein Kind hätte. Ich nehme an, Du wußtest, wovon Du sprachst, meine kluge, geliebte Mutter; aber die Lust zu arbeiten, die Arbeit gut zu machen, für die man sich am besten eignet, die dürfte schwer zu übertreffen sein. Durch eigene Anstrengung, immer besser zu werden, deutliche Fortschritte zu machen, kann mich in einen wahren Freudentaumel versetzen. Am Ende ist es doch gar nicht so schlecht, sonntags zum Nichtstun verurteilt zu sein, denn da habe ich dann endlich Zeit zum Nachdenken, Zeit, ein bißchen Abstand zu gewinnen und mir über das Leben als solches Gedanken zu machen.

Schau, was ein ruhiger Nachmittag, da ich mich inmitten von Gänseblümchen gesonnt habe, bei mir bewirkt hat: Vor einer Woche noch habe ich mißmutig die Monate gezählt, die ich hinter mich bringen muß, bevor ich wieder bei Dir sein kann. Nun habe ich das Gefühl, als kletterte ich sehr glücklich einen lieblichen Hügel hinan, gerade steil genug, damit ich mich freuen kann, wie sportlich ich bin, und der ganze Weg ist schön und gefahrlos, und oben auf dem Hügel stehst Du. Zum Gipfel zu gelangen, wird die vollkommene Freude sein, aber auch der Weg dorthin ist herrlich. Aus alldem wirst Du ersehen, daß ich eine glückliche

Woche hinter mir habe, daß die Arbeit gut vorangeht und daß ich voll Hoffnung und Zuversicht bin. Ich darf nicht allzu zuversichtlich sein, das weiß ich, aber mit Zuversicht arbeitet es sich noch einmal so gut. An Tagen der Niedergeschlagenheit habe ich noch nie etwas Vernünftiges zuwege gebracht.

Gute Nacht, liebe Mutter. Ich fühle mich Dir heute abend ganz nahe, gerade so, als wärst Du hier im Zimmer bei mir, und als brauchte ich nur den Finger auszustrecken und könnte die Liebe mit Händen greifen. Körperliche Nähe ist in meinen Augen gar nicht so wichtig. Zwischen uns beiden zählt nur die geistige Nähe, und die kann uns niemand nehmen.

Deine Chris

Dennoch, ein Körper hat schon einen großen Vorteil, wenn man seine geliebte Mutter küssen möchte.

■ ■ ■ *Berlin, Sonntag, 21. Juni 1914*

Liebste Mutter, die Zeit vergeht wie im Fluge, voll mit Arbeit und *Weltpolitik*. Bei den Mahlzeiten hier wird von nichts anderem mehr gesprochen als dieser *Weltpolitik*. Gerade eben, beim Frühstück, hat man mir wieder eine Dosis davon verabreicht. Zu behaupten, daß die Logiergäste sich dafür interessieren, ist ein schwacher Ausdruck: Sie glühen, sie brennen, sie kochen, sie explodieren geradezu vor Interesse. Und sie sind so streitlustig! Nicht gegeneinander, denn im Unterschied zu den Leuten um Kloster verbindet sie eine unkritische, ja eine geradezu hündische Bewunderung für alles, was deutsch ist, aber gegen die junge Schwedin und gegen mich. Besonders gegen mich. Das schwedische Mädchen ist von einer heiligen Ruhe umgeben, die nichts zu erschüttern vermag. Sie verfügt über die beneidenswerte Gabe, einfach weiterzuessen und keinen Ton zu sagen. Ich wünschte, ich hätte diese Gabe. Sobald ich ein neues deutsches Wort gelernt habe, will ich es auch anwenden. Natürlich wächst mein Wortschatz täglich etwas, und es liegt wohl an meiner Art und daran, wie ich an Frau Bergs Mittagstisch angesprochen werde, daß ich alle Wörter, die ich inzwischen angehäuft habe, so schnell wie möglich an den Mann beziehungsweise die Frau bringen möchte. Und da ich sie nicht zu Sätzen aneinanderreihen kann, bestehen meine Gesprächsbeiträge aus einzelnen Wörtern, was die sehr seltsame, gänzlich unbeabsichtigte Wirkung unzusammenhängender Explosionen erzielt. Wenn ich nicht mehr weiterweiß, rette ich mich ins Englische, und die Pensionsgäste springen mir nach und schwimmen oder gehen unter, je nachdem, wie polyglott sie sind.

Die Stimmung hier ist sehr merkwürdig – in diesem Haus, auf den Straßen, wo immer man hingeht. Alle scheinen sich in einem Zustand der Anspannung zu befinden – des ungeduldigen, nervösen Wartens, vergleichbar jener atemlosen Erwartung im letzten Akt des ›Tristan‹, wenn Isoldes Schiff gesichtet wird und die hohen Geigen ein schrilles Tremolo unerträglich erregter Ungeduld anstimmen. Es herrscht eine Art Fieber. Und die großen Worte! Ich dachte, die Deutschen seien phlegmatische, ruhige Leute. Aber wie sie reden! Und immer in Großbuchstaben. Sie reden in riesigen Großbuchstaben über das, was sie den *deutschen Standpunkt* nennen; und der deutsche Standpunkt ist das non plus ultra schlechthin. Kein Wässerchen kann er trüben. Er sei, so geben sie einem zu verstehen, fast zu großartig und zu gut, als daß ihn eine Welt, die keine Ideale mehr habe, zu schätzen vermöge. Kein anderes Volk habe etwas, das an ihn heranreiche. So weit ich erkennen kann, bedeutet dieser deutsche Standpunkt, ohne das ganze Brimborium und auf seine Kernaussage reduziert, daß die Deutschen immer im Recht und die anderen immer im Unrecht sind. Selbst wenn es dabei um denselben Sachverhalt geht. Er besagt außerdem, daß aus Unrecht sogleich Recht wird, sobald es irgend etwas mit Deutschen zu tun hat. Nicht mit *einem* Deutschen. Der einzelne Deutsche kann durchaus Unrecht begehen, genau wie die Bürger anderer Länder auch, und er wird dafür mit drakonischer Härte bestraft, über Gebühr und ungerecht, sagt Kloster. Aber sobald er im Plural auftritt und zu *Wir Deutschen* wird, wie sie ständig sagen, verwandeln sich seine Laster in Tugenden. Als Teil des Ganzen besitzt er eine reinigende, entschlackende Eigenschaft. Heute sagten sie beim Frühstück, daß ein Verbrechen aufhöre eines zu sein, wenn es nur groß genug sei, wenn es im großen Maßstab begangen werde, denn dann sei es ein Erfolg, und erfolgreich sein gilt immer als Tugend – das heißt, wenn es ein deutscher Erfolg ist; wenn ihn die Franzosen verbuchen, nennen sie es Schandtat. So dürfe man zum Beispiel keine Witwe berauben, sagen sie, weil das dumm sei; es komme wenig dabei heraus und man könnte entdeckt und von seinen Freunden geschnitten werden. Aber viele Witwen auf einmal darf man durchaus berauben und macht damit sogar ein großes Geschäft. Niemand wird ein Wort darüber verlieren, weil man ja gewitzt und erfolgreich war.

Ich weiß, diese Ansicht ist auch in anderen Ländern nicht gänzlich unbekannt, aber nirgendwo steht eine ganze Nation dahinter. Was Hilda Seeberg ihrem Vater unter anderem nie verzeihen konnte, war genau das: daß er zu wenig Witwen beraubt und dadurch Schaden erlitten hatte und wegen einer Kleinigkeit bankrott gegangen war. In einem Anfall von düsterer Mitteilsamkeit erzählte sie mir davon. Bei der bloßen Erinnerung daran wurden ihre Augen schwarz vor Zorn. Es war schrecklich, sagte sie, wegen einer solchen Kleinigkeit bankrott zu gehen – eine so überwältigende Schmach für die Familie Seeberg, deren Armut auf diese Weise ans Licht kam und sich nicht mehr verheimlichen ließ. Wenn man schon bankrott gehen muß, sagte sie, dann wegen mehrerer Millionen, ansonsten geht man ganz einfach nicht bankrott. Millionen, das sei irgendwie *chic*, denn ganz egal, ob man sie erwirbt oder verliert, man gilt etwas und wird berühmt.

»Aber es ist doch besser – nun, wenn man nur ein paar Witwen enttäuscht anstatt vieler«, gab ich zu bedenken, sorgsam meine Worte wählend.

»Wenn es wegen weniger als eine Million Mark ist«, sagte sie und sah mich streng dabei an, »ist es eine Schande, pleite zu gehen.«

Sind sie nicht seltsam? Sie faszinieren mich irgendwie. Immer mehr erinnern sie mich an kluge Kinder, wie Kloster sie zu bezeichnen pflegt. Sie haben den amoralischen Wesenszug von Kindern. Ich höre zu – sie behandeln mich, als sei ich das Publikum, und alle sprechen sie zu meiner Ecke hin –, und ich werfe hie und da eine meiner deutschen Vokabeln ein, meist mit unglückseliger Wirkung, denn danach reden sie noch lauter auf mich ein. Alsbald stehen dann die Männer auf, schlagen die Hacken zusammen, verbeugen sich förmlich in die Runde und verschwinden, und Frau Berg legt ihre Serviette zusammen, bürstet sich die Krümel aus ihren Falten und sagt seufzend »Ja, ja« als eine Art abschließenden Segen auf das beendete Gespräch, erhebt sich dann langsam von ihrem Stuhl und sperrt den Zucker weg, geht schwerfällig den Flur hinunter und hat in der Küche ein kleines Wortgefecht mit Wanda, die ihr täglich weiszumachen versucht, es sei kein Pudding übriggeblieben. Danach kommt sie wieder schwerfällig zurück und begibt sich in ihr Schlafzimmer, wo sie sich bis vier Uhr zu ihrer Mittagsruhe einschließt. Die anderen Pensionsgäste verziehen sich ebenfalls nach und nach, und ich breche eilends zu einem Spaziergang auf, um wieder locker zu werden, nachdem ich den ganzen Vormittag geübt habe. Beim Laufen lasse ich mir dann durch den Kopf gehen, was sie alles gesagt haben, und versuche, die Dinge aus ihrem Blickwinkel zu betrachten, was mir einfach nicht gelingen will.

Donnerstags und freitags habe ich Unterricht und erzähle Kloster von den Pensionsgästen. Er sagt, sie seien ganz typisch für die große Masse des Volkes. »*Wir Deutschen*«, sagt er und lacht, »sind das Volk auf der Welt, das sich am leichtesten regieren läßt, weil wir folgsam und entflammbar sind. Wir zeichnen uns durch jenen Kadavergehorsam aus, der für die Obrigkeit so praktisch ist, und wir sind leicht zu entflammen, weil wir habgierig sind. Man braucht uns nur etwas in Aussicht zu stellen, was einem anderen gehört, und sofort sind wir Feuer und Flamme. Man braucht uns nur die Wurst eines anderen vor der Nase herumzuschwenken, und schon laufen wir hinterdrein, egal wohin. Fabelhaftes Material für S. M.« Und dann fügt er noch ein paar Respektlosigkeiten hinzu.

Letzten Mittwoch fand sein Konzert in der Philharmonie statt. Er spielte wie ein Gott. Es war so komisch: das dicke, rotwangige, unscheinbare, kahlköpfige Männchen mit seinem völlig ausdruckslosen Gesicht, seiner absichtlich einfältigen Miene – denn ich glaube, er nimmt diesen leeren, diesen behäbigen Gesichtsausdruck eines Menschen, der nur immerzu ans Essen denkt, ganz bewußt an – und dann die himmlische Musik! Es war eine so eigenartige und atemberaubende Mischung wie jener verblüffende Kontrast, der zwischen den Londoner Blumenverkäufern und ihren Blumen besteht. Welch ein Anblick: diese armen zerlumpten Gestalten, die am Bordstein entlangschlurfen, und in ihren Armen die sich an ihren schmutzigen Schultern reibenden großen Körbe, gefüllt mit allen Herrlichkeiten dieser Erde, mit den erlesensten Formen, Farben und Düften. Am merkwürdigsten wirkt dieser Gegensatz, wenn sie in der Osterzeit nur Lilien verkaufen und dem Passanten die überirdische Reinheit der Lilien entgegenleuchtet, und dann unmittelbar daneben das wüste Gesicht des Verkäufers! So muß Christus ausgesehen haben, wenn er unter den Pharisäern saß.

Freilich, auch wenn Klosters Musik der Schönheit jener Lilien in nichts nachstand, so unterschied er sich doch etwas von diesen tragischen Blumenverkäufern. Nur daß er eben so ganz gewöhnlich aussah – ein kleiner, kompakter Mann von augenscheinlich beträchtlicher Leibesfülle, und die Musik, die er machte, so göttlich. Es waren diese phantastischen französischen und russischen Kompositionen. Ich muß sie Dir immer wieder aufs neue vorspielen, bis Du sie endlich liebgewinnst. Es gibt nichts, womit man sie vergleichen könnte. Sie strahlen eine solche Jugend aus, eine Unversehrtheit und Verwegenheit, kümmern sich nicht um Traditionen, gehen ihren eigenen Weg, setzen sich über Hürden und Verbote hinweg, die jahrhundertelang als sakrosankt galten. Neben diesen jungen Komponisten kommen einem Leute wie Wagner und Strauss und alle übrigen wie klebriger, unhygienischer Schlamm und unendlich alt vor; und zwar nicht alt und wundervoll wie die Großen, Beethoven und Bach und Mozart, sondern auf eine so üble Weise alt wie eine geschwätzige alte Dame mit einer gelben Perücke.

Das Publikum applaudierte, wußte aber nicht, was es damit anfangen sollte. Ein Virtuose wie Kloster, und noch dazu einer von ihrem eigenen Fleisch und Blut, erhält immer Beifall, aber ich glaube, diese gegen alle Regeln verstoßende, ungeheuer kühne Musik, deren Schönheit scheinbar ein Produkt des Zufalls ist, war für die Leute schwer zu verstehen. Die Deutschen müssen Schönheit erklärt und begründet bekommen, sie muß zuerst von einem Beamten abgesegnet und beglaubigt werden, ehe es ihnen wohl dabei ist. Ich saß in einer Ecke und weinte, so hinreißend schön war es. Ich konnte einfach nicht anders. Ich wandte mich zur Seite und zog mir meinen Hut ins Gesicht und versuchte, die Tränen zu unterdrücken, denn neben mir saß ein Deutscher mit einer Brille, der, als er merkte, daß ich mich verstecken wollte, sogleich seine Zeit damit verbrachte, mich anzustarren und die Ursache meiner Tränen zu ergründen.

Die Musik enthielt alles, was ich immer schon gewußt und geahnt habe, die Schönheit, das Wunder von Leben und Tod und Liebe. Ich erkannte es wieder. Fast hätte ich laut gerufen: ›Ja – natürlich – *auch ich* kenne das.‹

Hinterher wäre ich am liebsten gleich nach Hause gegangen, um, noch ganz erfüllt von ihren Klängen, in den Schlaf zu sinken, aber Kloster schickte mir ein kleines Briefchen, in dem er mich bat, zum Nachtessen zu kommen und einige Leute kennenzulernen, deren Bekanntschaft mir vielleicht von Nutzen sein könnte. Einer seiner Schüler, der mir das Briefchen überbrachte, hatte die Anweisung erhalten, mich sicher zu Klosters Haus zu geleiten, denn es war schon spät. Wir gingen zu Fuß. Kloster fuhr bei jemandem im Auto mit und war schon zu Hause, als wir eintrafen. Er öffnete eifrig Bierflaschen und wirkte dabei viel mehr in seinem Element als eine Stunde zuvor. Ich kann Dir gar nicht schildern, wie freundlich er mich begrüßte und mit welch charmanten kleinen Erläuterungen er mich seiner Frau und den anderen Gästen vorstellte. Er schien tatsächlich stolz auf mich zu sein. Denk nur, wie ich gestrahlt haben muß!

»Dies hier ist Mees Chrees«, sagte er, nahm meine Hand und führte mich in die Mitte des Zimmers. »Auf ihren Familiennamen will ich mich gar nicht erst einlassen, denn er gehört zu jenen englischen Namen, denen ein kluger Mann tunlichst aus dem Weg geht. Aber das macht auch nichts. Denn in zehn Jahren – nein, in fünf – wird er in ganz Europa bekannt sein.«

Es waren etwa ein Dutzend Leute da. Wir tranken Bier und aßen belegte Brote und waren bester Laune. Kloster umfing uns alle mit wohlwollenden Blicken; mehr denn je sah er aus wie eine liebenswerte, gastfreundliche Garnele. Es ist wunderbar, wenn er sich so lobend über mich äußert – von anderen Schülern weiß ich, daß er furchtbar streng und unangenehm sein kann, sobald er den Eindruck hat, daß man keine Fortschritte macht. Und es war ungeheuer nett von ihm, mich zu diesem späten Umtrunk zu bitten; unter anderem war eine Gräfin Köseritz anwesend, deren Mann im Ministerium ist und die selbst großen Einfluß und ein leidenschaftliches Interesse an Musik hat. In Bayreuth zieht sie die Fäden, sagt Kloster, mehr noch sogar als Frau Cosima, die ja nun alt ist, und die Gräfin bringt einen überall unter, wenn sie einen für förderungswürdig hält. Sie war sehr liebenswürdig und huldvoll und meinte, ich müsse einen Deutschen heiraten! Weil alle gute Musik von Rechts wegen, aufgrund natürlicher Rechte, das Eigentum Deutschlands sei.

Ich hätte am liebsten gefragt, was denn mit Debussy sei, Ravel und Strawinsky, aber ich verkniff mir diese Bemerkung.

Sie sagte, wie sehr sie diese zwanglosen Abende bei den Klosters genieße und daß sie eine Tochter in ungefähr meinem Alter habe, die ebenfalls ganz in der Musik aufgehe und eine Verehrerin von Kloster sei.

Ich fragte, ob sie hier sei, denn in einer Ecke des Zimmers saß ein junges Mädchen, aber sie guckte ganz empört und sagte: »O nein«, und nach einer kurzen Pause abermals: »O nein. Man bringt doch seine Tochter nicht hierher.«

»Aber ich bin doch auch eine Tochter«, sagte ich, zugegebenermaßen taktlos; aber sie achtete nicht darauf und redete über andere Dinge, über Violinen zum Beispiel und die Technik des Geigespielens; das hörte sich zwar alles klug an, war es aber keineswegs.

Nicht, daß ich sie nicht bereits gespürt hätte, die Kluft, die hier zwischen den verschiedenen Gesellschaftsklassen besteht; aber dies war meine erste unmittelbare Erfahrung damit, meine erste Begegnung mit einer richtigen Adligen – die Köseritz sind nämlich alter preußischer Adel. Da sie selbst verheiratet und eine Frau in reifen Jahren ist, kann sie sich nach Lust und Laune in anderen Kreisen tummeln, kann als eine heitere Wohltäterin aus einer anderen Welt herabschweben und ihre Federn in einem erfrischenden Schlammbad reinigen, wie Kloster es ausdrückte, als er sich letzten Freitag während meiner Unterrichtsstunde über seine Abendgesellschaft ausließ; aber ihre Tochter hält sie sorgfältig davon fern.

Nach dem Essen mußte ich ihnen vorspielen. Kloster zog doch tatsächlich seine Stradivari hervor und sagte, ich solle darauf spielen. Ihm schien es offensichtlich wichtig, daß ich vor diesen erlesenen Gästen spielte, und obwohl ich furchtbar erschrak und Angst hatte, meinem Lehrer Schande zu machen, war ich doch gerührt von seiner Güte und seiner Fürsorge, was meine Zukunft betrifft, und gehorchte wortlos. Ich spielte die Kreutzer-Sonate, und ein Offizier begleitete mich, ein junger Mann, der so entsetzlich gepflegt, korrekt und hölzern aussah, daß ich mich schon gefragt hatte, was er hier zu suchen habe. Dann begann er zu spielen, und ich wußte Bescheid. Kaum hatte ich angefangen, vergaß ich die Leute, die dicht um mich herumsaßen, so nahe, daß es schon peinlich war. Die Stradivari versetzte mich in eine Art Trance. Sie schien von alleine zu spielen, mir vorzusingen, mir eigenartige, wundersame Geheimnisse anzuvertrauen. Ich stand nur da und lauschte ihr.

Sie waren alle sehr nett und begeistert und redeten eifrig von einem neuen Stern am Musikhimmel, einer *trouvaille*. Denk Dir nur, Deine Chris, die erst neulich von Dir zur Strafe für ihre Unverschämtheit in die Ecke gestellt wurde – es kommt mir wirklich vor, als sei es erst gestern gewesen –, stell Dir vor: Sie ist ein neuer Stern! Aber zu viel will ich mir darauf auch wieder nicht zugute halten, weil Leute nach dem Essen immer sehr angeregt und leicht freundlich zu stimmen sind, und zudem hatte sie heute abend im Konzert Klosters Spiel ungemein aufgewühlt. Auch er war angetan und sagte ein paar ermunternde und entzückende Worte. Die adlige Dame war sehr nett und bat mich zum

Lunch, morgen gehe ich hin. Der junge Mann, der mich begleitet hatte, verbeugte sich, schlug die Hacken zusammen, ergriff meine Hand und küßte sie. Er sprach kein Wort. Kloster sagt, er gehe völlig in der Musik auf und sei so begabt, daß er ohne weiteres ein erstklassiger Musiker hätte werden können, wenn er nicht zufällig als Junker geboren wäre und daher Offizier werden mußte. Es ist anscheinend ein tragischer Fall, denn Kloster sagt, er hasse den Soldatenberuf und sei regelrecht krank, wenn man ihn längere Zeit vom Musizieren abhalte. Bald darauf ging er.

Gräfin Köseritz nahm mich in ihrem Wagen mit und setzte mich auf dem Nachhauseweg bei Frau Berg ab. Sie wohnt in der Sommerstraße, gleich beim Brandenburger Tor, also nicht weit von mir. Sie schauderte richtig zusammen, als sie am Haus von Frau Berg hochsah. Es machte wirklich einen recht kläglichen Eindruck.

■ *Schlafengehenszeit*

Ich bin müde, liebste Mutter, so todmüde, daß ich sofort ins Bett muß. Ich kann meinen Kopf nicht mehr aufrecht und meine Augen nicht mehr offenhalten. Ich glaube, das liegt am Wetter – es war heute sehr heiß. Gute Nacht und Gott segne Dich.

Deine Chris, die Dich liebt

■ ■ ■ *Berlin, Sonntag, den 28. Juni, abends*

Liebes Mütterlein, heute morgen habe ich nicht geschrieben, sondern bin losgegangen, um den ganzen Tag im Wald zu verbringen, weil es so heiß war und ich mich danach sehnte, einmal aus Berlin rauszukommen.

Ich bin in der Gegend um Potsdam herumgewandert. Mit dem Zug ist es von hier nur eine halbe Stunde, und es gibt dort viele Wälder, kleine Seen und Schlösser. Nach Schlössern stand mir nicht der Sinn. Ich wollte laufen, immerzu laufen und die Steifheit in den Beinen, die vom Straßenpflaster herrührt, etwas loswerden, und mich, wenn ich müde war, unter einen Baum setzen und das Brot und die Schokolade essen, die ich mitgenommen hatte, und durch die Blätter in den Himmel schauen. Das tat ich denn auch.

Ich verlebte einen wunderschönen Tag, den schönsten, seit ich von Dir ging. Während des ganzen Tages habe ich mit keiner Menschenseele gesprochen und auf einer Anhöhe hinter Sanssouci an einem Waldrand eine Stelle entdeckt, von wo aus man über ein Roggenfeld auf eine alte Mühle sah, und dort saß ich dann stundenlang; und nachdem ich mir so viel ich konnte von der *Scholar Gypsy* (Gedicht von Matthew Arnold, *A. d. Ü.*) ins Gedächtnis gerufen hatte, was man zumeist tut, wenn man im Sommer am Rand eines Kornfeldes sitzt, ordnete ich meine Gedanken. Bei der täglichen Arbeitsflut sind sie in letzter Zeit ziemlich in Unordnung geraten, genauso wie die Schublade, in der ich meine Handschuhe und Bänder aufbewahre, da ich diese, so wie ich sie ausziehe, einfach hineinstopfe und nie die Zeit finde, sie ordentlich einzusortieren. Das Leben rast dahin, und ich habe kaum Zeit, mir meine Schätze zu besehen. Ich will sie an den Sonntagen betrachten und zählen. Solange es Sommer ist, werde ich jeden Sonntag in die Wälder pilgern, so regelmäßig wie die Frommen zur Kirche gehen und aus fast demselben Grunde – um nachzudenken und Gott zu preisen und zu danken.

Ich nahm Deine beiden Briefe mit und las sie im Wald

noch einmal. Dort draußen, wo es so schön war, wußte ich sie noch mehr zu schätzen. Was Du über mich schreibst, liebste Mutter, klingt so zufrieden, so, als glaubtest Du ganz fest an mich. Du darfst fest davon überzeugt sein: Wenn ein Mensch durch Fleiß und Arbeit Dein Vertrauen rechtfertigen kann, dann ist es Deine Chris. Der Schnappschuß von der Rabatte voller Glockenblumen vermittelt mir eine Vorstellung, wie Du jetzt aussiehst. Trägst Du noch den alten Strohhut, den ich immer so gern an Dir sah, wenn Du im Garten gearbeitet hast? Schreib es mir, weil ich Dich mir *ganz genau* vorstellen möchte. Bei diesen Glockenblumen läuft mir das Wasser im Mund zusammen. Ich sehe ihre herrlichen Farben vor mir, ihr Rosa und Blau und Purpurrot, neben den weißen Bartnelken und den blaßlila Veilchen, von denen Du schreibst. Nun, derlei gibt es in der Lützowstraße freilich nicht. Kein Wunder, daß ich mich heute morgen aufmachte, um den Juni in den Wäldern zu suchen. Die Wälder wirkten dünn und dürftig, denn in der letzten Zeit hat es nicht geregnet, aber wie bezaubernd dennoch nach meiner staubigen Berliner Straße! Ich habe es richtig genossen. Mir war frei und phantastisch zumute, rauszukommen zu meinem hart verdienten Sonntagsausflug.

Der Zug nach Potsdam war voll mit Offizieren. Sie wirkten alle sehr schneidig, tüchtig und mit sich und der Welt zufrieden. In meinem Abteil saßen sie während der gesamten Fahrt über Landkarten gebeugt und fachsimpelten angeregt und begeistert, als sei ihr Beruf so interessant, daß sie nicht einmal am Sonntag davon lassen können. Keine Spur von Phlegma. Aber wo ist denn dieses Phlegma, von dem man immer gehört hat? Verglichen mit den Deutschen, die ich getroffen habe, sind wir es, die phlegmatisch sind; phlegmatisch, langsam und gelangweilt. Im Gegenteil: Die Offiziere strahlten dieselbe Erregtheit, dieselbe nervöse Angespanntheit aus wie die männlichen Pensionsgäste bei Frau Berg.

Potsdam ist reizend und voll von Schlössern und Parkanlagen. Wenn ich nicht auf Wälder ausgewesen wäre, hätte ich es mit großem Interesse erkundet. Weißt Du noch, wie Du mir damals im Winter Carlyles *Friedrich der Große* vorgelesen hast, als Du mir das Nähen schmackhaft zu machen versuchtest? Und Du mir daraus vorgelesen hast, um mich zum Nähen zu bestechen? Nähen lernte ich zwar nicht, dafür aber eine Menge über Potsdam und die Hohenzollern, und an einem Sonntag, wenn das Wetter nicht ganz so schön ist, werde ich bestimmt Sanssouci besichtigen und wieder in die Vergangenheit zurückkriechen. Doch heute war mir nicht nach Mauern und Dächern zumute. Ich wollte einfach nur laufen, immerzu laufen. Der Zug nach Berlin zurück war vollgestopft mit Leuten, die den Tag draußen vor der Stadt verbracht hatten, übermüdete kleine Kinder schrien, und wir saßen so dicht gedrängt wie in einem Hühnerstall. Ich hatte zwei Babys auf dem Schoß, die jegliche Selbstbeherrschung vermissen ließen. Da sie so niedlich waren, hätte mir dieses kleine Malheur überhaupt nichts ausgemacht, wenn ich mit Röcken handeln könnte; aber wenn man nur zwei sein eigen nennt …

Wanda war sehr nett, und als ich ihr erzählte, daß ich mindestens zehn Meilen gelaufen und daher zu müde sei, um zum Abendessen zu gehen, brachte sie mir heimlich Kaffee und Butterbrote aufs Zimmer. »*Herr Je!*« rief sie – was, wie ich fürchte, die Kurzform für ›Herr Jesus‹ und einer ihrer Lieblingsausrufe ist – und ergriff sogleich die Kaffeekanne, um sie aufzuwärmen. Hinterher fiel mir ein, daß deutsche Meilen dreimal so lang sind wie englische: Kein Wunder also, daß sie ›*Herr Je*‹ sagte! Aber stell Dir vor: Den ganzen Tag habe ich keinen einzigen Hausgast gesehen. Ich fühle mich wie neu geboren.

In meinem letzten Brief schrieb ich Dir doch, daß ich am Montag zu den Köseritz zum Lunch gehen würde, was ich auch tat, und zu berichten gibt es davon vor allem, daß ich schüchtern war. Stell Dir das einmal vor! So schüchtern, daß ich rot wurde und Dinge fallen ließ. Jahrelang habe ich in Gegenwart anderer Leute keinen Gedanken mehr darauf verschwendet, wie ich aussehe, weil andere Leute mein Interesse immer so vollkommen in Anspruch nahmen, daß ich mich darüber ganz vergaß; aber bei den Köseritz fiel mir plötzlich zu meinem großen Entsetzen wieder ein, daß ich ein Gesicht habe und daß es mich überall hin begleitet und daß manche Teile daran – na ja, mir gefallen sie einfach nicht. Und mir fiel ein, daß ich mein Haar nur flüchtig frisiert hatte und daß vier Finger meiner linken Hand harte Schwielen an den Spitzen haben, wo sie die Saiten der Geige drücken, und daß sie sehr häßlich sind, aber man kann eben schließlich nicht beides haben, schöne Finger und Talent zum Geigespielen. Außerdem wurde ich mir meines Aufzugs bewußt, und wir wissen ja, wie fatal das ist, wenn es sich um einen so schäbigen wie den meinen handelt, nicht wahr? Du hast mich immer ermahnt, ich solle mich sorgfältig und konzentriert anziehen und dann ganz in Gottes Hand geben. Welch kluger Rat! Und ich habe ihn so lange befolgt, daß ich völlig vergesse, was ich anhabe – außer am vergangenen Montag … Ich wurde gewissermaßen mit der Nase darauf gestoßen durch Gräfin Köseritz Tochter, deren Augen mich von Kopf bis Fuß und dann wieder rückwärts musterten, als ich eintrat. Sie war der Inbegriff von Gepflegtheit und Eleganz – wie aus dem Ei gepellt, so sagt man hierzulande, wenn jemand tadellos gekleidet ist. Auf einmal wußte ich, was ich stets vermutet hatte: daß ich schlampig bin, schlampig und schlaksig, mit Beinen, die zu lang sind, und Füßen, die nicht so recht dazu passen. Ich haßte meinen *Beethovenkopf* mit all seinem Haar. Ich hätte viel lieber dünneres Haar gehabt, solches, das sich fein säuberlich aus dem Gesicht streichen und bürsten und in schöne, gleichmäßige Wellen legen läßt. Und ich hätte so gern eine makellose Spitzenbluse angehabt und eine Perlenschnur um den Hals und einen tadellos geschnittenen blauen Sergerock ohne Schmutzspritzer – es regnete nämlich, und ich war zu Fuß gegangen. Weißt du, wie ich mir vorkam? Wie so ein gutmütiges Wesen, über das die Leute hinterher wohlwollend und herablassend sagen: »Oh, aber sie ist ja eine solch gute Seele.«

Gräfin Köseritz war schrecklich nett zu mir. Das schüchterte mich noch mehr ein, denn ich merkte ja, daß sie mir meine Befangenheit nehmen wollte, und Du kannst Dir vorstellen, daß ich davon nur noch befangener wurde. Ich errötete und ließ verschiedene Dinge fallen, und je mehr ich errötete und Dinge fallen ließ, desto netter war sie zu mir. Während mich meine Altersgenossin Helena die ganze Zeit über mit denselben ruhigen Augen ansah. Sie hat ein völlig ausdrucksloses Gesicht, keine Spur von Leidenschaft für Musik oder sonst irgend etwas. Auch machte sie keinerlei Annäherungsversuche, sondern sah mich lediglich unverwandt an. Ihre Mutter plauderte mit der übertriebenen Lebhaftigkeit einer Gastgeberin, die eine schwierige Situation zu meistern hat. Zwischen zwei Kindern, kleinen Junkerlein, die noch die Schulbank drücken, saß eine schweigsame Gouvernante, die mich unablässig anstarrte und sich vergeblich zu bemühen schien, mich irgendwo einzuordnen; da war eine junge Dame, eine Cousine, die leise auf Helena einredete, und da war Graf Köseritz, ein geistesabwesender Mensch, der zu spät zum Essen erschien. Als man mich ihm vorstellte und sagte, ich sei ein junges Genie, eine Entdeckung Klosters, murmelte er irgend etwas in seinen Bart, setzte sich an den Tisch, von dem er nicht wieder aufsah, und reagierte höchst einsilbig auf die Versuche seiner Frau, ihn in die Unterhaltung mit einzubeziehen und dieser den Charakter eines Zwiegesprächs zu nehmen. Und während Helena die ganze Zeit über mit einem Ohr den Einflüsterungen ihrer Cousinen lauschte, fixierten ihre ruhigen Augen Stück für Stück Deine wehrlose Chris.

Ich ertappte mich dabei, wie ich inständig hoffte, im morgendlichen Durcheinander des Aufstehens und Anziehens nicht vergessen zu haben, meine Ohren zu reinigen! Ich muß mich stückweise waschen, einen Teil nach dem anderen, weil ich bei Frau Berg nur eine winzige Zinnschüssel bekomme, da das Badezimmer zur Aufbewahrung zusätzlicher Bettwäsche benutzt wird. Es ist schwierig, und man wird immer abgelenkt; manchmal vergißt man so Kleinigkeiten wie Ohren, solche kleinen Extras, ganz einfach. Und als Helenas ruhige Augen, in denen es anscheinend kein Flackern oder Zögern oder Blinken gab, sich auf eines meiner Ohren hefteten, geriet ich derart durcheinander, daß ich aus dem Schälchen mit Schlagsahne, das mir gerade gereicht wurde, den Löffel auf den Boden stieß. Es war ein Parkettboden, und der Löffel machte einen Höllenlärm, und die Sahne richtete eine fürchterliche Sauerei an. Ich war todunglücklich, weil ich zuvor bereits einen Pfefferstreuer umgeworfen und Wasser verschüttet hatte. Der Butler trat in gravitätischem Stechschritt herbei mit einem frischen Löffel, den er auf den Teller legte, der mir gereicht wurde, und ein dritter, nicht ganz so imposanter, aber ebenfalls weißbehandschuhter Lakai brachte ein Tuch und wischte die verkleckerte Schlagsahne auf, und die Nettigkeit der Gräfin wurde nun noch schrecklicher und wortreicher. Helenas Augen wichen keine Sekunde von mir. Sie ruhten immer noch auf meinem Ohr. Noch ein Weilchen und ich hätte jenes Stadium erreicht, in das ein zur Weißglut gebrachter Mensch gerät, wenn er in seiner Qual plötzlich Dinge sagt, die selbst dem Verwegensten nicht im Traum einfallen würden, aber da betrat Herr von Inster das Zimmer.

Das ist der junge Mann, der mich neulich abends, wie ich Dir geschrieben habe, auf dem Klavier begleitete. Wir saßen bereits beim Kaffee, die Diener waren weg, und der Graf hatte sich eine Zigarre angesteckt und starrte in tiefer Geistesabwesenheit auf das Tischtuch, während mir die Gräfin versicherte, wie aufrichtig er an Musik und ihrer Interpretation durch junge, vielversprechende Leute interessiert sei, und Helenas Augen ruhten auf einem Fleck, den es auf meiner einzigen wirklich hübschen Bluse gibt – ich weiß nicht, wie er dorthin gekommen ist, liebste Mutter, und es tut mir furchtbar leid und ich habe versucht, ihn mit Benzin und anderem Zeug wegzukriegen – aber es ist ja schließlich besser, eine Bluse mit Flecken darauf zu tragen als gar keine ... Ich hatte ein paar Blumen daran geheftet, um den Fleck zu verdecken, anfangs taten sie das auch, doch sie wurden welk und hingen herab, und da war er wieder, der Fleck, und Helena entdeckte ihn. Also, Herr von Inster trat ein und rettete die Situation. Er sieht aus wie ein schneidiger junger Offizier, sehr hübsch und schlank in seiner Garde-Ulanen-Uniform, aber er hat in Wirklichkeit noch viele andere Qualitäten. Er ist der Cousin derer von Köseritz, und Helena duzt ihn. Er war sehr höflich, fand für jeden die richtigen Worte, erklärte, daß er bereits zu Mittag gegessen habe, aber im Vorbeigehen auf den Gedanken gekommen sei, einfach mal reinzuschauen. Er wolle nicht leugnen, sagte er, daß er gehört habe, ich würde kommen – über den Tisch hinweg verbeugte er sich leicht gegen mich und lächelte –, und daß er sich der Hoffnung hingebe, man könne mich vielleicht überreden, etwas zu spielen.

Da ich keine Geige bei mir hatte, konnte ich nicht. Ich wollte, ich hätte gekonnt, denn ich bin sogleich völlig unbefangen und glücklich, wenn ich spielen kann; aber die Gräfin gab der Hoffnung Ausdruck, ich werde ihren Freunden an einem der nächsten Abende vorspielen, sobald sie es arrangieren könne – Freunde, die sich für junge Genies interessieren, wie sie sich ausdrückte.

Ich sagte, das würde ich schrecklich gern, und es sei sehr gütig von ihr, nahm mir jedoch insgeheim vor, zuerst Kloster zu fragen; denn falls sich ihre Freunde alle so heftig für Musik interessieren wie der Graf und Helena, dann wäre es für mich wohl besser und ergiebiger, wie gewöhnlich um zehn zu Bett zu gehen, als mich übertrieben herausgeputzt von meinem Lager zu erheben und mich in solch erlauchten Zirkeln zur Schau zu stellen.

Nachdem Herr von Inster gekommen war, begann ich mich einigermaßen wohl zu fühlen, denn er unterhielt sich mit allen ringsum, wodurch seiner Tante unverkennbar ein Stein vom Herzen fiel. Helena ließ mein Ohr in Ruhe und sah ihn an. Einmal hätte sie fast um ein Haar gelächelt. Das andere Mädchen hörte auf zu wispern und plauderte über Dinge, über die ich auch hätte reden können, wie zum Beispiel über England und Deutschland – sie werden nie müde, darüber zu reden –, Strauss und Debussy. Nur der Graf saß stumm da, die Augen auf das Tischtuch geheftet.

»Mein Mann brennt darauf, Sie spielen zu hören«, sagte die Gräfin, als er kurz danach aufstand und sich wieder zu seiner Arbeit begab. »Brennt regelrecht darauf«, sagte sie, die Magerkeit des knappen ›Auf Wiedersehen‹, das er mir hinwarf, unbekümmert aufplusternd.

Selbst auf diese Bemerkung hin sagte er kein Wort. Er ging einfach. Zu brennen schien er nicht.

Herr von Inster brachte mich zurück. Er hat ein ungemein ansprechendes Äußeres und freundliche Augen, deren Ausdruck sowohl klug als auch traurig ist. Er spricht sehr gut Englisch, das taten übrigens bei den Köseritz alle, die überhaupt sprachen. Er interessiert sich leidenschaftlich für Musik und wäre ein wirklich guter Musiker geworden, meint Kloster, aber als Junker ist ihm sein Berufsweg vorgegeben. Es ist tragisch, seiner natürlichen Neigung abschwören zu müssen, zumal, wenn man den Soldatenberuf haßt. Die Leute auf der Straße waren ausnehmend höflich und machten mir Platz, weil ich mich in Begleitung eines Offiziers befand. Kein einziges Mal wurde ich vom Bürgersteig gestoßen.

Gute Nacht, liebste Mutter. Ich habe eine glückliche Woche hinter mir. Ich umarme und küsse Dich mit all meiner Liebe …

Deine Chris

Eben kam Wanda vorbei, um mein Tablett zu holen. Sie war ganz aufgeregt und sagte, ein Prinz sei ermordet worden. Sie habe gehört, wie es die *Herrschaften* beim Abendessen erzählten. Sie sagten, wie ihr schien, es sei ein Österreicher, aber egal welcher Prinz, es sei eine Majestätsbeleidigung, ihn zu töten, und sie staune, wie jemand so etwas wagen konnte. Dann kam Frau Berg persönlich, um es mir mitzuteilen. Mittlerweile war ich schon im Bett – hatte mir die Zöpfe aufgebunden und wollte schon einschlafen. Sie war ungeheuer erregt, und bei ihrem Anblick lief mir ein kalter Schauer über den Rücken. Sie war so erregt, daß sie auch mich damit ansteckte und in helle Aufregung versetzte. Es ist ja auch wirklich schrecklich, wie diese königlichen Hoheiten durch Bombenattentate ums Leben kommen. Sie sagte, es seien der österreichische Thronfolger und seine Frau, beide. Doch das wirst Du sicher schon alles wissen, wenn Du diesen Brief bekommst. Sie wußte nichts Genaueres, aber die Sonntagszeitungen hatten Sonderausgaben gebracht, und sie sagte, das bedeute Krieg.

»Krieg?« wiederholte ich.

»Krieg«, wiederholte sie und ging dann mit schweren Schritten im Zimmer auf und ab und sagte immerzu: »Krieg. Krieg.«

»Aber mit wem denn?« fragte ich, setzte mich im Bett auf, umklammerte meine Knie und sah ihr fasziniert zu.

»Er wird kommen«, sagte Frau Berg und stapfte im Zimmer umher. »Er muß kommen. Die Welt wird erst zur Ruhe kommen, wenn Blut geflossen ist.«

»Aber welches Blut denn?« fragte ich, etwas zaghaft, denn ihre Stimme und ihr Gebaren ließen mir das meine in den Adern erstarren.

»Das Blut all jener Missetäter, die dafür verantwortlich sind«, am Fußende meines Bettes blieb sie einen Augenblick stehen und kreuzte ihre Arme vor der Brust – sie konnten sich kaum erreichen, und das Wort Brust klingt viel zu flach – und fügte hinzu: »Von denen es viele gibt.«

Dann setzte sie ihren Gang durchs Zimmer fort, und jedesmal, wenn sie auftrat, bebte das Zimmer. »Alle, alle müssen bestraft werden. Es wird, es muß eine Strafe dafür geben. Groß und schrecklich. Blut wird, Blut muß in Strömen fließen, bevor ein solches Verbrechen als gesühnt gelten kann. Solche Missetäter müssen ihr Blut lassen.«

Dann ging sie zum Glück, denn allmählich begann ich in meinen Bettlaken vor Entsetzen zu frösteln.

Ich stand noch einmal auf, um dies zu schreiben. Ich weiß, auch Du wirst entsetzt sein. Wie den königlichen Hoheiten einer nach der anderen der Garaus gemacht wird! Wie froh ich bin, daß wir beide nicht zu dieser Spezies gehören und von keinen Bomben behelligt werden. Die Ärmsten! Es ist entsetzlich. Dennoch scheinen sie nie abzudanken oder auf ihren Status als königliche Hoheiten verzichten zu wollen, ich vermute, sie glauben, daß es das letztlich doch wert ist. Aber Frau Berg war schrecklich. Was für eine blutrünstige Frau! Ich frage mich, ob die anderen Pensionsgäste auch so reden. Ich bete zum Himmel, sie tun es nicht, denn schon das Wort Blut ist mir verhaßt. Und warum sagt sie, es werde Krieg geben? Man wird die Mörder ergreifen und bestrafen wie bisher – dann ist die Sache erledigt. Es gab ja auch keinen Krieg, als die Kaiserin von Österreich ermordet wurde oder der König und die Königin von Serbien. Ich glaube, Frau Berg wollte mir angst machen. Sie hat die fixe Idee, daß es allen

Engländern viel zu gut gehe und man sie unter allen Umständen einmal spüren lassen sollte, wie es ist, wenn es einem nicht gutgeht. Zu unserem Besten, vermute ich.

■ ■ ■ *Berlin, Dienstag, 30. Juni 1914*

Liebe Mutter, wie herrlich, daß Du nächsten Monat mit den Cuncliffes in die Schweiz fährst! Ich finde es wirklich phantastisch; Du wirst dort viel Kraft für den Winter tanken. Und bedenke, wieviel näher Du mir dann bist! Ich habe Mrs. Cuncliffe schon immer in Verdacht gehabt, insgeheim ein Engel zu sein, und jetzt weiß ich es. Dein Brief ist eben gekommen, und ich *mußte* Dir einfach kurz schreiben, wie ich mich freue.

Chris

Dies hier ist kein Brief, sondern ein Freudenschrei.

■ ■ ■ *Berlin, Sonntag, 5. Juli 1914*

Meine liebste Mutter, es war so heiß letzte Woche. Wir sind hier oben unterm Dach fast umgekommen vor Hitze. Wenn es bei Dir in Chertsey auch so ist, solltest Du die Cuncliffes überreden, so schnell wie möglich in die Schweiz aufzubrechen. Angenehm kühl wäre Dir dann allein schon, wenn Du von Deinem Fenster aus den Schnee auf den Bergen siehst. Ich habe Dir ja geschrieben, daß mein Zimmer auf die Lützowstraße hinausgeht. Die Sonne knallt den lieben langen Tag darauf. Scharen von Fliegen kommen hier hoch, um meinem Spiel zu lauschen, und ich kann nicht vernünftig üben, während sie mir so verzückt über den Nacken laufen. Da ich keine Hand frei habe, kann ich sie nicht verscheuchen. Ach, hätte ich doch einen Kuhschwanz!

Frau Berg sagt, in diesem Zimmer habe es früher nie Fliegen gegeben, und gibt etwas düster zu verstehen, daß ich sie mitgebracht hätte, die Fliegeneier, nehme ich an, und zwar in meinem Gepäck. Am liebsten würde sie abstreiten, daß es hier überhaupt welche gibt, vor allem mit der Begründung, daß es etwas so Unstatthaftes wie eine Fliege außerhalb ihres angestammten Ortes, was, wie sie sagt, ein Dunghaufen ist, in Deutschland schlechterdings nicht geben könne. Dazu sei in Deutschland alles viel zu gut geregelt. Ich nähme an, entgegnete ich, sie wisse das, weil sie es in den Zeitungen gelesen habe. Ich war ziemlich schnippisch. Bei dem heißen Wetter reißt mir schon mal der Geduldsfaden gegenüber Frau Berg. Sie ist so korpulent und scheint alle Luft hier aufzusaugen, und wenn sie auf einem Stuhl gesessen hat, ist er noch Stunden später ganz warm. Wenn doch nur irgend so ein cleverer, erfindungsreicher Amerikaner käme und sie zu einem Ventilator umbaute! Ich brauche dringend einen, und sie würde schön herumwirbeln und bestimmt eine Riesenmenge Luft erzeugen.

Nun, meine Liebe, Du merkst, ich bin gereizt. Das liegt an der Hitze, nicht einmal nachts kühlt es richtig ab. Und auch das Essen ist so heiß und so fett, und der bläßliche junge Mann mit dem roten Mund, der mir beim Mittagessen gegenübersitzt, schmilzt während der Mahlzeit sichtlich und stetig vor sich hin, und wenn Wanda die Schüsseln bringt, ist es, als erfüllte ein Schwall heißer Luft den Raum. Kloster sagt, ich arbeite zu viel, und möchte, daß ich weniger übe. Ich sagte, ich sähe nicht ein, warum Wanda und der junge Mann weniger schwitzen sollten, wenn ich weniger übte. An einem Tag, als ich Kopfschmerzen hatte, versuchte ich es, und Du kannst Dir nicht vorstellen, wie lang mir der Tag wurde. So leer. Nichts zu tun. Nur Berlin. Und ich glaube, man fühlt sich nirgendwo auf der Welt so einsam wie in Berlin. Kloster sagt, das komme davon, daß ich zu viel übe, aber ich kann nicht erkennen, wieso Berlin freundlicher auf mich wirken sollte, wenn ich weniger arbeiten würde. In Wirklichkeit bin ich natürlich kein bißchen einsam, denn es gibt ja Kloster, der sehr konkret und lebhaft an mir Anteil nimmt und der reizendste Mensch ist, dann gibt es auch noch Herrn von Inster, der mich seit dem Tag, als ich bei seiner Tante zum Lunch war, schon zweimal besucht hat, und hier im Haus unterhält sich nun jeder mit mir – mehr als mit einem der anderen Pensionsgäste, glaube ich, weil ich Engländerin bin und sie mich anscheinend zu einer Deutschen umerziehen wollen. Und Hilda Seebergs Freundschaft geht schon so weit, daß sie mich vorsichtig eingeladen hat, irgendwann einmal am Nachmittag mit ihr bei Wertheim Schokolade zu trinken; und der bläßliche junge Mann hat vorgeschlagen, mir an einem Sonntag das Hohenzollern-Museum zu zeigen, wo er mir anhand historischer Relikte die glorreiche Geschichte dieses hohen Hauses, wie er sich ausdrückte, erläutern könne. Und Frau Berg, die zwar aussieht wie des Teufels Großmutter, ist im Grunde gar nicht so übel, denke ich; und Dr. Krummlaut sagt jeden Tag, wenn er ins Speisezimmer tritt, sich die Hände reibt und an meinem Stuhl vorbeikommt: *»Na, was macht England?«* – womit er sein Wohlwollen zu erkennen gibt. Daß ich mutterseelenallein bin, ist nur so ein Gefühl. Aber ich habe es nun einmal, und je länger ich hier bin und je näher ich die Leute kennenlerne, desto mächtiger wird es. Es ist ein gewisses Unbehagen. Meine Seele fühlt sich so einsam und verlassen – der eigentliche und einzige Teil meiner selbst, der wirklich zählt.

Wenn ich so weitermache, liebes Mütterlein, wirst auch Du bald in Klosters Horn stoßen und mir einreden, ich arbeitete zu viel. Geliebtes England. Heißgeliebtes England. Um sich darüber klarzuwerden, wie sehr man England liebt, braucht man nur nach Deutschland zu gehen.

Bei jeder Mahlzeit reden sie hier natürlich jetzt von nichts anderem mehr als von der Ermordung des Erzherzogs. Die Unverschämtheit der Serben ist es vor allem, die ihnen den Atem nimmt. Daß sie es wagten! Dr. Krummlaut sagt, sie hätten es niemals gewagt, wenn sie zu dieser grauenhaft gotteslästerlichen Tat nicht von Rußland angestiftet worden wären – Rußland, das geradezu platze vor Neid auf die germanische Stärke und Überlegenheit und jeden Affront gegen das deutsche Volk unterstütze. Der ganze Tisch, mit Ausnahme der Schwedin, die unbeirrt weiterißt, sieht rot bei dem Wort Affront. Frau Berg wiederholt gebetsmühlenhaft, daß die Welt einen Aderlaß brauche, ehe wieder wirkliche Ruhe einkehren könne, freilich keinen deutschen. Deutschland ist offenbar von ungeheuer heimtückischen Leuten umgeben, alle bis zum Bersten voll von Neid, Haß und Bosheit, und alle von riesigen Ausmaßen. Inmitten dieser Ungeheuer weidet Deutschland, schneeweiß und flauschig und herzig, ein wahres Lämmlein unter den Nationen, das ganz ohne Arg nur lieb sein und geliebt werden will, körperlich schwach im Vergleich zu seinen riesenhaften Nachbarn, aber stark durch seine Einfalt und das Wissen um sein *gutes*

Recht. Und jedesmal, wenn sie dies erzählen, wenden sich, alle Unterstützung und Zustimmung heischend, an mich – von der Schwedin erwarten sie sich keine Antwort mehr, weil sie nur immerzu ißt –, und ich gehe dann eilends im Geiste meine besten Vokabeln durch und wähle die passendste aus, zumeist *›herrlich‹* oder *›ich gratuliere‹*. Der gigantische, ja geradezu kosmische Zynismus, den ich in meine Antworten lege, prallt unbemerkt an ihrem bequemen dicken Fell ab.

Ich denke, Kloster hat recht: Sie sind noch nicht erwachsen. Leute wie die Köseritz, Leute von Welt, geben das nicht so deutlich zu erkennen wie diese deutschen Spießer, aber ich möchte behaupten, sie sind ebenso unreif. Auch sie haben die Gier von Kindern – ich meine damit nicht, im Zusammenhang mit Eßbarem, obwohl sie auch hierbei eine gewisse Gier an den Tag legen und sich mit dem Interesse Zehnjähriger der Frage widmen, was es zum Mittagessen gibt – ich meine die Gier nach Dingen, die anderen Leuten gehören. In all ihren Gesprächen, all ihren Erläuterungen der deutschen Ideale habe ich nicht die geringste Spur von Rücksichtnahme auf andere entdeckt oder auch nur eine gewisse Anerkennung, daß auch vielleicht andere Nationen Rechte und Vorzüge haben. Ich fragte Kloster, ob ich nicht zufällig an eine kleine Gruppe von Leuten geraten sei, die in ihren Lebenseinstellungen Ausnahmen darstellten, und er sagte nein, sie seien absolut typisch für die Preußen, und die anderen Klassen, obere und untere, dächten genauso, der Unterschied bestehe nur in der Art und Weise, wie sie diese Meinung zum Ausdruck brächten.

»Alle diese Leute, Mees Chrees«, sagte er, »sind gedrillt worden. Vergessen Sie dies wichtige Faktum nicht. Jeder, egal aus welcher Schicht, hat einige seiner bildbarsten Lebensjahre damit verbracht, gedrillt zu werden. Er kriegt es nie mehr los. Zuvor hat er das Kinderzimmer und das Klassenzimmer durchgemacht: Drill und zwar sehr gründlichen Drill in einer anderen Form. Von dem Augenblick an, da er Wörter verstehen kann, wird ihm beigebracht, so zu denken, wie es für die Obrigkeit am bequemsten ist. Spätestens wenn er seinen Militärdienst ableistet, ist sein Denken in die gewünschte Form gebogen. Dann bekommt er den letzten Schliff – der Körper wird gedrillt, damit er zum Geist paßt, und schon haben Sie den perfekten Untertanen. Und gerade weil er ein Untertan ist, wird er, wenn er Macht bekommt – und jeder hat über irgend jemanden Macht –, zu einem so großen Tyrannen.«

»Aber Sie sind doch bestimmt auch gedrillt worden«, entgegnete ich, »und dennoch haben Sie nichts von alledem an sich.«

Einen Moment lang sah er mich mit seinen merkwürdig vorstehenden Augen schweigend an. Dann antwortete er: »Man hat mir erzählt, und ich glaube es, daß kein Mensch jemals wirklich darüber hinwegkommt, wenn er einmal im Gefängnis saß.«

■ *Abends*

Ich fühle mich wie neu geboren, denn was, glaubst Du, habe ich gemacht, seit ich heute morgen den Federhalter weglegte? Eine Autopartie hinaus aufs Land – das liebliche, gesegnete Land, die Heimat der Auserwählten Gottes, wie es im Lobgesang heißt, nur daß der Jerusalem meint, und zwar das goldene Jerusalem, das nicht halb so schön sein kann wie einfaches Gras mit Gänseblümchen darin. Gegen zwölf tauchte Herr von Inster hier oben auf. Wanda trat an meine Tür und schlug mit etwas dagegen, das sich wie ein Kochtopf anhörte, und es war wohl auch einer, denn um keine Zeit zu verlieren, rührte sie weiter den Pudding, während sie die Wohnungstür öffnen ging, und sie rief sehr laut: *»Der Herr Offizier ist schon wieder da.«*

Die ganze Wohnung muß sie gehört haben und auch Herr von Inster.

»Hier bin ich, *schon wieder da*«, sagte er, schlug die Hacken zusammen, als ich ins Speisezimmer kam, wo er wartete, inmitten der *débris* von Wandas ersten fieberhaften Anstalten, den Tisch zu decken; und beide mußten wir lachen.

Er sagte, der Meister – so spricht er stets von Kloster, und das mit großer Zuneigung und Bewunderung in der Stimme – und seine Frau säßen unten in seinem Wagen und hätten ihn beauftragt, mich zu bitten mitzukommen, damit er uns alle an einem so schönen Tag aufs Land hinaus fahren könne.

Du kannst Dir vorstellen, wie schnell ich meinen Hut aufhatte.

»Es tut Ihnen bereits gut«, sagte er und sah mich an, als wir die vier Treppen hinuntergingen – also hatte Kloster auch ihm erzählt, daß ich angeblich zu viel arbeite.

Herr von Inster fuhr, und wir drei saßen auf dem Rücksitz, weil er seinen Chauffeur bei sich hatte, so daß ich mich mit ihm nicht so ausgiebig unterhalten konnte, wie ich gehofft hatte, denn ich mag ihn *sehr,* und Dir ginge es genauso, Mütterchen. Er hat nichts von einem schwadronierenden Haudegen an sich. Ich bin sicher, er schubst keine Frau vom Bürgersteig, wenn er Platz braucht.

Ich habe Dir, glaube ich, noch gar nichts von Frau Kloster erzählt, aber das liegt daran, daß man dauernd vergißt, daß sie anwesend ist. Vielleicht ist es ja gerade diese wohltuende Eigenschaft, sich unsichtbar zu machen, die ein Künstler bei einer Ehefrau vor allem sucht. Nie sagt sie etwas, außer Dinge, auf die man nicht antworten muß. Das ist, wie mir scheint, eine große Tugend bei einer Ehefrau. Von Zeit zu Zeit, wenn es Kloster mit seiner *lèse majesté* ein bißchen zu weit treibt, murmelt sie ›*Aber, Adolf!*‹, oder sie verkündet in aller Seelenruhe, daß sie eben eine Stechmücke erschlagen habe oder daß der Himmel blau sei; und Kloster geht einfach darüber hinweg und plaudert munter weiter, ohne die geringste Notiz davon zu nehmen. Die beiden scheinen sehr glücklich zu sein. Sie umsorgt ihn so umsichtig, wie man ein Baby umsorgen würde – eines jener ganz kleinen rosigen, die alles, was ihnen in die Finger kommt, zusammenknüllen müssen –, und hält ihm die Probleme des Alltags vom Hals, damit er ungestört arbeiten kann. Ich wollte, ich hätte auch so eine Ehefrau.

Wir fuhren durch Potsdam und weiter Richtung Brandenburg und aßen im Wald bei Potsdam an dem See, der zum Marmor-Palais gehört. Während des Essens starrte Kloster unentwegt übers Wasser auf dieses Schloß und ließ sich bei dessen Anblick zu allerlei bedenklichen Äußerungen hinreißen. Als Offizier des Königs hätte Herr von Inster ihm eigentlich mit der stumpfen Seite seines Säbels einen Schlag verpassen müssen, aber er tat nichts dergleichen; er hörte zu und lächelte. Vielleicht sind die Hohenzollern in seinen Augen so hoch über alle Kritik erhaben wie Gott in den Augen eines wirklich Gläubigen, doch das bezweifle ich. Oder vielleicht betrachtet er Kloster als eine Art Wunderkind, dem man seine Ungezogenheiten nachsieht, aber auch das bezweifle ich. Er ist zufällig intelligent und läßt sich kein X für ein U vormachen, mag man etwas noch so sehr aufdonnern, damit es aussieht wie die Bundeslade oder sonst etwas Archaisches und Herausgeputztes – Gott bewahre, Mütterchen, Du nimmst doch hoffentlich nicht an, ich habe jenes fürchterliche Wortspiel im Sinn!

Frau Kloster hatte Proviant mitgebracht, unter anderem Kirschen, und jede von ihnen glitt einem wie ein kleiner kühler Segen die trockene Kehle hinunter. Ich konnte es kaum fassen, daß ich dem Sonntagsbraten in der Pension tatsächlich entronnen war. Ich glaube, wir waren alle sehr zufrieden, als wir da am Ufer des Sees im Grase saßen. Ein leichtes Lüftchen zerzauste uns das Haar – mit Ausnahme von Kloster, weil er das Glück hat, keines zu haben, was bei der Hitze herrlich sein muß – und strich durch die Binsen.

»Sie bekommt von Stunde zu Stunde mehr Farbe«, sagte Kloster zu Herrn von Inster, seine Kulleraugen auf mich gerichtet.

Herr von Inster sah mich mit seinen ernsten, klugen Augen an und schwieg.

»Wir haben eine Anemone mitgebracht«, sagte Kloster, »und siehe da, wir kehren mit einer Rose zurück. Momentan, Mees Chrees, sind Sie eine Kreuzung aus beidem, sind keine Anemone mehr und noch keine Rose. Ich wette, spätestens um fünf Uhr setzt die Rosenphase ein.«

Du kannst Dir gar nicht vorstellen, wie nett die beiden den ganzen Tag zu mir waren, und auch Frau Kloster. Herr von Inster sagte nicht viel, aber man sah ihm an, daß er sich genauso wohl fühlte wie die Klosters und ich. Es kommt mir merkwürdig vor, wenn ich daran denke, daß ich Dir erst heute morgen schrieb, ich fühlte mich innerlich so einsam und allein. Und während der ganzen letzten Woche fühlte ich mich auch so; doch jetzt nicht mehr. Du siehst, die Gesellschaft eines Gerechten vermag viel, viel mehr als seine Gebete. Und die Gesellschaft von zweien vermag genau doppelt so viel. Kloster ist bestimmt ein Gerechter, womit ich sagen will, daß er sowohl intelligent als auch gütig ist, und das gilt sicherlich auch für Herrn von Inster. Wäre er es nicht, würde er, ein Junker und Offizier, den Umgang mit Leuten, die sich, wie die Klosters, so fernab seiner gesellschaftlichen Kreise bewegen, für untragbar halten. Freilich wäre er dann nicht mit ihnen zusammen. Er hätte kein Interesse daran. Es ist so sonderbar, wenn man ihn von der Seite betrachtet: sein unbewegliches, ebenmäßiges, hölzernes Profil, und dann, wenn er den Kopf wendet und einen ansieht, seine Augen! Was doch Augen ausmachen können! Sein Gesicht ist das des gedrillten Rekruten, des perfekten Roboters, des korrekten Oberleutnants aus vornehmer Familie; und aus diesem Gesicht blicken die Augen eines Menschen, der um Freude und Leid und Liebe und den unbezwingbaren menschlichen Geist weiß oder wissen wird, ehe das Leben mit ihm fertig ist. Er würde Dir gefallen.

Nach dem Essen ließ Kloster, durch den Anblick des gegenüberliegenden Schlosses und, wie es schien, einige persönliche Erinnerungen an den dort hausenden Hohenzollern, sehr aufgewühlt, noch ein paar respektlose Bemerkungen fallen; ich lag im Gras, und meine Blicke glitten die glatten Buchenstämme hoch bis zu ihren hellen, in das wundervolle Blau des Himmels blinkenden Blättern – oh, es war so herrlich, Mütterchen! –, und Frau Kloster sagte zuweilen ›*Aber, Adolf!*‹ und verkündete gelegentlich, daß sie wieder eine Stechmücke erschlagen habe. Später fuhren wir dann entlang der Seenkette, die von der Havel gebildet wird, Richtung Brandenburg. Im Vergleich zur Lützowstraße war es, als sei man im Paradies. Um vier Uhr hielten wir vor einem Gasthaus in den Kiefernwäldern, tranken Kaffee und aßen wilde Erdbeeren. Dann ruderte Herr von Inster mich in einem alten Kahn, den wir unter den Binsen vertäut fanden, hinaus auf die Havel.

Es war ein komischer Anblick, einen Offizier im vollen Sonntagsstaat rudern zu sehen, aber es gibt ein paar Dinge, die uns lächerlich erscheinen, den Deutschen aber durchaus selbstverständlich. Es war etwa so, als würde man von einem Mann in schwarzem Frack und Zylinder auf der Themse herumgerudert. Von Inster sah aus wie eine glänzende Libelle, so schlank und elegant, als er da auf dem vermoderten kleinen Querbrett am Ende des Kahns balancierte, oder wie ein moderner Siegfried auf seiner Rheinfahrt – sehr modern, bedenkt man, wie sein prächtiges fremdartiges Schiff und sein schöner Heldenkörper, der ein halbes Schaf auf einmal verspeiste und lüsterne Göttinnen beglückte, im Lauf der Jahrhunderte zusammengestutzt wurden: zu diesem alten Kahn, den ein magerer Mann mit nachdenklichen Augen langsam über den See ruderte.

Ich sagte ihm, daß er mir vorkomme wie Siegfried im zweiten Akt der Götterdämmerung, aber vom Zahn der Zeit etwas angenagt, und er lachte und entgegnete, daß er Brünnhilde zumindest sicher in sein Boot gebracht habe und nicht durchs Feuer werde klettern müssen, um sie zu holen. Er meinte, die Musik Wagners und Strauss' sei äußerst charakteristisch für das gegenwärtige Deutschland: das Getöse, das süßlich Sentimentale, bei dem das Publikum in Tränen zerfließe, die Verherrlichung roher Gewalt, die alles beherrschende Protzerei, der emotionale Schwulst, die große Düsterkeit. Diese Musik sei der natürliche Ausdruck des derzeitigen Deutschland und Strauss ihre letzte Blüte: noch lauter, noch blutiger, noch düsterer. Das Laute, Lärmende sei geradezu das Markenzeichen Deutschlands und werde es wohl so lange bleiben, bis es aus dem imperialistischen Alptraum erwache, der seit der Thronbesteigung des gegenwärtigen Kaisers von ihm Besitz ergriffen habe.

»Sie sagen da Dinge, die Sie bestimmt nicht sagen sollten«, gab ich zu bedenken.

»Natürlich«, sagte er. »Das tut man in Deutschland immer. Da alles verboten ist, bleibt einem gar nichts anderes übrig, als gegen Verbote zu verstoßen. Ich muß erst noch lernen, daß eine Fülle von Gesetzen den Leuten Manieren beibringt. Manieren, meine ich, wie die Obrigkeit sie sich wünscht.«

»Aber Kloster sagt, daß Sie ein Volk von Sklaven sind und sich aufgrund des Drills, den Sie bekommen, auch wirklich so benehmen, wie die Obrigkeit es will.«

Er sagte, das mit den Sklaven stimme schon, doch es gebe zwei Arten von Sklaven – die völlig eingeschüchterten, die keinen Ärger mehr bereiten, und diejenigen, die heimlich aufbegehrten und sich für ihre Gesetzestreue nach außen hin dadurch schadlos hielten, daß sie in Gedanken und Reden wider den Stachel löckten. »Das sind die Sklaven, die nur auf eine Gelegenheit warten, um auszubrechen und sich zu befreien«, sagte er. »Dem Geist, dem Denken kann man keine Ketten anlegen. Die Obrigkeit weiß das und fürchtet nichts so sehr auf der Welt wie das Denken.«

Er sprach über die Morde von Sarajevo und sagte, er fürchte, die Sache werde sich nicht so ohne weiteres beilegen lassen. Er meinte, Deutschland glühe – *glühe*, sagte er mit Nachdruck, vor Kampflust; es sei nahezu unmöglich, über eine große, derart perfekt gerüstete Armee zu verfügen, wie sie die Deutschen nun hätten, und keinen Gebrauch davon zu machen; wenn so etwas nicht benutzt werde, beginne es innerlich zu verrotten und richte im Lande endlosen Schaden an und wachse sich für die Krone, der es seine Existenz verdankt, zu einer Gefahr aus. Die Armee in diesem Zustand zum Nichtstun zu verurteilen und warten zu lassen sei etwa so, wie wenn man ein ausgeruhtes junges Pferd bei vollem Futter im Stall festbinde – es würde den Stall gewiß bald zu Kleinholz machen, sagte er.

»Ich hasse Armeen«, entgegnete ich. »Ich hasse das Soldatenhandwerk und alle Aggressionen und Grausamkeit, für die es steht, und auch Verbrechen in einem so riesigen Ausmaß, daß es gar nicht bestraft werden kann.«

»Großer Gott, und wie ich sie erst hasse!« entfuhr es ihm aus tiefster Überzeugung.

Er erzählte mir etwas, das mich geradezu entsetzte. Er behauptet, daß sich in Deutschland so manches Kind umbringe. Alljährlich begingen viele Schulkinder und sogar noch kleinere Kinder Selbstmord. Er sagt, sie würden in den Tod getrieben, weil man sie gnadenlos schinde und ihnen einrede, sie bereiteten sich und ihren Eltern Schande und machten ihre Berufslaufbahn zunichte, wenn sie in der Schule das Klassenziel nicht erreichten. Welche Qualen muß ein solch verzweifeltes Kind wohl durchlitten haben, bevor es den Punkt erreicht hat, sich lieber umzubringen, als weiterzuleben! Kein anderes Volk ist mit diesem Schandfleck behaftet.

»Ja«, nickte er zustimmend, als er meinen Gesichtsausdruck sah, »ja, wir sind verrückt. Unter dieser Regentschaft haben wir den Verstand verloren, vor lauter Besessenheit, uns unter allen Umständen und mit allen

Mitteln an die Spitze zu setzen. Wir müssen alle übertreffen, koste es, was es wolle, egal, wieviel Glück und Leben dabei draufgeht. Wir müssen besser ausgebildet sein, mehr Leistung erbringen und schneller zupacken können als andere Nationen, und die Kinder sind die Leidtragenden. Unsere Zukunft liegt auf ihren Schultern. Und wenn sie versagen, wenn sie die Anspannung nicht mehr aushalten, machen wir sie seelisch fertig. Sie werden nicht mehr gebraucht. Sollen sie doch gehen. Wen kümmert es, ob sie sich umbringen? Nur etliche Versager weniger, das ist alles. Dem Staat ist es lieber, wenn sie tot sind.«

Und währenddessen, während er mir diese Dinge erzählte, lagen Kloster und seine Frau fein säuberlich ausgestreckt nebeneinander am Ufer unter einem Baum und schliefen, ihre Taschentücher hatten sie sich übers Gesicht gebreitet. Das ist die Vorstellung, die wir in England von Deutschland haben – eine Vielzahl zufriedener Paare, freundlich und schläfrig, die die Nachmittagsstunden in Gärten oder Kiefernwäldern verdösen. Das ist die Vorstellung, die die deutsche Regierung gegenüber Europa aufrechterhalten will, sagt Herr von Inster, diese Vorstellung von jovialer, bierseliger Gutmütigkeit. Die Regierung möchte nicht, daß andere Nationen von den Kindern erfahren, den toten, beiseite geworfenen Kindern, von der mitleidlosen Zerstörung alles dessen, was nicht dazu beiträgt, ihre große Vernichtungsmaschinerie am Laufen zu halten, weil sonst, sagt er, die anderen Nationen, früher, als es Deutschland lieb sein kann, erkennen würden, daß es vor nichts zurückschreckt.

Wanda hat mir gerade die Lampe weggenommen. Gute Nacht, liebste Mutter.

Deine Chris

■ ■ ■ *Berlin, Mittwoch, 8. Juli 1914*

Liebe Mutter, Kloster sagt, ich solle noch diese Woche aufs Land fahren und erst in zwei Wochen wiederkommen. Dies hier sind nur ein paar Zeilen, um Dir das mitzuteilen. Er hat einer Förstersfamilie geschrieben, die er kennt und die mitten im Wald bei Stettin lebt. Sie nehmen Sommergäste auf und hatten bereits früher einmal Schüler von ihm, und er vereinbart gerade mit ihnen, daß ich schon am nächsten Sonntag komme.

Hast Du etwas dagegen, liebste Mutter? Ich meine, daß ich eine so plötzliche Entscheidung treffe, ohne Dich zuvor gefragt zu haben? Aber ich bin wie der Schwanz, der mit dem Hund wedelt, und wedeln muß, ob er will oder nicht. Mir ist gar nicht wohl dabei, so abgeschoben zu werden, zwei ganze Wochen ohne Unterricht, aber mein Protestieren ist nutzlos. Gegen Kloster kommt man nicht an. Er sagt, er werde mich nicht mehr unterrichten, wenn ich nicht fahre. Als ich ihn bat, wurde er am Ende richtig wütend und sagte, seine Zeit sei ihm zu schade, jemanden weiter zu unterrichten, der vor lauter Üben so ausgepumpt sei, daß er nicht mehr üben könne; wenn ich keine Pause einlegte, würde ich höchstens noch in der Reihe der zweiten Geiger – (nicht einmal in der der ersten!) – bei einer Pantomime spielen können. Das machte mich sprachlos. Entsetztes Schweigen. Dann wurde er wieder freundlich und sagte, ich hätte eben diese kostbare Gabe – Gott allein wisse, warum ausgerechnet ich, eine Frau, sie habe; wozu, fragte er und guckte wie eine Garnele, soll es gut sein, daß eine Frau so vom Glück begünstigt wird? –, und das sei eine große Verantwortung. Ich solle ja nicht glauben, daß mein Talent, das ich da mutwillig verderbe und kaputtmache, mir allein gehöre. Es gehöre der ganzen Welt!

Als er das sagte, liefen mir kalte Schauer den Rücken hinunter. Er blickte ganz feierlich drein, und mir wurde davon so feierlich zumute, als würde ich, wie Wordsworth im *Prelude,* zu einem *Berufenen.*

Aber ich glaube, er hat recht, und es ist Zeit, daß ich für ein Weilchen an einen kühleren Ort fahre. Seit einer Woche bin ich zunehmend gereizter, gerate wegen Nichtigkeiten aus dem Häuschen und rege mich immer mehr über die Fliegen auf, und einmal – ob Du's glaubst oder nicht – setzte ich mich doch tatsächlich hin und heulte vor Wut wegen dieser blöden Fliegen. Ich habe versprechen müssen, daß ich in der ersten Woche, die ich weg bin, die Geige nicht anrühre und in der zweiten Woche nicht mehr als zwei Stunden am Tag übe, und wenn ich mich dann wieder rundum wohl fühle, darf ich zurückkommen. Er sagt, er werde selbst zehn Tage in Heringsdorf Urlaub machen, einem Badeort, der in der Nähe meiner Sommerfrische liegt, und er wolle herüberkommen und schauen, ob es mir gutgehe. Das Köseritzsche Landgut sei ebenfalls nicht weit entfernt, so daß ich mich nicht ganz mutterseelenallein fühlen werde. Die Abendgesellschaft bei Köseritz, bei der ich spielen sollte, kam nie zustande, worüber ich ganz froh war. Ich hatte überhaupt keine Lust, dort zu spielen oder mir darüber Gedanken zu machen oder dergleichen. Die Gräfin sei vor der Hitze aufs Land geflohen, erzählte mir Herr von Inster. Auch er scheint der Meinung zu sein, daß ich wegfahren sollte. Ich sah ihn heute nachmittag nach meiner Stunde bei Kloster, und er sagte, er werde zu seiner Tante – das ist die Gräfin Köseritz – fahren, solange ich dort in der Gegend bin, und herüberreiten und mich besuchen.

Ich bin sicher, er würde Dir sehr gefallen. Meine neue Anschrift lautet:

bei Herrn Oberförster Bornsted
Schuppenfelde, Reg.Bez. Stettin

Ich weiß nicht, was Reg.Bez. bedeutet. Ich habe es von einer Karte abgeschrieben, die mir Kloster gab, und ich nehme an, es ist besser, wenn Du es auf den Umschlag schreibst. Sobald ich dort bin, werde ich Dir schreiben und berichten. Mach Dir meinetwegen keine Sorgen, Mütterlein; Kloster sagt, es sind furchtbar nette Leute, und es ist der gesündeste Aufenthaltsort, mitten im Wald, am Rande von etwas, das sie Haff nennen, was Wasser ist. Er sagt, daß ich in einer Woche wie ein junges Reh auf dem Hang herumspringen werde; und er versucht, mich mit den vielen Walderdbeeren und der frischen Sahne zu ködern, die es dort gibt.

Mein Herzblatt, liebste Mutter.

Deine verwirrte und etwas gehetzte

Chris

■ ■ ■

Oberförsterei, Schuppenfelde,
11. Juli 1914

Mein liebes Mütterlein, hier bin ich, und es ist herrlich. Das muß ich Dir noch schnell berichten, bevor ich zu Bett gehe. Wir befinden uns mitten im Wald; bis zum nächsten Bahnhof sind es acht Meilen, und das ist nur einer für die Kleinbahn, ein richtiger Spielzeugbahnhof, in den zweimal am Tag ein kleiner Zug kriecht, der von Stettin mehr als drei Stunden braucht. Der Oberförster holte mich in einem hochrädrigen gelben Wagen ab, der von zwei langschwänzigen Pferden gezogen wurde, die, nach ihrem individualistischen Gebaren zu urteilen, nicht allzu viel Drill hatten erdulden müssen. Wir zockelten über Waldwege, die bisweilen aus tiefem Sand, dann wieder aus lauter Wurzeln bestanden, und nach der langen Zugfahrt war es wohltuend, die frische, von verschiedenen Düften erfüllte Abendluft zu atmen, so daß ich unablässig die Nase hob und vor Freude schniefte.

Der Oberförster dachte, ich hätte eine Erkältung, sei jedoch nicht im Besitz eines Taschentuchs; und nachdem er mich eine Weile besorgt beobachtet hatte, bot er mir seines an. »Es ist zwar nicht ganz sauber, aber besser als nichts«, sagte er, oder vielmehr: brüllte er. Offenbar meinte er, weil ich Ausländerin bin, würde ich ihn besser verstehen, wenn er brüllte.

Ich erklärte ihm mehr schlecht als recht, daß ich vor lauter Freude schniefte.

»Ach so«, sagte er mit jener Art von Nachsicht, die man neu eingetroffenen Gästen entgegenbringt.

Nach diesem Zwischenfall fuhren wir schweigend weiter. Nahezu geräuschlos glitten unsere Räder durch den Sand auf dem Fuhrweg, und mir wurde plötzlich bewußt, wie lange ich schon keine Vögel mehr gehört hatte. Ach, wärst Du doch auch hier! Ich wollte, Du hättest diese Fahrt heute abend mitgemacht. Es gab Eichelhäher und Elstern, Spechte und ganz winzige Vögelchen, die wie Finken aussahen und in einem monotonen sanften Pfeifton unentwegt den ersten Takt von Beethovens 5. Symphonie in c-moll wiederholten. Auf der gesamten Strecke begegneten uns nur ein Mann mit einer Wagenladung Holz, der den Oberförster ungeheuer ehrfürchtig grüßte, sowie ein paar zerlumpte kleine Kinder, die Walderdbeeren pflückten. Gern hätte ich ein paar Bemerkungen über ihr verwahrlostes Aussehen gemacht, das mir in diesem gut organisierten Land höchst ungewöhnlich erschien, dachte aber, ich sollte mich besser nicht auf Diskussionen einlassen, bis ich Zeit gehabt habe, besser Deutsch zu lernen, was ich hier fleißig tun will, und bis der Oberförster erkannt hat, daß er nicht zu brüllen braucht, um sich mir gegenüber verständlich zu machen. Da wir so dicht nebeneinander saßen, war es, wenn er mir ins Ohr schrie, als habe mir jemand einen Schlag versetzt, und es tat genauso weh.

Er ist ein hagerer Mann und hat, wie so viele Deutsche, einen flachen Hinterkopf und vorstehende Augen. Ich frage mich, was bei ihren Köpfen weggelassen wurde. Er hat einen Schnurrbart wie der des Kaisers, und in seiner graugrünen Försteruniform und dem kleidsamen Schlapphut mit Feder sieht er fast aus wie ein Bild von einem Mann. Ohne Hut ist er weniger imposant, wegen seines Kopfes.

Es ist ganz reizend hier! Ich habe ein allerliebstes sauberes, kleines Schlafzimmer ohne viel Möbel und deshalb so ansprechend nach der düsteren Pracht meines Wohn-Schlafzimmers bei Frau Berg. Du kannst Dir gar nicht vorstellen, wie herrlich es ist, nach der langen Reise bei glühender Hitze endlich hier zu sein. Als Frau allein in Deutschland zu reisen, ist wahrlich kein Vergnügen. Überall auf den Bahnhöfen wurde ich von Männern und Burschen beiseite geschubst und gedrängt wie ein herrenloser Koffer. Oder aber sie glotzten ungläubig drein und tuschelten. Ein kleiner Junge – er kann nicht älter als zehn gewesen sein – zwinkerte mir zu und flüsterte etwas vom Küssen. Der Bahnhof in Stettin war gräßlich, viel schlimmer als der in Berlin. Ich weiß nicht, woher sie alle kamen, die Haufen junger Rowdies, knapp unter dem militärdienstpflichtigen Alter und außerordentlich ordinär und unverschämt. Und um das Durcheinander auf dem Bahnsteig komplett zu machen, standen dort Hunderte von Russen und Polen mit ihren Familien und Habseligkeiten. Ich fragte den Schaffner, wer sie seien, und er gab mir folgende Auskunft: Sie wurden von dem einen Ort, wo sie auf den Feldern gearbeitet hatten, zu einem anderen geschafft, von einem deutschen Aufseher mit scharfem Hund und Revolver zusammengetrieben wie Vieh; alle waren sehr arm und zerlumpt, aber freundlich, und hatten im Vergleich zu den Deutschen fabelhafte Umgangsformen. Außerdem standen eine Menge Offiziere herum – noch nie habe ich in einem Bahnhof eine solch hektische Betriebsamkeit erlebt! –, und auch sie starrten mich an, aber wenn ich ein Problem gehabt und Hilfe gebraucht hätte, wären sie bestimmt achtlos ihrer Wege gegangen. Kloster erzählte mir, daß Deutsche die Frauen in zwei Kategorien einteilen: in solche, die sie küssen möchten, und solche, denen sie am liebsten einen Fußtritt verpassen möchten, und das sind alle diejenigen, die sie nicht küssen möchten. Ich denke, es gibt vielerlei Arten von Küssen und Fußtritten, und auf jenem schrecklichen Bahnhof von Stettin hatte ich das Gefühl, das Ziel von beiden zu sein. Du kannst Dir also vorstellen, wie himmlisch es war, in diesen schönen Wald zu kommen, weit weg von all dem Trubel, in tiefe, heilige Stille. Frau Bornsted, die in der Schule Englisch gelernt hat, erzählte mir, daß auf allen Bauernhöfen, auch bei ihnen, Russen und Polen arbeiten, die alljährlich im Frühjahr von deutschen Aufsehern zu Tausenden herübergeholt werden. »Es ist eine gute Regelung«, sagte sie. »Im Kriegsfall würden wir ihnen die Heimkehr verbieten, und auf diese Weise würden unsere Felder weiterhin bestellt werden.« Im Kriegsfall! Ständig liegt ihnen dieses Wort auf der Zunge! Selbst in diesem fernen friedlichen Winkel.

Die Oberförsterei ist ein niedriges weißes Haus, umgeben von einer Lichtung, auf der Kartoffeln angepflanzt sind, und eine Weide dahinter, die zu einem Bach abfällt, sowie einem eingezäunten Garten voll Nelken, Rittersporn und Stiefmütterchen. Über die Tür ist ein Geweih genagelt, das stolze Relikt eines riesigen Hirschen, den der Oberförster an einem besonders glücklichen Tag erlegte. Als wir ankamen, saß Frau Bornsted gerade auf der Veranda unter dem Geißblattstrauch und nähte. Alles war genauso, wie man Deutschland aus den Bilderbüchern der Schulzeit kennt. Nach der Lützowstraße schien es zu schön, um wahr zu sein. Frau Bornsted ist eine recht hübsche junge Frau, eher flach als schlank, großgewachsen, mit wunderschönen tiefliegenden blauen Augen und langen schwarzen Wimpern. Sie wäre sehr hübsch, wenn es ihr in den Sinn käme, daß sie hübsch ist, aber entweder kommt ihr das nicht in den Sinn, oder aber es gilt hier als unanständig, hübsch zu sein; damit läßt sich wohl auch erklären, warum sie ihr Haar so straff zurückgekämmt in einem kleinen festen Knoten trägt. Ihrem Gesicht sieht man an, daß es täglich mit derselben Seife und derselben Energie geschrubbt wird, mit denen sie den Küchentisch bearbeitet. Sie hat keine Kinder und ist höchstens fünfundzwanzig, aber sie wirkt so, wie man in England mit fünfunddreißig oder gar vierzig aussieht.

Alles hier gefällt mir sehr. Es ist wirklich wie im Bilderbuch. Das Abendessen nahmen wir auf der Veranda ein. Frau Bornsted hatte es zubereitet, den Tisch gedeckt und serviert: Es gab Milchsuppe – sehr lecker und sonderbar, und ich schlang sie hinunter wie ein durstiges Kätzchen –, kalten Braten und Bratkartoffeln sowie Quark und Molke und Walderdbeeren mit Sahne. Sie haben eine Milchkuh, die für den Quark und die Molke und die Sahne und die Milchsuppe zuständig ist und nebenbei noch, ohne zu murren, laufend Kälbchen zur Welt bringt – »Sie ist ein Prachtexemplar«, sagte Frau Bornsted, die dauernd Englisch reden will, was leider schlimme Folgen für mein Bedürfnis, Deutsch zu sprechen, haben wird.

Sie führte mich zu einem Fenster und zeigte mir die Kuh, die, wie David, an stillen Wassern weidete. »Und ohne aufrührerische Gedanken zu hegen, die sich für ihr Geschlecht nicht ziemen«, sagte Frau Bornsted, indem sie sich umdrehte und mich ansah. Mit der anschließenden Frage »Ich hoffe, Sie sind keine Suffragette?« enthüllte sie die tiefere Bedeutung dieses Satzes.

Zum Abendessen zog der Oberförster eine dünne grüne Leinenjacke an, die er nicht zuknöpfte, um deutlich zu machen, daß er nicht im Dienst sei, und wir blieben so lange um den Tisch herum sitzen, bis die Sterne ans Firmament traten. Eulen schrien im Wald jenseits der Straße, und Fledermäuse schossen über unseren Köpfen dahin. Auch Stechmücken gab es. Unmengen von Stechmücken. Herr Bornsted meinte, sie würden mich nach einer Weile nicht mehr stören. »Herrlich«, sagte ich voll echter Begeisterung.

Und nun gehe ich zu Bett. Kloster hatte recht, mich hierherzuschicken. Ich habe mich aus meinem Fenster gelehnt. Die Nacht ist heute ganz wunderschön, eine große, dunkle, weiche Höhle. Mein Zimmer geht hinten hinaus, zur Weide mit der braven Kuh, und an die Weide schließt sich ein weiterer Waldgürtel an, und über den Wipfeln der Kiefern, die eine Spur heller sind als das übrige Dunkel, zieht sich ein blasser Lichtstreif, das von den Sternen beschienene Wasser des Haffs. Frösche quaken drunten am Bach, ab und zu schreit irgendwo in der Ferne eine Eule, und aus dem hohen Gras steigt mir kühle, feuchte Luft ins Gesicht. Ich kann Dir gar nicht schildern, wie die gesegnete Stille, die herrliche Ruhe auf mich wirkt nach der Hektik. Es ist, als kehre man zu Gott zurück. Es ist, als komme man wieder heim ins Paradies, nachdem man sechs Wochen in der Hölle hat schmoren müssen. Und doch auch hier, selbst hier im tiefsten Frieden redete der Oberförster unablässig von der *Weltpolitik,* als wir auf der Veranda saßen. Schon beim bloßen Klang dieses Wortes zucke ich zusammen; denn in schlichtes Englisch übersetzt und seines schmückenden Beiwerks entkleidet, bedeutet es lediglich: andere Leute um Hab und Gut und zuallererst ums Leben zu bringen. Ich muß genug Deutsch lernen, um dies dem Oberförster darzulegen: Mord als eine Vorbereitung zum Diebstahl. Ich fürchte, er würde mich schnurstracks und mit Schimpf und Schande zu Frau Berg zurückschicken.

Gute Nacht, liebste Mutter. Ich werde Dir jetzt öfter schreiben. Meine selbstauferlegten Regeln sind die nächsten beiden Wochen außer Kraft gesetzt. Gott segne Dich, geliebtes Mütterlein.

Deine Chris

■ ■ ■ *Schuppenfelde, Montag, 13. Juli*

Liebste Mutter, heute morgen wurde mir Dein Brief aus der Schweiz zugestellt, und ich finde es gut, daß Du mir nun so viel näher bist als noch vor einer Woche. Wenigstens versuche ich mir einzureden, es gut zu finden, doch ich weiß, daß es in meinem Herzen keinerlei Unterschied macht. Wenn Du nur eine Meile weg wärst und ich Dich nicht besuchen dürfte, wem wäre damit gedient? Du könntest genausogut tausend Meilen entfernt sein. Das einzige, was mich zu Dir zurückbringen kann, ist eine erfolgreich abgeschlossene Ausbildung. Ich möchte arbeiten, schnell fertig werden; und hier fröne ich dem Müßiggang, wertvolle Zeit verstreicht, und jeder Tag, den ich nicht zum Arbeiten nutze, bedeutet, einen Tag länger von Dir getrennt zu sein. Und dabei geht es mir so gut. Es gibt nicht den geringsten Grund, warum ich nicht auf der Stelle wieder mit dem Üben beginnen sollte. Nachdem ich gestern den ganzen Tag im Wald verbracht habe, bin ich völlig gesund. Sobald die Woche um ist, die ich versprochen habe, mit Faulenzen zu verbringen, mache ich Kleinholz aus meinem Freigehege! Aber auch danach sind mir noch eine volle Woche lang nur zwei Stunden täglich mit meiner Geige erlaubt. Auf diese kümmerlichen zwei Stunden werde ich mich dann aber stürzen wie ein ausgehungerter Bettler auf eine Brotkruste.

Doch ich will nicht murren. Nur, ich habe Dich halt so lieb und vermisse Dich schrecklich. Du weißt, wie ich Dich an den Sonntagen in Berlin immer vermißte, weil ich dann Zeit hatte, mich meinen Gefühlen zu überlassen und meinen Erinnerungen nachzuhängen; hier gibt es nur Sonntage. Zwei davon habe ich schon hinter mir, gestern und heute, und ich weiß nicht, wie es mir gehen wird, wenn die restlichen hinter mir liegen. Gestern habe ich einen Spaziergang von vielen Meilen gemacht, und je schöner die Landschaft wurde, desto mehr habe ich Dich vermißt. Was nützt all diese Schönheit, wenn man sie allein genießen muß? Ich möchte jemanden, der sie mit mir erlebt und empfindet. Wie glücklich könnten wir sein, wenn Du hier wärst!

Ich wünschte mir, Du lerntest Herrn von Inster kennen, denn ich weiß, er würde Dir gefallen. Er ist, finde ich, ein ungewöhnlicher Mensch, und Du magst doch ungewöhnliche Menschen. Heute bekam ich einen Brief von ihm, dem ein Buch beilag, das, wie er meinte, mir gefallen würde, aber ich habe es bereits gelesen: Es ist Selma Lagerlöfs *Jerusalem;* erinnerst Du Dich noch daran, wie wir es damals an Ostern in Cornwall zusammen gelesen haben? Aber war es nicht bezaubernd von ihm, es beizulegen? Er schreibt, daß er am Wochenende hier vorbeikommen und mich aufsuchen und seine Bekanntschaft mit dem Oberförster auffrischen wolle, mit dem er manchmal auf die Jagd gegangen sei, wenn er in Köseritz war. Mit Vornamen heißt er übrigens Bernd. Klingt das nicht hübsch und *grundehrlich*?

Ich nehme an, mit Wochenende meint er Samstag, und bis dahin ist es noch eine Ewigkeit. In Berlin, als ich fleißig arbeitete, war nach dem Montag im Nu der Samstag da. Du kannst es Deiner klugen, selbstgefälligen Tochter glauben: Arbeit ist der Schlüssel zu jedem Glück. Ohne sie bleibt einem das Glück verschlossen. Ich frage mich, was die Leute machen, die nichts zu tun haben!

Nach Köseritz sind es nur fünf Meilen, und da er dort vermutlich bei seinen Verwandten wohnen wird, hat er es nicht sehr weit hierher. Ich denke, er wird herüberreiten. Er sieht hübsch aus hoch zu Roß. Einmal sah ich ihn im Tiergarten reiten. Ich würde schrecklich gern auf diesen Waldwegen reiten – die sandigen eignen sich dafür hervorragend; aber als ich heute, nachdem ich Herrn von Insters Brief bekommen hatte, den Oberförster fragte, ob er mir ein Pferd leihen könne, solange ich hier sei, was glaubst Du, erfuhr ich da? Kloster, der mich schon im Verdacht gehabt hatte, womöglich reiten zu wollen, habe ihm Anweisungen erteilt, es mir unter keinen Umständen zu erlauben. Weil ich herunterfallen und mir eines meiner kostbaren Handgelenke verstauchen könnte. Hast Du so was schon gehört? Ich glaube, Kloster betrachtet mich nur als ein Gefäß, um Musik für andere Leute herumzutragen, überhaupt nicht als ein menschliches Wesen. Genauso streng werden die Jockeys vor einem Rennen überwacht.

Frau Bornsted sah mich mit ihren großen ernsten Augen an und sagte: »Dann spielen Sie also so gut Geige?«

»Nein«, schnauzte ich sie an, »keineswegs«, und trommelte mit den Fingern gegen die Fensterscheibe, so widerspenstig wie als sechsjähriges Kind.

Aber natürlich werde ich brav sein. Ich will nichts tun, wodurch sich meine Rückkehr zu Dir verzögern könnte.

Die Bornsteds sagen, Köseritz sei ein sehr schönes Anwesen und liege direkt am Haff. Sie sprechen mit tiefer Ehrfurcht vom Herrn Grafen und der Frau Gräfin und der jungen Komtesse. Es ist erstaunlich, welchen Respekt die Deutschen jenen entgegenbringen, die gesellschaftlich über ihnen stehen. Und wie unkritisch sie dabei sind. Kloster meint, das mache der Drill. Die Ehrfurcht vor dem Feldwebel, dem Leutnant, vor jedem Höhergestellten kriege man nicht mehr aus sich heraus, da es immer einen gebe, der über einem stehe, egal, wie hoch man auf der Stufenleiter steige. Ich erzählte den Bornsteds, daß ich die Köseritz in Berlin getroffen hätte, und sogleich betrachteten sie mich mit einem völlig neuen Interesse, und Frau Bornsted, die mich ganz schön unter ihre Fittiche nimmt und mir die Meinungen austreiben will, derer sie mich verdächtigt, da ich Engländerin bin, vergaß für ein Weilchen fast schon ihre Vorbehalte gegen mich. Als sie durch Nachfragen dahinterkam, daß ich bei den Köseritz zum Mittagessen eingeladen gewesen war, und sie mir unbedingt entlocken wollte, was es dort zum Essen gegeben hatte, woran ich mich nicht erinnern konnte, abgesehen von der Schlagsahne, die ich auf den Fußboden verkleckert hatte, meinte sie unter langsamem Kopfnicken: »Es war für Sie bestimmt sehr angenehm, mit der gräflichen Familie zusammenzusein.«

»Und für die, mit mir zusammenzusein«, entgegnete ich in einem Anfall von Dreistigkeit, da mir die Waldluft zu Kopf gestiegen war.

Das war vermutlich das, was sie als respektlos bezeichnen und gar nicht witzig finden, denn Frau Bornsted sah mich nur schweigend an und Herr Bornsted, der kein Englisch versteht, fragte auf deutsch, da er seine Frau so ernst dreinblicken sah: »Was sagt sie?« Und als sie es ihm erläuterte, sagte er »Ach« und gab seine Mißbilligung dadurch zu erkennen, daß er sich in die *Deutsche Tageszeitung* vertiefte.

Es ist erstaunlich, wie leicht man sich in Deutschland den Vorwurf der Respektlosigkeit einhandelt. Man braucht nur etwas ausgelassen zu sein und schon hat man es geschafft.

»Warum sind die Engländer nur immer so?« fragte Frau Bornsted, nachdem sie fünf Minuten lang kein Wort gesagt und dadurch ihr Bedauern über mein Benehmen deutlich zu erkennen gegeben hatte.

»Wie?«

»So – so ehrfurchtslos. Und dabei sind sie doch ein gläubiges Volk. Sie senden Missionare aus.«

»Ja, und unterhalten Bischöfe«, sagte ich. »*Sie* haben keine Bischöfe.«

»Was die Missionare betrifft, sind sie die erste Nation

auf der Welt«, sagte sie und sah mich nachdenklich an, ohne auf die Bischöfe einzugehen. »Mein Vater« – ihr Vater ist Pfarrer – »hegt große Bewunderung für ihre Missionare. Wie kommt es, daß sie so viele Missionare haben und gleichzeitig so wenig Ehrfurcht?«

»Vielleicht gerade deshalb«, erwiderte ich; und während sie mich mit ihren schönen Augen verständnislos anblickte, erklärte ich ihr, es sei durchaus denkbar, daß als Reaktion auf die Missionare und das christliche Sendungsbewußtsein, das ihre Ausbildung und Aussendung veranlaßt, ein Bedürfnis entsteht, unehrfürchtig zu sein und zu lachen; das Leben komme mir, so fügte ich hinzu, immer mehr wie ein Pendel vor, das eben nach beiden Seiten ausschwinge.

Frau Bornsted saß da und drehte den Ehering an ihrem Finger, bis ich wieder schwieg. Das tut sie immer, wenn ich etwas von mir gebe, das man eine Idee nennen könnte. Das Drehen des Rings erinnert sie daran, daß sie verheiratet ist und ich, wie sie sagt, nur ein junges Mädchen bin und daher nicht ernst genommen werden muß.

Als ich den Vergleich mit dem Pendel beendet hatte, sagte sie: »Von alledem werden Sie kuriert sein, wenn Sie einen Mann haben.«

Gestern nachmittag fand ein Teekränzchen statt. Zumindest war es Kaffee. Ich dachte, es gebe hier gar keine Nachbarn, und kam erst spät nachmittags aus dem Wald zurück, wo ich den Tag verbracht hatte. Mit einer Gleichgültigkeit, die Frau Bornsted in Erstaunen versetzte, hatte ich der Verlockung ihres Sonntagsbratens widerstanden und etwas Pflaumenkuchen und zwei Bibeln mitgenommen, eine englische und eine deutsche, weil ich unter anderem auf diese Weise Deutsch lernen will, solange ich hier bin. Ich halte dies für eine ausgezeichnete Methode, und Frau Bornsted war ungeheuer beeindruckt, als sie sah, daß ich gleich zwei Bibeln auf meinen Spaziergang mitnahm. Als ich also gegen fünf zurückkam, in recht unordentlichem Aufzug und reichlich erhitzt, dafür jedoch in der Lage, einen ganzen Psalm in perfektem Lutherdeutsch aufzusagen, sah ich vor dem Lattenzaun etliche hochrädrige gelbe Kutschen stehen wie jene, in der ich am Samstag vom Bahnhof abgeholt worden bin. Die Pferde hatten Futterbeutel um und Decken auf den Rücken, und drinnen im Wohnzimmer saßen mehrere andere Förster mit ihren Frauen, Frau Bornsteds Eltern nebst jüngerer Schwester sowie der örtliche Arzt mit Frau und der Herr Lehrer, ein großgewachsener junger Mann mit Brille, der in der Dorfschule zwei Meilen von hier unterrichtet.

Ich war erstaunt, denn ich dachte, man lebe hier in völliger Abgeschiedenheit. Frau Bornsted sagt allerdings, so etwas komme nur an Sonntagen vor. Sie saßen um die Kaffee- und Kuchenreste herum, die Männer rauchten und unterhielten sich abseits der Frauen, die die Bänder ihrer Hauben gelöst und über ihre, wie es schien, überaus stattlichen Busen hängen hatten, erzählten einander, was es bei ihnen zum Mittagessen gegeben hatte, und fächelten sich dabei mit riesigen Taschentüchern Luft zu.

Als ich das Stimmengewirr hörte, hätte ich mich am liebsten davongeschlichen und in die friedliche Gesellschaft der Kuh hinterm Haus begeben, aber Frau Bornsted sah mich den Weg hochkommen und rief mich herein.

Widerstrebend trat ich ein, und auf mein Erscheinen folgte eine Totenstille, die mich bestimmt aus der Ruhe gebracht hätte, wenn meine Augen nicht noch immer derart vom Sonnenlicht geblendet gewesen wären, daß ich in dem dunklen Zimmer kaum etwas sah und blinzelnd dastand.

»Unsere junge Engländerin«, sagte Frau Bornsted, mich vorstellend. *»Schülerin von Kloster – großes Talent …«*, hörte ich sie hinzufügen; wie Kuchenstücke reichte sie die Brocken an Information herum.

Alle sagten *Ach ja* und *Wirklich*, und irgend jemand fragte, ob es mir in Deutschland gefalle, und ich erwiderte, immer noch nicht viel sehend: *»Es ist wundervoll«*, was beifälliges Gemurmel auslöste.

Ich merkte, daß man von mir erwartete, in einer Ecke bei Frau Bornsteds Schwester Platz zu nehmen, die zusammen mit dem Lehrer und mir, jeder von uns ledig, das darstellten, was die anderen *die Jugend* nannten. Außerdem sollte ich lieb und bescheiden jede Frage beantworten, die mir die anderen stellten, selbst jedoch keine stellen oder genauer gesagt: überhaupt nichts von mir geben, es sei denn in Gestalt von Antworten. Ich schloß dies aus dem Benehmen von Frau Bornsteds Schwester, aber es fällt mir wirklich sehr schwer, nicht natürlich zu sein, und es ist für mich eben ganz natürlich, wie Du ja aus eigener leidvoller Erfahrung weißt, nach dem Wie und Warum zu fragen.

Es trat völliges Schweigen ein, als mir Frau Bornsted, assistiert von ihrer Schwester, eine Tasse Kaffee und etwas Kuchen reichte. Währenddessen saß der junge Mann, der dritte in unserem jugendlichen Trio, reglos auf dem Stuhl unmittelbar neben mir. Ich hätte mir meine Tasse lieber selbst geholt, als mich von Frau Bornsted bedienen zu lassen, aber mit einer Entschiedenheit und dem gequälten Blick eines Menschen, der Zeuge eines Fauxpas wird, drückte sie mich wieder auf meinen Stuhl zurück. *»Bitte …* nehmen Sie wieder

Platz«, sagte sie, wobei ihr Englisch unter der Anspannung, mich zum richtigen Benehmen zu bringen, versagte.

Die Frauen schauten mit unverhülltem Interesse und nicht weniger offener Neugier zu, ihre Augen glitten forschend über mein Kleid, mein Haar, meine Hände, die Bibeln, die ich festhielt, und die Blumen, die ich dort hineingesteckt hatte, wo die Psalmen sind, weil ich die Psalmen nie auf Anhieb finde. Auch die Männer guckten, vorsichtig freilich. Ich sah schrecklich unordentlich aus. Du wärest entsetzt gewesen. Aber ich weiß nicht, wie man es anstellt, den ganzen Tag im Moos herumzuliegen und hinterher auszusehen wie aus dem Ei gepellt; außerdem hatte mir ja niemand gesagt, daß ich in ein Kaffeekränzchen hineinplatzen würde.

Der erste, der sich von den übrigen Gästen löste, herkam und mich ansprach, war Frau Bornsteds Vater, Pastor Wienicke. Er trat zu mir und blieb mit gespreizten Beinen und einer Zigarre im Mund vor mir stehen, dann nahm er die Zigarre aus dem Mund und verkündete mir, was ich bereits wußte, nämlich daß ich Engländerin bin. »Sie sind Engländerin«, sagte Herr Pastor Wienicke.

»Ja«, sagte ich mit aller mir möglichen Bescheidenheit, die ja nicht sehr ausgeprägt ist.

Von den Anwesenden ging etwas aus, das mich veranlaßte, aufrecht auf der Stuhlkante zu sitzen, die Füße fein ordentlich nebeneinandergestellt und meine Tasse so vorsichtig haltend, als wäre ich auf einem Schulfest gewesen und hätte jeden Augenblick mit dem Auftauchen des Rektors gerechnet. »England«, sagte der Pastor, während alles lauschte – er sprach Deutsch –, »ist, das darf ich wohl behaupten, immer noch ein großes Land.«

»Ja?« erwiderte ich höflich, wobei ich das ›Ja‹ am Ende ein bißchen in die Höhe zog, was nicht nur ein ehrerbietiges ›Wenn Sie es sagen, muß es wohl stimmen‹ zum Ausdruck bringen sollte, sondern auch einen höflichen Zweifel, ob in einer Welt, in der ein so strahlendes Vorbild wie sein Vaterland den Maßstab für Größe setze, überhaupt irgendein Land füglich groß genannt werden könne.

Und er las das auch heraus, denn er sagte: *»O doch«* und wiegte sich abwechselnd auf seinen Absätzen und seinen Stiefelspitzen, als wolle er sich ins Gleichgewicht balancieren. »O doch. Ich denke, man kann mit Fug und Recht behaupten, daß es immer noch ein großes Land ist. Aber – «, und er erhob Stimme und Zeigefinger gegen mich –, »es soll sich vor seinen Geldsäcken in acht nehmen. Das ist mein Rat an England: Nimm dich vor deinen Geldsäcken in acht.«

Im Zimmer wurde Zustimmung laut, und alle nickten mit den Köpfen.

Er sah mich an, und da ich das Gefühl hatte, daß er eine Antwort erwartete, hielt ich es für besser, abermals ›ja‹ zu sagen, was ich dann tat. »England«, fuhr er hierauf fort, »ist unser Vetter, unser Blutsverwandter. Deshalb können und müssen wir ihm die Wahrheit sagen, selbst wenn sie ihm nicht schmeckt.«

»Ja«, sagte ich, da er wieder eine Pause einlegte; nur gab es da mehrere Kleinigkeiten, die ich gern dazu geäußert hätte, wenn ich des Deutschen mächtig gewesen wäre. Aber ich hatte außer meinen verschiedenen Ausrufen und dem Psalm, den ich gelernt hatte, nichts parat. Also sagte ich ›Ja‹ und bemühte mich, bescheiden und verständig dreinzuschauen.

»Seine Liebe zum Geld, sein Materialismus – das ist Englands große Gefahr«, sagte er. »Ungern sehe ich den Tag kommen, und ich frage meine Freunde hier –«, er drehte sich langsam auf dem Absatz um und wieder zurück –, »ob sie gern jenen Tag kommen sehen, wo die Sonne des britischen Weltreiches, das ja doch immerhin so lange Zeit treu und beharrlich für die Sache des Glaubens eingetreten ist, schließlich in einem allesverschlingenden Meer zügelloser Begierden untergehen wird, um sich nie wieder daraus zu erheben.«

»Ja«, sagte ich; und dann, als ich merkte, daß es das falsche Wort war, verbesserte ich mich rasch auf englisch: »Ich meine: *nein*.«

Hier musterte er mich etwas sorgfältiger, befand dann aber, daß alles in Ordnung sei, und fuhr fort.

»England ist unser natürlicher Verbündeter: dasselbe Blut, derselbe Glaube und dieselbe Hautfarbe. Schauen Sie sich die anderen Rassen auf der Welt an, und Sie werden feststellen, daß sie entweder teilweise, vorwiegend oder gänzlich schwarz sind. Die blonden Rassen sind, wie die Morgenröte, dazu ausersehen, die Finsternis zu vertreiben. In jedem Streit, der künftig der Harmonie der Welt eine klaffende Wunde beibringen mag, müssen sie Schulter an Schulter zusammenstehen.«

»Ja«, sagte ich, wie man am Ende eines Psalms ›Selah‹ sagen sollte.

»Wir leben in schlimmen Zeiten. Sie können leicht noch schlimmer werden. Um uns herum stehen die Südländer und die Slaven und sind bis an die Zähne bewaffnet und platzen vor Neid auf unseren Reichtum, unsere stolze Gelassenheit, und warten nur auf den Augenblick, wo sie über uns herfallen können in verbrecherischer, mörderischer Absicht. Ist es nicht so, mein Fräulein?«

»Ja«, antwortete ich, da ich aufgrund meines bedauerlichen Mangels an deutschen Vokabeln gezwungen war, ihm beizupflichten.

Das einzige, was ich hätte herunterrasseln können, war der Psalm, den ich gerade gelernt hatte, und wie gern hätte ich den aufgesagt, weil es der war, der fragt, warum die Himmel so wütend gegeneinander toben; aber so sehr ich mir das auch wünschte, ich konnte diesem Wunsch nicht nachgeben, und selbst wenn ich den Psalm abgefeuert hätte, wäre ich doch hinterher schutzlos gewesen, während der Pastor mich vernichtet hätte.

Ich weiß nicht, was sie mit diesem dauernden Gerede von den neidischen Nationen bezwecken, die schon in den Startlöchern sitzen, um sie anzuspringen. Unentwegt reden sie davon, und ihre Zeitungen schreiben immerzu darüber, bis sie sich gegenseitig in einen regelrechten Kampfesrausch hineinsteigern. So etwas wie hier habe ich noch nie irgendwo auch nur ansatzweise erlebt. In England reden die Leute von tausenderlei Dingen, aber kaum je von Krieg. Als wir in Italien waren, und damals in Paris, da hörten wir doch kaum je eine Bemerkung darüber. Gleich nachdem mein Zug aus Flushing bei Goch die Grenze nach Deutschland passiert hatte und die ersten Deutschen eingestiegen waren, da fing auch schon, bereits im Zug, dieses dauernde Gerede vom Krieg und vom Neid anderer Völker an, und seitdem hat es nicht mehr aufgehört. Die Ermordung des Erzherzogs war nicht der Auslöser; bereits Wochen vor diesem Mord, schon bei meiner Ankunft in Deutschland, wurde so geredet. Das geht seit Jahren so, sagt Kloster, und seit der derzeitige Kaiser den Thron bestiegen hat, wird es immer lauter und heftiger. Kloster sagt, die Nation glaubt, von alldem überzeugt zu sein, aber es werde lediglich von der Gruppe von Männern an der Spitze inszeniert, angeführt von Seiner Majestät. So gut ist es inszeniert, so sorgfältig den Leuten nach und nach eingebleut, daß das Volk felsenfest davon überzeugt ist, es sei von selbst zu seinen Meinungen und Urteilen gelangt. Ich frage mich, ob die Leute hier verrückt sind. Kann es sein, daß ein ganzes Volk auf einmal den Verstand verliert? Sie sind doch diejenigen, die vor Neid vergehen, von der Gier zerfressen zu sein scheinen, sich Dinge anzueignen, die ihnen nicht gehören.

»Das unheilvolle Verbrechen von Sarajevo«, fuhr Pastor Wienicke fort, »darf in diesem Zusammenhang nicht unerwähnt bleiben. Einen Gesalbten des Herrn zu erschlagen!« Er hob die Hände zum Himmel. »Noch nicht zwar tatsächlich gesalbt, aber von Gott zu zukünftiger Verwendung ausersehen. Es ist typisch für die Welt außerhalb unseres Vaterlandes. Gesetzlosigkeit und sein Genosse Gotteslästerung machen sich breit. Frauen treten aus der Zurückgezogenheit hervor, die ihnen Gott zugedacht hat, und erheben die Köpfe im schamlosen Wettstreit mit Männern. Auf unsere Herrscher, die Gott uns gegeben hat, damit sie uns führen und leiten und zum Dank dafür in Ehren gehalten werden, verübt man gotteslästerlicherweise Bombenattentate.« Er riß beide Arme zum Himmel empor.

»Erhebe dich, Deutschland!« rief er. »Erhebe und zeige dich! Erhebe dich in all deiner Macht, sage ich, und zerschmettere unsere Feinde!«

Dann wischte er sich die Stirn, blickte in die Runde, nahm dankbar die »sehr gut« und »außerordentlich schön gesagt«, die aus allen Ecken schallten, entgegen, zündete sich wieder seine Zigarre an, wobei ihm der Herr Lehrer behilflich war, der mit einem Streichholz unterwürfig hinzusprang, und setzte sich hin.

Wie gut, daß er sich setzte! Mir war gleich viel wohler. Aber genau wie bei den Mahlzeiten in Frau Bergs Pension, so war es auch bei dem Kaffeekränzchen hier: Alle hatten es auf mich abgesehen und redeten nur noch mit mir oder vielmehr auf mich ein. Es ist schrecklich, wenn sich die Neugier von Deutschen auf einen konzentriert. Aber es ist mehr als bloße Neugier, sie wollen mir unbedingt meine Art zu denken austreiben und ihre Ansichten aufzwingen. Ich soll mit ihren Augen sehen; ich soll denken wie sie; sie brüllen so lange auf mich ein, bis ich nicht mehr anders kann. So kommt es mir jedenfalls vor. Ich habe keine Ahnung, ob ich mir da eine falsche Vorstellung mache, aber irgendwie spüre ich es bis in die Knochen.

Es ist nicht zu glauben, aber sie blieben auch noch zum Abendessen, alle, ohne Ausnahme, und gingen erst um zehn Uhr. Frau Bornsted sagt, daß man das hier auf dem Land immer so mache, wenn man zum Kaffeetrinken eingeladen sei. Was sie sonst noch von sich gaben, erspare ich Dir, weil alles in die gleiche Richtung ging. Von jedem der älteren Männer wurde ich der Reihe nach ins Gebet genommen und in großer Lautstärke mit Variationen zu Pastor Wienickes Thema traktiert, die Frauen gingen zu zweit oder zu dritt auf mich los und äußerten sich entschieden blutrünstiger als die Männer, fast wie Frau Berg über den Aderlaß, und gaben ihre Beutegier unverhohlener zu erkennen. Alle waren bestürzt und beunruhigt, weil man nichts mehr von der Ermordung des Österreichers hört. Das Schweigen aus Wien bekümmert sie offenbar sehr. Sie befürchten, ja, sie befürchten tatsächlich, daß Österreich womöglich nichts unternehmen wird, außer gerade mal die Mörder zu bestrafen, und sich so die phantastische Gelegenheit zum Krieg entgehen läßt. Ich frage mich, ob Du, ein geistig normaler Mensch in einer geistig normalen Umgebung, auch nur annähernd begreifen kannst, wie es um die Leute hier steht, wie sie schäumen und sich verrenken. Ich bin überzeugt, ganz Deutschland ist so – von den wenigen hinter den Kulissen zu aggressivem Patriotismus aufgepeitscht. Sie nennen es Vaterlandsliebe, aber es ist schlicht und einfach Blutrünstigkeit und Beutegier.

Ich half Frau Bornsted, das Abendessen anzurichten, und war froh, in die friedliche Küche entkommen und unbehelligt Kartoffeln rösten zu können. Sie sah richtig süß aus in ihrem schlichten schwarzen Sonntagskleid mit der kleinen weißen Rüsche, die bis zu ihren Ohren reichte. Ihr feierlicher Ernst in Verbindung mit ihrer Jugend und ihrer drolligen Art hat etwas sehr Reizvolles, und ich könnte sie durchaus liebhaben, wenn da nicht ihr wahnhaftes Gerede über Deutschland wäre. Sie lebt in den gleichen Wahnvorstellungen wie die anderen, und an ihr empfinde ich es als noch beklemmender. Wir unterhalten uns zum Beispiel todernst – sie ist immer ernst und ahnt gar nicht, wie ulkig wir beide eigentlich sind – über so amüsante Themen wie Ehemänner und wann und ob ich je einen kriege, und sie erteilt mir mit der ganzen Würde und Weisheit der Verheirateten und dabei sachlich und freundlich viele kluge Ratschläge, und dann kommt sie plötzlich aus irgendeinem unerfindlichen Grund wieder auf Deutschland zu sprechen. Oh, sie sind *unerträglich* mit ihrem Deutschland!

Der Oberförster will diesen Brief mitnehmen – er fährt jetzt gleich zur Post, also Adieu, liebste Mutter, Du Liebe, teure.

Deine Chris

Liebste Mutter, jetzt ist schon Donnerstag abend in der Woche, in der ich nur faulenze und Dir eigentlich jeden Tag schreiben wollte, und seit Montag habe ich Dir nicht mehr geschrieben. Das liegt daran, daß ich so viel Zeit hatte. Im Grunde habe ich sie in einer Art wohltuendem Schlaf zugebracht. Meine ganze Tätigkeit bestand darin, glücklich zu sein. Seit Sonntag hat sich keine Menschenseele mehr zu uns verirrt, und Frau Bornsted sagt, das werde auch bis zum nächsten Sonntag so bleiben. Jeden Morgen, wenn ich aus meinem Zimmer herunterkam, empfing mich ein strahlender Tag: Zwischen den Rosen hindurch schien die Sonne auf unseren Frühstückstisch auf der Veranda, und nach dem Frühstück ging ich dann über die Straße in den Wald und kam erst am späten Nachmittag zurück.

Frau Bornsted ist reizend zu mir gewesen, hat mir immer ein kleines Päckchen Proviant mit auf den Weg gegeben und mich mit vielen guten Wünschen für einen glücklichen Tag verabschiedet. Ich wollte ihr bei der Hausarbeit helfen, aber sie duldet nur, daß ich mein Zimmer in Ordnung bringe, da sie von Kloster die strikte Anweisung erhalten hat, ich solle mich ganz dem Müßiggang hingeben. Und es tut mir wirklich gut. Die letzten drei Tage war ich rundherum zufrieden. Nichts bekümmert mich mehr; ich fühle mich mit mir im Einklang, als wäre ich eins mit dem Licht und der Luft und dem Wald, so daß ich gar nicht weiß, wo die Grenze zwischen ihnen und mir verläuft. Ich sitze da und sehe den Schönwetterwölkchen zu, wie sie langsam über die Baumwipfel treiben, und frage mich, ob es im Himmel noch schöner sein kann. Ich gehe zum Ufer des Haffs hinunter und liege bäuchlings im hohen Gras, schiebe die Ärmel meiner Bluse hoch und lasse meine Arme langsam durch das seichte, goldschimmernde Wasser zwischen den Binsen gleiten. Ich pflücke wildwachsende Erdbeeren, um sie zu meinem Lunch zu essen, und nach dem Essen liege ich auf dem Moos und lerne den Psalm des jeweiligen Tages, erst in Englisch, dann in Deutsch.

Gegen fünf mache ich mich auf den Heimweg, durchquere gemächlich den von der Sonne durchglühten nachmittäglichen Wald mit seinen intensiven Wohlgerüchen – dabei ist mir feierlich und wohl ums Herz wie einem Katholiken, wenn er, seiner Sünden ledig und des Segens teilhaftig, von der Beichte kommt. Abends sitzen wir draußen, und die herabsinkende Dämmerung umgibt den kleinen Garten mit einem wundersamen Zauber. Die Hände im Schoß, ruht Frau Bornsted nach des Tages Mühen und pflichtet jeder Bemerkung bei, die der Oberförster von Zeit zu Zeit fallenläßt, wozu er zuerst seine Pfeife aus dem Mund nimmt. Ich lehne mich in meinem Stuhl zurück, schaue zu den Sternen empor und denke und staune immerzu. Und woran denke, worüber staune ich wohl, Mütterchen? An Dich und über die Liebe. Ich weiß nicht, warum ich schreibe, Dich *und* die Liebe, denn das ist ja ein und dasselbe. Und auch die ganze Schönheit des Sommers in den Wäldern und die Musik und meine Geige, wenn sie mir vorspielt; und die Zukunft ist voll davon, und ach, ich möchte so schrecklich gern zu jemandem ›danke‹ sagen!

Gute Nacht, meine über alles geliebte Mutter.

Deine Chris

■ ■ ■ *Schuppenfelde, Freitag, den 17. Juli 1914*

Heute morgen, als ich zum Frühstück herunterkam, liebe Mutter, stand am Fuß der Treppe Herr von Inster. Er sagte nichts, beobachtete mich aber mit dem zufriedenen Blick, den ich so an ihm mag. Ich freute mich schrecklich, ihn zu sehen, und lächelte übers ganze Gesicht. »Oh«, rief ich, »da sind Sie ja.«

Er streckte mir seine Hand hin und half mir die letzten Stufen hinunter. Er trug grüne Waidmannskluft wie die des Oberförsters, aber ohne die amtlichen Knöpfe, und sah sehr gut aus. Er würde Dir bestimmt gefallen. Er würde Dir sowohl von seinem Aussehen als auch von seinem Wesen her gefallen.

Seit vier Uhr morgens schon war er mit seinem Oberst, der ihn gestern abend nach Köseritz begleitet hatte, im Wald auf der Jagd. Der Oberst und Graf Köseritz, der mit den beiden aus Berlin gekommen war, saßen bereits beim Frühstück und wurden von den Bornsteds bewirtet. Daß ich von alledem nichts gehört hatte, beweist, wie tief ich hier schlafe.

»Und Sie frühstücken nicht?« fragte ich.

»Doch, jetzt«, sagte er. »Ich habe gewartet, bis ich Ihre Tür hörte.«

Ich denke, er würde Dir *sehr* gefallen.

Der Oberst, ein Graf Hohenfeld, war sehr liebenswürdig und charmant zu Frau Bornsted und bedachte sie, während sie ihm allerlei Köstlichkeiten vorsetzte, mit bewundernden Blicken. Zu mir war er ebenfalls sehr nett, und als ich erschien, stand er auf, schlug die Hacken zusammen und rief »Lang lebe das gute alte England«; dann fragte er den Grafen, ob Frau Bornsted und ich ihn nicht an einen kleinen Blumenstrauß erinnerten, was offenbar nicht der Fall war. Der Graf machte nicht den Eindruck, als ob irgend jemand ihn an irgend etwas erinnere. Er begrüßte mich knapp und starrte danach genauso geistesabwesend aufs Tischtuch wie weiland in Berlin. Der Oberst führte allein das Wort, sowohl er als auch der Graf hatten jene hübschen grünen Jagdanzüge an, die man hier in Deutschland trägt und zu denen kleidsame weiche Filzhüte mit kleinen Federn darauf gehören. Fröhlich war der Oberst in der Tat. Er schien seinen Leutnant, Herrn von Inster, zu mögen und stolz auf ihn zu sein, klopfte dem Oberförster hin und wieder anerkennend auf den Rücken, wobei er jedesmal vor Vergnügen fast außer sich geriet, und bedauerte, daß man beim Frühstück saß und nur Kaffee vor sich hatte, weil er gern auf unsere Gesundheit getrunken hätte – »die Gesundheit dieser zwei entzückenden jungen Rosen«, sagte er und verbeugte sich vor Frau Bornsted und mir, »die englische Rose – lang lebe England, das solche Blumen hervorbringt – und die deutsche Rose, unser geliebtes Heideröschen.«

Ich lachte, und Frau Bornsted sah ernst und nachsichtig drein – ich vermute, weil er ein wichtiger Mann ist, dieser Stabsoffizier, der all jene wunderbaren Pläne mit ausheckt, die Deutschland eines Tages in die Lage versetzen sollen, sich die ganze Welt untertan zu machen; aber wie sie mir neulich erklärte, als ich ihr ein Kompliment über ihre schönen langen Wimpern machte, ist Schönheit bei einer Frau in ihrer Position unangebracht, und sie wolle lieber nichts davon hören. »Wozu braucht die Frau eines Oberförsters schön zu sein? Schönheit ist angezeigt bei einem jungen Mädchen, das erst noch einen Ehemann finden muß, aber wenn es ihn einmal hat, warum dann noch hübsch sein? Bei einer verheirateten Frau ist es unerwünscht.

Man gerät dadurch leicht ins Gerede und wird, wenn man kein charakterfester Mensch ist, womöglich dazu verleitet, Geld für Kleider auszugeben, das einen hinterher ewig reut.«

Nach dem Frühstück wollten die Männer mit dem Oberförster auf die Jagd gehen und den ganzen Tag im Wald verbringen, und der Oberst fährt dann mit dem Nachtzug nach Berlin zurück. Er sagte, er lasse seinen Leutnant für ein paar Tage in Köseritz, aber er selbst müsse gleich wieder an die Arbeit. »Während sich der junge Mann«, sagte er und klopfte diesmal statt dem Oberförster Herrn von Inster auf den Rücken, »inmitten der artenreichen und entzückenden Flora unserer alten deutschen Wälder tummelt. Hier dieses Biedermeiersträußchen«, sagte er und fuhr mit der Hand in unsere Richtung, »und dort in Köseritz ...«, in die Gegenrichtung weisend, »ein nicht weniger bezauberndes, allerdings mehr nach Treibhaus aussehendes Sträußchen – die *schöne* Helena und ihre Freundinnen von Adel.«

Nach dem Frühstück, als wir im Garten einen Augenblick allein waren, fragte ich Herrn von Inster, wie sein Oberst erst nach einem festlichen Abendessen sei, wenn ihn schon das Frühstück so in Laune versetze.

»Er ist sehr klug«, sagte er. »Er ist einer unserer klügsten Stabsoffiziere, und er kaschiert es eben auf diese Weise.«

»Oh«, sagte ich; denn diese Erklärung kam mir seltsam vor. Warum sollte man Klugheit kaschieren?

Vielleicht hat man es beim Grafen mit demselben Phänomen zu tun: Er kaschiert, wie klug *er* ist.

Aber dieser Oberst scheint wirklich klug zu sein. Er fragte, wo wir in England zu Hause sind; eine knifflige Frage, wenn man bedenkt, daß wir momentan nirgendwo zu Hause sind; ich sagte ihm, wo wir wohnten, als Papa noch am Leben war.

»Ach«, sagte er, »das ist in Sussex. Sehr hübsch dort. In welchem Haus haben Sie denn gewohnt?«

Ich stutzte ein bißchen, denn ich empfand es als Zeitverschwendung, ihm das Haus zu beschreiben, entgegnete aber, es sei ein altes Haus auf offenem Gelände gewesen.

»Ja«, er nickte mit dem Kopf, »auf dem Dorfanger. Ein sehr schönes, geräumiges altes Haus mit ansehnlichen Nebengebäuden. Aber warum begradigen Sie denn diese Kurven auf der Straße nach Petworth nicht? Das sind ja wahre Todesfallen.«

»Dann waren Sie also dort?« fragte ich, ganz erstaunt, wie klein offenbar die Welt ist.

»Noch nie in meinem ganzen Leben«, antwortete er lachend. »Aber ich studiere. Wir studieren im alten Generalstab, nicht wahr, Inster, mein Junge? Und sagen Sie Ihrer Grafschaftsverwaltung in Sussex, mein schönes englisches Fräulein, sie sollen diese Kurven begradigen, denn die sind wirklich teuflisch und könnten eines Tages sehr leicht schwere Unfälle provozieren, wenn die Straßen mal für richtigen Verkehr benutzt werden müssen.«

»Es ist sehr lieb von Ihnen«, erwiderte ich höflich, »daß Sie so großen Anteil an uns nehmen.«

»Ich nehme nicht nur größten Anteil an Ihnen, bezauberndes Fräulein, und an Ihrem Land, sondern ich habe einen ausgeprägten Ordnungssinn und würde mich wirklich freuen, wenn man jene Kurven begradigte. Machen Sie bei dieser kurzsichtigen Behörde, Ihrem County Council, Ihren Einfluß geltend, der bestimmt groß ist.«

»Ich werde nicht vergessen«, sagte ich noch höflicher als zuvor, »sie über Ihre Wünsche in Kenntnis zu setzen.«

»Ach, ist sie nicht entzückend, entzückend, Ihre kleine Engländerin?« wandte er sich vergnügt zu Frau Bornsted, die seinen Tändeleien mit ernster Miene und respektvoller Nachsicht lauschte; und er sagte noch eine Menge über England und seine Erzeugnisse und Exportgüter, womit er mir Komplimente machen wollte – wie wird er erst nach dem Abendessen sein?

Dann brach er auf, fröhlich bis zum Schluß, schlug die Hacken zusammen und küßte erst Frau Bornsted und dann mir die Hand, obwohl es, wie er erklärte, gegen die Benimmregeln verstoße, einem jungen Mädchen die Hand zu küssen, doch pflege er nicht auf Regeln zu achten, sagte er, wenn sie sich zwischen ihn und eine charmante junge Dame stellten. Und damit ging er davon, rief *Auf Wiedersehen* und winkte uns mit seinem grünen Hut zu, bis ihn der Wald unseren Blicken entzog.

Auch Herr von Inster und der Graf gingen, aber still und leise, insbesondere der Graf. Soweit ich erkennen konnte, sagte er zu niemandem ein Wort, und keine Hänseleien von seiten des Oberst vermochten ihn dazu zu bewegen. Er reagierte nicht einmal darauf, als der ihn einen ganz gerissenen Hund nannte.

Herr von Inster sagte, als er tatsächlich einmal zu Wort kam, er wolle morgen rüberkommen, um mich durch den Wald zu kutschieren. Es war interessant, sein Verhalten zu beobachten, während der Oberst so drauflosschwatzte: Er hing geradezu an dessen Lippen, war peinlich bemüht, ihm jeden Wunsch von den Augen abzulesen, und fühlte sich offensichtlich verpflichtet, bei der kleinsten, irgendwie witzigen Bemerkung seines Vorgesetzten beifällig zu lächeln.

»Warum tun Sie das?« fragte ich, als der Oberst kurz mit dem Oberförster im Haus beschäftigt war. »Ist denn Ihr Militärdienst nicht schon genug? Sind Sie sogar zum Lächeln gedrillt?«

»Zu allem. Einschließlich unserer Begeisterung. Wir sind wie die Claqueure in einem Theater.«

Dann wandte er sich zu mir, sah mich mit seinen freundlichen, verblüffenden Augen an – nach seinem strengen Profil wirken sie irgendwie beruhigend – und sagte: »Morgen werde ich wieder ein Mensch sein und all das vergessen – alles vergessen bis auf die schönen Dinge des Lebens.«

Nun muß ich aufhören, weil ich meinen weißen Leinenrock und die Musselinbluse für morgen bügeln möchte. Sicher wird es heiß, und ich möchte so adrett wie möglich aussehen, deshalb adieu, liebe Mutter. Oh, ich vergaß zu schreiben, wie froh ich bin, daß es Dir in Glion gefällt.

Ich wollte eigentlich auf so vieles in Deinem letzten Brief antworten – morgen hole ich es nach. Nicht, daß ich Deine lieben Briefe nicht immer wieder von neuem läse; ich habe Dir einfach selbst so viel zu erzählen. Jedesmal, wenn ich Dir schreibe, ist es, als schüttete ich Dir alles, was ich seit meinem letzten Brief erlebt habe, in den Schoß. Aber morgen werde ich alle Deine Fragen beantworten, morgen abend, nach meinem Tag mit Herrn von Inster, dann kann ich dir ausführlich davon berichten.

Bis dahin adieu, liebe Mutter.

Deine Chris

■ ■ ■ *Köseritz, Sonnabend nachmittag,*
18. Juli 1914

Liebe Mutter, schau nur, wo ich hingeraten bin! Wer hätte das gedacht? Das Leben ist wirklich sehr aufregend, nicht wahr? Heute nachmittag kam die Gräfin nach Schuppenfelde herübergefahren und nahm mich mit hierher. Sie sagte, Kloster komme am Sonntag aus Heringsdorf zu ihnen, und sie wisse, daß er mich würde sehen wollen und deshalb zur Oberförsterei fahren und sie allein lassen werde, wenn ich bei den Bornsteds wäre. Und jedenfalls wolle sie mich einmal sehen, bevor ich nach Berlin zurückführe, und ich könne doch einer alten Dame – sie ist keine Spur von alt – diesen Wunsch nicht abschlagen. Es folgten noch etliche ähnlich schmeichelhafter Äußerungen. Herr von Inster hatte mir heute morgen ein Briefchen von ihr überbracht, damit ich mich innerlich darauf einstellen konnte, und auch er setzte seine ganze Überredungskunst ein. Nicht, daß ich groß überredet werden mußte – ich fand die Idee himmlisch, und selbst Helena machte mir nichts aus, weil sie, dachte ich, in einem großen Haus mehr Platz haben würde, mich anzustarren. Und Herr von Inster will noch eine ganze Woche bleiben, da er seinen Sommerurlaub jetzt anstatt später nimmt, und er versprach, mich sicher nach Berlin zu bringen, wenn ich am nächsten Sonnabend fahre.

So verlebten wir denn einen ganz wundervollen Vormittag im Wald. Er kutschierte und ließ die Pferde so langsam gehen, wie sie wollten, während wir uns unterhielten, und nachdem wir unsere belegten Brote gegessen hatten, brachte er mich zu den Bornsteds zurück, und ich zeigte Frau Bornsted den Brief der Gräfin.

Wenn es nicht eine Köseritz gewesen wäre, die mich wegholt, wäre sie schrecklich beleidigt gewesen, daß ich schon gehen will, obwohl erst die Hälfte meiner zwei Wochen um ist, aber für sie war es wie ein Befehl des Königs, und sie betrachtete mich, das Ziel solch hoher Gunst, mit deutlich gestiegenem Interesse. Gerne hätte sie mich wohl vor Herrn von Inster gewarnt, einem Mann, der aufgrund seiner Geburt so hoch über mir stehe – vermutlich weil ich Geige spiele –, und auch ganz allgemein vor Kutschfahrten durch den Wald, wenn beide Beteiligten unverheiratet sind. Als ich lachte, erklärte sie mir mit ungewöhnlich würdevollem Ernst, es sei gut, daß ich noch lachen könne, da ich ja nur ein unerfahrenes *junges Mädchen* sei, doch sie bezweifle sehr, ob meine Mutter lachen würde; und als wir zu unserem Picknick aufbrachen, stand sie stocksteif auf der Veranda und sah uns mit todernster Miene nach. Kaum hatte sie jedoch den Brief der Gräfin gelesen, behandelte sie mich schon beinah als ebenbürtig und überschlug sich vor Anteilnahme und Beflissenheit. Sie half mir beim Packen, während Herr von Inster, der über eine Engelsgeduld verfügt, unten wartete; und sie sagte mir, welch ein Glückspilz ich sei, nun ein paar Tage mit Komtesse Helena verbringen zu dürfen, von der ich lernen könne, was man unter einem vollkommenen *jungen Mädchen* verstehe. Als dann die Gräfin selbst vorfuhr in ihrer kleinen Kutsche mit den hübschen weißen Ponys, war sie von dem Gedanken, daß einem Hausgast von ihr eine solche Ehre widerfahre, derart bewegt, daß sie mir beim Abschied den Arm um den Nacken legte und flüsterte, es schicke sich zwar eigentlich nicht für ein junges Mädchen, so etwas zu hören, aber da sie mich wahrscheinlich nicht wiedersehen werde, müsse sie mir doch anvertrauen, daß sie kurz nach Weihnachten die Welt um einen weiteren Deutschen zu bereichern hoffe.

Ich mußte lachen und küßte sie.

»Das ist nicht zum Lachen«, sagte sie mit ernsten Augen.

»Nein«, wurde ich plötzlich ebenfalls ernst, da ich daran denken mußte, wie Agatha Trend starb.

Und ich nahm ihr Gesicht in meine beiden Hände und gab ihr noch einen Kuß, aber diesmal mit dem Ernst eines Pfarrers, der seiner Gemeinde am Ende des Gottesdienstes seinen Segen mit auf den Weg gibt. Trotz all ihrer Würde muß sie sich zu mir hochrecken, wenn ich sie küsse.

Sie strich mir mit sanfter Hand das Haar zurecht und sagte: »Sie sind so ganz anders als andere junge Mädchen, aber Sie sind sehr nett. Wünschen Sie mir bitte, daß ich einen Jungen zur Welt bringe, damit ich die Mutter eines Soldaten werde.«

Ich gab ihr noch einen Kuß und rettete mich auf diese Weise aus der Affäre, denn so etwas wünsche ich ihr weiß Gott nicht, und damit schieden wir voneinander.

Die Gräfin hatte Frau Bornsteds flehentliche Bitten, doch ins Haus zu kommen, abgelehnt und war währenddessen eisern in ihrer Kutsche sitzen geblieben. Mit Verwunderung sah ich, wie umgänglich und dabei dennoch allen Bitten unzugänglich sie war. Nicht weniger erstaunt nahm ich die tiefe Kluft wahr, die ihre Umgänglichkeit zwischen ihr und den Bornsteds aufriß; auch er stand nämlich am Tor und erwies ihr seine Reverenz.

Nun bin ich hier, und es ist bereits elf Uhr vorbei. Mein Fenster geht direkt aufs Haff hinaus, und aus der Ferne kann ich überm Wasser die Lichter von Swinemünde blinken sehen, wo das Haff ins offene Meer mündet. Es ist ein wunderschönes altes Haus, jahrhundertealt, und wir hatten einen romantischen Abend – zuerst beim Abendessen in einem schmalen, langgestreckten holzgetäfelten Zimmer, das von Kerzen erleuchtet war, danach auf der Terrasse unter meinem Fenster, wo vor der niedrigen Mauer, die sich am Ufer entlangzieht, Rittersporne wachsen. Es ist niemand hier außer den Köseritzens, Herrn von Inster, den beiden sehr hübschen und schick gekleideten Freundinnen von Helena und einer alten Dame, die einst die Gouvernante der Gräfin war und jeden Sommer hierherkommt, um, wie sie zu mir auf englisch sagte, die Sommerfrische zu genießen.

Es war traumhaft. Das Wasser plätscherte leise gegen die Terrassenmauer. Es war so still, daß wir das Tuckern eines Dampfschiffs weit draußen auf dem Haff hören konnten, das von Stettin nach Swinemünde fuhr. Wie üblich sagte der Graf kein Wort. »Er hat viel um die Ohren«, flüsterte mir die Gräfin zu. Die Mädchen tuschelten miteinander, wodurch ich mich gewiß verunsichert und ausgeschlossen gefühlt hätte, wenn es mir nicht so völlig egal gewesen wäre. In ihren pastellfarbenen Abendkleidern sahen sie genauso aus, wie der Oberst gesagt hatte: wie ein Sträußchen sehr zarter, sorgsam gehegter Treibhausblumen. Zum ersten Mal, seit ich aus England weg bin, hatte ich mein Abendkleid an, und nach all den Wochen in hochgeschlossenen Blusen kam ich mir recht auffällig gekleidet und schrecklich aufgeputzt vor, jedenfalls oben in meinem Zimmer und bis ich die Kleider der anderen sah, denn da erschien mir mein Aufzug recht bescheiden. Herr von Inster sprach kaum und mit mir überhaupt nicht, aber es machte mir nichts aus, da mir ja noch der Kopf schwirrte von dem, was er heute morgen alles erzählt hatte. In seiner Gegenwart bin ich ganz natürlich, so im Einklang mit mir; und ich glaube, daß ich mich so wohl fühle und nicht im geringsten so eingeschüchtert wie damals beim Mittagessen, liegt einzig daran, daß er in Köseritz ist. Ich nehme die Dinge, wie sie kommen, und zerbreche mir nicht den Kopf darüber, wie ich aussehe und mich benehme. Als ich heute abend zum Abendessen herunterkam, wartete er schon in der Halle, um mir den Weg zu zeigen, wie er sagte, und dabei beobachtete er mich mit jenem Blick in seinen Augen, der einen solchen Kontrast zu seinem tadellos gepflegten Aussehen und soldatischen Auftreten bildet – dieser Blick ist sanft und freundlich. Mit einem seltsamen Gefühl, daß nichts und niemand mir etwas anhaben könne, betrat ich das Zimmer, in dem die anderen schon versammelt waren. Ich weiß nicht einmal, ob Helena mich anstarrte.

Morgen kommen die Klosters und werden die Nacht über bleiben, und morgen darf ich wieder auf meiner Geige spielen. Ich habe mein Versprechen getreu gehalten und sie nicht angerührt. Ja, da es nun Viertel vor zwölf ist und um Mitternacht meine Fastenwoche zu Ende geht, könnte ich eigentlich gleich zu spielen beginnen. Ich möchte zu gern wissen, was geschehen würde, wenn ich mich auf mein Fenstersims setzte und den Rittersporen und den Sternen Ravel vorspielte! Ich glaube, dann würde selbst der Graf einmal den Mund aufmachen. Aber etwas für ein junges Mädchen so Ungehöriges, wie Frau Bornsted sagen würde, werde ich natürlich nicht tun, sondern ins Bett gehen, das hübscheste Bett, in dem ich je schlief, seit ich meinem Rüschenbettchen im Kinderzimmer entwachsen bin – rosa Tagesdecke und Bettlaken mit Spitze drum herum. Das Zimmer sieht aus wie ein Schlafzimmer in einem englischen Landhaus; die Gräfin erzählte mir, daß sie ihre sämtlichen Chintze in London gekauft hat! Es ist so sonderbar nach meinem Zimmer bei Frau Berg und meinem Dachstübchen aus rohem Holz in der Oberförsterei.

Gute Nacht, glückselige Mutter. Irgendwo im Wald rufen sich zwei Eulen etwas zu. Ansonsten lautlose Stille. Himmlische Ruhe.

Deine Chris

■ ■ ■ *Köseritz, Sonntag abend, 19. Juli 1914*

Liebe Mutter, ich weiß nicht, was Du sagen wirst – aber ich habe mich mit Bernd verlobt! Bernd, das ist Herr von Inster. Du weißt doch, daß er Bernd heißt, oder? Ich weiß selbst nicht, was ich sagen soll. Ich kann es noch gar nicht recht glauben. Gestern nacht um dieselbe Zeit schrieb ich Dir hier in diesem Zimmer und dachte nicht im Traum daran, daß mir mehr als ein paar glückliche Tage mit netten Freunden und einem ganz besonders netten und verständnisvollen Freund beschieden sein würden. Vierundzwanzig Stunden später sitze ich hier und will von gewöhnlichem Glück nichts mehr wissen, hat doch mein Liebster mich für immer in sein Herz geschlossen!

Es war seltsam. Ich glaube, auf diese Weise hat sich bisher noch kein Mädchen verlobt. Gewiß hält uns jeder für verrückt, außer Kloster. Kloster nicht. Er versteht.

Es war nach dem Abendessen. Erst vor drei Stunden. Ich würde zu gern wissen, ob ich nur geträumt habe. Wir saßen alle auf der Terrasse wie gestern abend. Die Klosters waren am frühen Nachmittag gekommen. Kein

Blatt regte sich, und kein Laut war zu hören bis auf das Plätschern des Wassers gegen den Fuß der Mauer, wo die Rittersporne stehen. Du weißt, daß manchmal, wenn alle sich unablässig unterhalten haben, plötzliches Schweigen eintritt. So war es auch heute abend, und nach einem, wie mir schien, langen Schweigen sagte die Gräfin zu Kloster: »Vermutlich wäre es zuviel verlangt, Meister, wenn wir Sie bitten würden, uns etwas zum besten zu geben?«

»Hier?« fragte er. »Hier draußen?«

»Warum nicht?« sagte sie.

Atemlos hing ich an seinen Lippen. Wie wäre es wohl, wenn er da draußen in der Dunkelheit spielte, umgeben von Wasser und Wald und über sich die Sterne?

Wortlos stand er auf und ging ins Haus.

Die Gräfin sah etwas beklommen drein. »Ich hoffe«, sagte sie zu Frau Kloster, »er nimmt mir meine Bitte nicht übel?«

Aber Bernd wußte es – Bernd, in diesem Augenblick noch Herr von Inster für mich. »Er wird spielen«, sagte er.

Und gleich darauf kam Kloster mit seiner Stradivari wieder heraus. Er stand auf der Stufe vor dem Wohnzimmerfenster und spielte.

Ich dachte: Dies ist der wunderbarste Augenblick in meinem Leben. Aber weit gefehlt: Es sollte ein viel wunderbarerer kommen.

Wir saßen unter dem großen Zelt der Nacht, und die Musik erzählte uns Dinge über Liebe und Gott, die wir selbst schon wissen, aber nie verständlich machen können. Als er zu Ende gespielt hatte, sagte keiner ein Wort. Schweigend blieb er noch einen Augenblick auf der Stufe stehen, kam dann herunter zu mir, die ich auf dem Mäuerchen am Wasser saß, und legte mir die Stradivari in die Hände. »Und nun Sie.«

Alle schwiegen. Mir war, als schliefe ich.

Er nahm meine Hand und zog mich von meinem Sitz hoch. »Spielen Sie, was Sie möchten«, sagte er, ließ mich stehen und setzte sich wieder auf die Stufen beim Fenster.

Ich weiß nicht, was ich spielte. Es war die Geige, die spielte, während ich sie hielt und lauschte. Ich vergaß alles um mich herum: vergaß, daß Kloster jeden Fehler kritisch vermerken würde, und vergaß mich selbst so ganz und gar, als hätte ich das Bewußtsein verloren. Ich *lauschte*, und was ich hörte, waren Geheimnisse, wundersame Geheimnisse, kostbar und von einer solchen Kühnheit, daß alles Leiden plötzlich bedeutungslos wurde – sämtliche Geheimnisse des Lebens. Ich finde dafür keine Worte. Es war nur eine Ahnung, wie etwas sehr Wichtiges, sehr Schönes, das man früher einmal wußte, aber inzwischen vergessen hat.

Dann verstummten die Töne, ganz ohne mein Zutun, wie mir schien. Es herrschte Totenstille. Ich stand da und sah mich etwas verwirrt um, wie jemand, der aus einem Traum erwacht und die vertrauten Dinge wieder erblickt und nicht so recht versteht.

Kloster stand auf, kam zu mir und nahm mir die Stradivari aus der Hand. Ich konnte sein Gesicht in der Dunkelheit erkennen und entdeckte darauf einen sonderbaren Ausdruck. Er hob meine beiden Hände hoch und küßte erst die eine und dann die andere.

Bernd jedoch erhob sich von der Stelle, wo er abseits von den anderen gesessen hatte, und nahm mich in die Arme und küßte mich auf die Augen.

Und plötzlich waren wir verlobt. Ich glaube, die anderen sagten irgend etwas. Ich weiß nicht, was, doch man hörte ein Gemurmel, aber ich schien ganz weit weg und in Sicherheit zu sein; und er drehte sich um, als sie zu murmeln begannen, nahm meine Hand und sagte: »Das ist meine Frau.« Dann sah er mich an und fragte: »Nicht wahr?« Und ich sagte: »Ja.« Ich weiß nicht mehr, was dann geschah, vielleicht war alles nur ein Traum. Ich bin so müde – so müde und trunken vor Glück, daß ich auf dem Boden zusammensinken und sofort einschlafen könnte.

Liebste Mutter – segne Deine Chris.

■ ■ ■ *Köseritz, Montag, den 20. Juli*

Liebste Mutter, ich bin zu glücklich – zu glücklich, um schreiben oder denken oder mich erinnern oder irgend etwas anderes tun zu können, als glücklich zu sein. Du, meine liebe Mutter, die Du immer so viel Verständnis für mich hast, wirst mir verzeihen, weil mir die Minuten, die ich auf andere Dinge verwenden muß, so vertan und verloren scheinen, entrissen dem einzig wirklich Wichtigen, meinem Geliebten. Oh, ich benehme mich wahrscheinlich schamlos, aber das ist mir egal. Sollte ich mich zieren und so tun, als empfände ich nicht besonders viel? Mich wie eine Dame benehmen und meine wahren Gefühle verbergen? Telegraphiere mir – telegraphiere mir Deinen Segen. Ich *brauche* ihn. Solange Du mir nicht Deinen Segen gegeben hast, ist es, als stünde ich angetan mit meiner Krone und meinem wunderschönen Gewand aus Glückseligkeit bereit und wartete nur darauf. Es kümmert mich nicht, wenn ich albern bin. Es ist mir alles einerlei. Was sie hier von unserem Verlöbnis halten, weiß ich nicht, kann mir aber vorstellen, daß sie es Bernds wegen mißbilligen – er ist Offizier, Junker und einziger Sohn, ein vielversprechender junger Mann und sonst noch alles mögliche, was wichtig ist, abgesehen von dem einzigen, das zählt, nämlich, daß er Bernd ist. Und ich bin eben nur eine Frau, die einen Beruf ergreifen will, was in den Augen des hiesigen Adels etwas ganz Unmögliches ist. Merkwürdig, wie Kritik oder Mißbilligung an einem abprallen, wie einen nichts berühren kann, wenn man liebt und geliebt wird. Es ist, als säße man in einem magischen Zirkel, der einem Sicherheit verleiht. Nichts kann uns etwas anhaben, solange wir einander lieben. Heute morgen haben wir einen herrlichen Spaziergang durch den Wald gemacht. Alles ist wahr, was letzte Nacht geschah. Es war kein Traum. Wir sind verlobt. Ich bekam die anderen seither kaum zu Gesicht. Sie gratulierten uns ganz höflich. Kloster war *sehr* nett, aber er macht sich Sorgen, daß mir die Liebe, wie er sagt, die Kunst verderben könnte. Wir mußten darüber lachen. Bernd, der selbst Musiker geworden wäre, wenn seine Familie und seine Standesverpflichtungen dies nicht vereitelt hätten, wird es indirekt durch mich sein. Bei ihm werde ich um so härter arbeiten. Wie recht du hattest mit Deiner Behauptung, daß ein Geliebter das Beste sei, was die Welt zu bieten habe! Wie jemand ohne einen leben kann, ist mir inzwischen schleierhaft, erst recht, wie ich es bisher schaffte. Daß ich mich immer für glücklich hielt, kommt mir jetzt ganz eigenartig vor. Gib mir Deinen Segen, Mütterchen – gib ihn uns. Schick ein Telegramm. Ich kann es nicht erwarten.

Deine Chris

■ ■ ■ *Köseritz, Donnerstag, den 23. Juli*

Liebste Mutter, tausend Dank für Dein Glückwunschtelegramm, das ich eben bekam. Nun scheint mein Glück wirklich besiegelt. Ich weiß, Du wirst Bernd auf den ersten Blick mögen und wirst verstehen, warum ich ihn liebe. Wir verleben hier diese schönen Sommertage in ruhiger Gelassenheit. Alle Anwesenden haben sich mit unserer Verlobung als einem *fait accompli* abgefunden; und obzwar sie noch immer keine rechte Begeisterung aufzubringen vermögen, geben sie sich doch höflich und tolerant. Jedesmal, wenn ich ihnen etwas auf der Geige spiele, blühen sie regelrecht auf und werden freundlich. Ich komme mir vor wie Orpheus mit seiner Leier vor den vereisten Berggipfeln und habe bemerkt, daß ich sie zum Schmelzen bringen kann, wenn ich die Saiten meiner Geige berühre. Helena hat Musik wirklich sehr gern. Es stimmt schon, was ihre Mutter sagte. Seit ich an jenem ersten wundervollen Abend meiner Verlobung spielte, begegnet sie mir ganz anders. Sie ist freilich immer noch schweigsam, weil das ihre Art ist, und sie macht immer noch große Augen; aber nun liegt so etwas wie Überraschung, ein fragender Ausdruck in ihrem Blick. Und ganz egal, wo sie sich gerade im Haus oder Garten aufhält, wenn sie hört, daß ich zu spielen anfange, kommt sie auf Zehenspitzen herbei und hört zu.

Kloster ist abgereist. Er und seine Frau waren beide sehr nett zu uns, aber Kloster macht sich Sorgen, weil ich mich verliebt habe. Vor Montag werde ich nicht nach Berlin zurückkehren; Bernd kann noch übers Wochenende bleiben, und es hat keinen Sinn, einen Sonntag in Berlin zu verbringen, wenn man nicht unbedingt muß. Kloster wird mich nun drei- anstatt zweimal in der Woche unterrichten, und mit welch neuem Schwung werde ich wieder an die Arbeit gehen! Er bezweifelt das, doch weiß ich es schließlich besser. Alles, was ich tue, scheint jetzt von Freude beseelt. Wie seltsam mir das Zimmer bei Frau Berg vorkommen wird nach meinem Aufenthalt hier. Aber es stört mich nicht im geringsten, wieder dort zu wohnen. Bernd wird in Berlin sein; er wird mir schreiben, mich besuchen, mit mir spazierengehen. Mit ihm wird dort für mich alles eitel Sonnenschein sein.

»Wenn ich im Oktober wieder in der Stadt bin«, sagte die Gräfin zu mir, »müssen Sie bei uns wohnen. Es schickt sich nicht, daß Bernds Verlobte in dieser Pension von Frau Berg lebt. Wird nicht auch Ihre Mutter bald zu Ihnen kommen?«

Es ist sehr nett von ihr, finde ich. Anscheinend muß ein Mädchen, das verlobt ist, noch mehr beaufsichtigt werden als eines, das ungebunden ist. Welch komisches altertümliches Zeug diese Anstandsregeln sind! Ich bin gespannt, wie lange wir mit denen noch werden leben müssen. Natürlich sind Frau Berg und ihre Pensionsgäste zu dem Junker ganz unbeschreiblich und furchtbar devot.

Aber Frau von Köseritz' Frage nach Dir gab mir zu denken. Willst Du nicht kommen, Mütterlein? Es ist doch ein außergewöhnliches und einmaliges Ereignis in unserer Familie, wenn das einzige Kind heiratet! Aber ich kann mir eigentlich nicht so recht vorstellen, daß Du Dir im August in Berlin ein Zimmer nimmst, von Deinem schönen Berg herabsteigst und Deinem schönen See Lebwohl sagst. Schließlich habe ich ja nur noch vier Monate, dann bin ich fertig und kann zu Dir zurück. Was danach sein wird, weiß ich nicht, jedenfalls nicht genau. Bernd sagt: Wir heiraten und Du kommst nach Deutschland und lebst bei uns. Das ist ja alles schön und gut, aber wenn ich so früh heirate, was wird dann aus meiner Karriere, die eigentlich in diesem Winter hätte beginnen sollen? Kloster sagt ungeduldig: Oh, heiraten Sie bloß und bringen Sie es schnell hinter sich – danach würde ich dann wieder Vernunft annehmen und mein Debüt als Geigerin mit der ruhigen Gelassenheit derer, die keine Illusionen mehr hat, in die Wege leiten können, so jedenfalls sieht er es.

»Ich bin vollkommen vernünftig«, sagte ich.

»Sind Sie nicht. Sie sind verliebt. Eine Frau sollte niemals Künstlerin werden. Ich wiederhole, Mees Chrees, was ich Ihnen früher schon sagte, daß es reine Bosheit seitens der Vorsehung ist, Sie, eine Frau, zum Gefäß genommen zu haben, das dieses große Talent unter die Leute bringen soll. Ein Mann, der so begabt ist wie Sie es unglückseligerweise sind, verliebt sich und wird davon inspiriert. Ja, in dieser Verfassung leistet er sogar seine beste Arbeit, weshalb der männliche Künstler selten ein treuer Ehemann ist, denn der treue Ehemann kann sich nicht verlieben.«

»Warum kann er sich nicht verlieben?« fragte ich, da ja nun Ehemänner für mich sehr interessant geworden sind.

»Weil er ein treuer Ehemann ist.«

»Aber er kann doch in seine Frau verliebt sein.«

»Nein«, sagte Kloster, »kann er nicht. Und zwar aus demselben Grund, aus dem ein Mann, der seine Mahlzeit verzehrt hat, sie nicht noch einmal essen will. Wohingegen«, fuhr er lauter fort, weil ich den Mund geöffnet hatte und gerade etwas sagen wollte, »eine Künstlerin, die sich verliebt, alles vernachlässigt und bloß noch liebt. Bloß noch liebt«, wiederholte er und schaute mich dabei von oben bis unten sehr streng und mißvergnügt an.

»Sie werden schon sehen, wie ich mich ins Zeug lege«, sagte ich.

»Unsinn«, tat er diese Bemerkung ungeduldig ab. »Deshalb bitte ich Sie eindringlich, schnell zu heiraten. Dann kann die Frau, die von der Vorsehung unglückseligerweise in einen Beruf gesteckt wurde, für den sie als Frau nicht geeignet ist, wenn sie erst einmal geheiratet und sich ihren Ehemann geschnappt hat oder ihre Beute, ihr Opfer oder wie Sie ihn lieber nennen möchten …«

»Ich ziehe die Bezeichnung Ehemann vor«, fiel ich ihm entschlossen ins Wort.

»… und falls sie es schafft, Dingen aus dem Weg zu gehen, die sie vom Üben abhalten und Zeit kosten wie z. B. Wiegen und Schnuller, dann ist sie geheilt und kann mit der angemessenen Gelassenheit zu dem zurückkehren, was einzig und allein zählt: zur Kunst und der Arbeit, die es braucht, um sie hervorzubringen. Aber sie wird Zeit vertan haben«, sagte er und schüttelte den Kopf. »Sie wird Zeit vertan haben, und das ist höchst bedauerlich.«

Hierauf sagte ich: »Unsinn« und lachte mit jener himmlischen, herrlichen Sicherheit, die man hat, wenn man sich von einem Mann geliebt weiß.

Ich nehme an, es gibt einige Leute, auf die Klosters Beschreibung zutrifft, aber Bernd und ich sind anders. Wir werden keine einzige Minute vertun. Er bewundert meine Musikalität, und sein Stolz inspiriert und erfüllt mich mit dem glühenden Verlangen, seinetwegen immer besser zu werden, damit jener Ausdruck glücklichen Triumphs und inniger Bewegtheit in seine Augen tritt, den ich so an ihm liebe. Ich verspüre einen solchen Auftrieb, daß ich mich über alle Schwierigkeiten und Hindernisse, die das Leben mir vielleicht noch in den Weg zu legen versucht, hinweggehoben fühle. Wenn ich wieder in Berlin bin, werde ich mich mit nie dagewesenem Eifer an die Arbeit machen.

Das etwa sagte ich zu Kloster, der mir mit beißendem Sarkasmus entgegnete, daß ich mich bei meiner Arbeit nicht von dem Wunsch leiten lassen sollte, in irgend jemandes Augen einen gewissen Ausdruck zu zaubern. »Das hat nichts mit Kunst zu tun, Mees Chrees. Daraus wird nie etwas Gescheites. Sie sind eben durch und durch eine Frau; und da wurde nun« – hier schrie er beinahe –»dieses Talent, dieses kostbare, unsterbliche Talent, in so zittrige kleine Hände wie die Ihren gelegt.«

»Es tut mir ja sehr leid«, sagte ich und schämte mich regelrecht, daß ich es hatte und er so verärgert war.

»Nein, nein«, lenkte er, etwas milder werdend, ein, »es braucht Ihnen nicht leid zu tun – heiraten Sie. Heiraten Sie schnell. Dann erholen Sie sich vielleicht wieder.«

Und als er sich verabschiedete – ich schreibe Dir das alles, weil es Dich amüsieren wird –, sagte er ungehalten und zugleich bekümmert, wenn die Vorsehung in ihrer unergründlichen Launenhaftigkeit schon unbedingt ein Talent, das ausschließlich dem Mann vorbehalten sein sollte, in die Schale oder Hülse (ich habe vergessen, wie er es nannte, aber es klang jedenfalls verächtlich) einer Frau legen müsse, dann hätte sie sich wenigstens eine häßliche dafür aussuchen können. »Sie hätte«, polterte er, »ja nicht ausgerechnet eine nehmen müssen, in die sich aller Wahrscheinlichkeit nach mal jemand verlieben würde, und ihr zu all den üblichen Reizen, mit der die Natur das Weib zur Verlokkung des Mannes ausstattet, nicht auch noch einen Beethovenkopf verpassen müssen. Niemals hätten diese breite Stirn und diese tiefliegenden Augen, ein solch edler Denkerkopf« – Du mußt mich für eitel halten, Mütterchen, doch das hat er wirklich alles gesagt und war so ungehalten – »mit dem in diesem Falle überflüssigen, ja geradezu schädlichen Plunder kombiniert werden dürfen, der ein nach landläufigen Vorstellungen hübsches junges Gesicht ergibt. Mees Chrees, ich wünschte, Sie würden durch irgendeinen kleineren Schönheitsfehler wie etwa viele Sommersprossen entstellt, denn dann befänden Sie sich nicht in der beklagenswerten Lage, geliebt zu werden und diese Liebe zu erwidern. Und wenn«, versetzte er noch schnell beim Abschied, »die Vorsehung schon unbedingt diese Dummheit begehen mußte, so hätte sie ihr nicht noch dadurch die Krone aufzusetzen brauchen, sich dafür eine Engländerin auszusuchen.«

»Was?« sagte ich ganz verblüfft, als ich ihn zu den Stufen hinausbegleitete, denn er schien uns doch immer zu mögen und zu bewundern.

»Die Engländer sind nicht musikalisch«, erklärte er und kletterte in den Wagen, der ihn zum Bahnhof bringen sollte und in dem Frau Kloster schon die ganze Zeit geduldig gewartet hatte. »Sie sind es nicht, waren es nie und werden es nie sein. Purcell? Kommen Sie mir nicht mit Ihrem Purcell. Mit einer einzigen Miniatur, wie makellos auch immer, kann man keine Bildergalerie zusammenstellen. Und was Ihre Modernen betrifft, Ihre Partys, Stanfords und Elgars und wie sie alle heißen, nun, was sind sie denn schon?! Ganz hübsch, ganz gut, sehr fleißig und gewissenhaft: achtbare englische Gentlemen mit schwarzen Fräcken und seidenen Hüten, in Notenschrift übersetzt. Sie sind gewissermaßen die Vertonung der Londoner Börse. Nein, nein«, sagte er und zog die Staubdecke über sich und seine

Frau, »die Engländer sind keine Musiker. Und Sie«, rief er zurück, als der Wagen anfuhr, »Sie, Mees Chrees, sind eine Laune der Natur – nichts weiter als eine Mißgeburt und ein Zufall.«

Wir machten kehrt und gingen ins Haus. Die Gräfin sagte, er hätte sich, wie sie finde, ruhig von ihr verabschieden können. »Immerhin«, bemerkte sie leicht verschnupft, »war er mein Gast.«

Gedankenverloren sah sie mich und Bernd an, die wir Arm in Arm neben der Tür standen, um sie vorbeizulassen. »Diese Genies«, sagte sie und legte dabei ihre Hand für einen Augenblick auf Bernds Schulter, »sind interessante, aber schwierige Leute.«

Ich glaube, Mütterchen, sie meinte mich damit und bedauerte Bernd ein wenig!

Ist es nicht sonderbar, daß Menschen einfach nicht verstehen wollen? Trotzdem, als sie hineingegangen war, sahen wir uns an und mußten lachen, Bernd nahm meine Hände und küßte eine nach der anderen und sagte etwas ganz Süßes, Liebes – aber ich kann Dir nicht erzählen, was. Das ist das Schlimmste daran, wenn man einen Liebsten hat – die wunderbarsten, schönsten Dinge, die ich von ihm gesagt bekomme, kann ich Dir, meiner Mutter, meiner geliebten Mutter, der ich Zeit meines Lebens immer alles erzählt habe, nicht verraten. Ausgerechnet die Dinge, die Du am liebsten hören würdest, die mich mit Ruhm und Stolz krönen, kann ich Dir nicht sagen. Weil sie etwas Heiliges sind. Ihm und mir heilig. Du mußt sie Dir vorstellen; stell Dir die reizendsten Koseworte vor, die Du Deiner Chris gern sagen würdest, und sie werden nicht halb so entzückend sein wie die, die er mir zuflüstert.

Ich muß jetzt gehen, weil Bernd und ich auf dem

Haff segeln wollen. Wir werden zuerst noch Tee trinken und dann bis zum Abend wegbleiben. Das Boot hat orangefarbene Segel und ist ziemlich groß – man kann auf ihm herumlaufen, ohne daß es umkippt. Wenn wir des Segelns überdrüssig sind, steuern wir es in die Binsen am Ufer, und Bernd wird mich meine deutschen Psalme abhören und Heine vorlesen. Vorläufig dann also Adieu, meine Liebe. Es ist himmlisch, verlobt zu sein, und mit einem Menschen, mit dem man zusammensein möchte, ohne jede Heimlichtuerei ein paar Stunden weggehen zu können, und niemand kann sagen: »Nein, das darfst du nicht.« Weißt Du, daß Bernd zum Heiraten die Erlaubnis des Kaisers braucht? Alle Offiziere müssen eine solche einholen, und er lehnt ziemlich oft ab. Das Mädchen muß nachweisen, daß es über ein eigenes Vermögen von mindestens 5000 Mark – das sind 250 Pfund im Jahr – verfügt und aus guter Familie stammt. Nun, was die Familie angeht, so ist alles in Ordnung – ich bin gespannt, ob der Kaiser weiß, wie man Cholmondeley ausspricht –, und wenn ich erst einmal Konzerte gebe, werde ich viel viel mehr als die 250 Pfund verdienen; ich denke, wir kriegen das schon hin. Kloster wird mir bestimmt eine Bestätigung über meine zukünftigen Verdienstmöglichkeiten ausstellen. Aber die Heirat selbst liegt noch in weiter Ferne, erscheint mir wie ein Traumgebilde – deshalb habe ich noch gar nicht richtig angefangen, mir darüber Gedanken zu machen. Verlobt zu sein ist so schön, daß es erst einmal durchaus so weitergehen kann. Bernd ruft nach mir.

Soeben komme ich auf mein Zimmer. Es ist zehn Uhr. Hinter mir liegt ein Tag wie im Märchen. Ach Mutter, wie schön die Welt doch ist! Alles scheint sich zu verschwören, damit dieser Sommer der wunderbarste meines Lebens wird. Wie werde ich an ihn denken und vor Freude lachen, wenn ich einmal alt bin! Das Wetter ist herrlich, die Leute sind freundlich, meine Aussichten als Geigerin so ermutigend – und es gibt Bernd. Hast Du jemals von einem Mädchen gehört, das so reich bedacht wurde? Alle meine Tage sind erfüllt von Sonnenschein und Liebe. Wohin ich auch blicke, nichts als Freundlichkeit und Güte! Ob die Welt wirklich freundlicher wird, oder kommt es mir nur so vor, weil ich so glücklich bin, was meinst Du? Ich kann mir nicht helfen, ich glaube, daß sich das ganze Gerede, das ich in Berlin zu Ohren bekam, dieses unerbittliche Bedürfnis, auf jemanden einzuschlagen, egal auf wen – dieses Verlangen, ihn zusammenzuschlagen und auszurauben, von dem sie besessen schienen, einfach damit erklären läßt, daß es auf die Urlaubszeit zuging und alle Leute nach einem Jahr des Eingesperrtseins in ihren Amtsstuben überarbeitet und nervös waren; dann kam noch die große Hitze dazu und gab ihnen den Rest. Sie waren quengelig wie übermüdete Kinder, quengelig und gereizt. War ich nicht selbst quengelig, als mich die Fliegen so piesackten! Nachdem sie nun diesen Monat an der See und in den Wäldern verbracht haben, sind sie bestimmt wie ausgewechselt und strahlen so viel Freundlichkeit und Sanftmut aus wie dieser sanfte Himmel, wie der Morgen und der Abend und die heiteren Mittage. Ich kann mir nicht vorstellen, daß jemand, der Kühe auf den goldenen Wiesen hat weiden sehen, wie Bernd und ich heute nachmittag stundenlang, oder das Wasser zwischen den Binsen hat plätschern hören oder Adler droben im hohen Blau über den Kiefern hat kreisen sehen und mit jedem Atemzug die Süße, die ungewöhnliche warme Süße dieses Sommers in den Wäldern und an der See in sich eingesogen hat – ich kann mir nicht vorstellen, daß Leuten, die das erlebt haben, der Sinn nach Streit und Kampf steht, zumindest für das kommende Jahr. Und wenn ihnen wieder danach ist, weil sie im Laufe der Monate vor lauter Enge und ständigem Zusammenleben nervös geworden sind, dann wird es Zeit für sie, in Urlaub zu fahren, zurück auf das gesegnete Land, damit sie Entspannung und Heilung finden. Und jährlich werden wir weiser, jährlich erwachsener, legen die Manieren ungezogener Kinder mehr und mehr ab und kommen Gott näher. Wir brauchen nur Zeit – Zeit, um nachzudenken und zu verstehen. Ich empfinde nun eine Frömmigkeit in mir. Vor lauter Glück bin ich so fromm geworden, daß selbst Tante Edith ihre Freude an mir hätte. Ich bin überzeugt, Glück bringt einen viel schneller zu Gott als Gram und Leid. Genauer gesagt, ist es meiner Ansicht nach der einzig richtige Weg zu Gott. Du weißt, Mütterlein, die Vorstellung war mir immer verhaßt, zu Gott *getreten* zu werden, in die Knie zu gehen, weil wir so lange geschlagen werden, bis wir nicht mehr stehen können. Ich glaube, wenn ich verlieren sollte, was ich liebe – Dich, Bernd, oder wenn ich an den Händen verletzt würde, so daß ich nicht mehr spielen könnte –, ich würde davon kein guter Mensch werden, im Gegenteil. Ich würde verstockt und trotzig werden und aufbegehren. Gott müßte das eigentlich lieber sein. Es ist zumindest eine ehrliche und menschliche Haltung. Wir würden doch auch jedes Geschöpf verachten, das vor uns katzbuckeln und uns preisen würde, weil wir grausam zu ihm waren. Und warum sollte Gott weniger edel denken als wir? Oje, ich muß ins Bett. Gott kann man eben nicht mal so am Ende eines Briefes abhandeln. Aber heute abend will ich beten, richtige Dankgebete sprechen, das Herz voll Dank und Lob zum Herrn erheben. Ich glaube, ich war immer glücklich. Ich kann mich an nichts anderes erinnern; aber ich hatte dabei nicht dieses Gefühl von Sicherheit. Früher war mir doch manchmal etwas bange. Ich wußte ja, wir sind arm und Du bist so lieb. Jetzt ist mir nicht mehr bange, weder um Dich noch um mich. Ich kann dem Leben in die Augen blicken, ganz zuversichtlich, beinahe sorglos. Ich habe so großes Vertrauen zu Bernd! Zu zweit sind wir so stark, wenn einer der beiden Bernd ist.

Gute Nacht, meine herzallerliebste Mutter. Ich will nun Dankgebete sprechen, daß es Dich, daß es ihn gibt, daß die Welt so schön ist. Meine Fenster zum Haff stehen weit offen. Nichts ist zu hören, bis auf das schwache Plop, Plop des Wassers gegen die Terrassenmauer. Bisweilen flattert mal kurz ein Vogel in den Bäumen des Waldes rechts oder links vom Garten, weil er sich im Schlaf umdreht, nehme ich an, und dann ist wieder alles still, so still – als legte sich eine große kühle Hand sanft auf die heiße Stirn der Erde und wiege sie in den Schlaf.

Deine Chris, die Dich liebt

■ ■ ■ *Köseritz, Freitag, 24. Juli 1914*

Liebe Mutter, per Telegramm erhielt Bernd heute nachmittag vom Hauptquartier den Befehl, umgehend nach Berlin zurückzukehren, und er ist abgereist. Ich reibe mir die Augen, um festzustellen, ob ich wach bin; es kam alles so plötzlich. Im Nu war das ganze Haus wie umgewandelt. Der Graf ist ebenfalls abgereist. Die Zeitung kommt hier immer erst, wenn wir beim Mittagessen sitzen, und wird dann hereingebracht und dem Grafen neben den Teller gelegt. Heute war darin vom österreichischen Ultimatum an Serbien die Rede, und als der Graf die Schlagzeilen der *Tageszeitung* überflogen hatte, legte er sie wortlos auf den Tisch zurück, stand auf und verließ das Zimmer. Bernd griff nach der Zeitung und las uns daraus vor. »Das bedeutet Krieg«, sagte er, worauf ihm die Gräfin sofort zu schweigen gebot, ich vermute, weil sie das Wort nicht hören kann. Dann stand auch sie auf und folgte dem Grafen, und Helena, die Gouvernante, die Kinder, Bernd und ich blieben an dem in Unordnung geratenen Tisch sitzen. Jedem stand die Frage ins Gesicht geschrieben, wie es nun weitergehen würde. Den Bediensteten zitterten kaum merklich die Hände, als sie uns die Teller reichten. Im Fall eines Krieges würden alle männlichen Hausangestellten eingezogen werden und müßten an die Front. Kein Wunder, daß da die Teller ein bißchen wackelten; die Aufregung läßt sich schließlich nicht verleugnen.

Sobald wir dem Eßzimmer entkommen konnten, gingen Bernd und ich in den Garten – der Graf und die Gräfin hatten sich nicht mehr blicken lassen. Er erklärte mir, daß er zwar im ersten Moment gedacht habe, das österreichische Ultimatum bedeute Krieg, aber eben nur im ersten Augenblick. Inzwischen sei er jedoch überzeugt davon, daß Serbien alle Bedingungen akzeptieren werde und sich die Krise genauso beilegen lasse wie schon so viele andere zuvor.

Ich fragte ihn, was geschähe, wenn sie sich nicht beilegen lasse. Ich wollte alles ganz genau wissen, denn mir ist wirklich nicht so recht klar, welche Nationen gegeneinander Krieg führen würden; und er erwiderte, warum über so abscheuliche Dinge wie Krieg reden, solange kein Kriegszustand herrsche. Er sagte, solange ihn sein Stabschef friedlich in Köseritz bleiben lasse und nicht nach Berlin beordere, könne ich sicher sein, daß es bloß eine regionale Auseinandersetzung werden würde, denn wenn man ihn einbestellte, hätte das zu bedeuten, daß alle derzeit im Urlaub befindlichen Offiziere einbestellt werden und daß die Regierung zumindest beunruhigt sei. Um vier Uhr kam dann das Telegramm. Folglich ist die Regierung zumindest beunruhigt.

Ich bekam ihn kaum mehr zu Gesicht. Mit einer Schnelligkeit, die mich in Erstaunen versetzte, packte er seine Sachen zusammen, und er und der Graf, der denselben Zug nach Berlin nehmen wollte, fuhren im Automobil nach Stettin, um dort noch den letzten Schnellzug zu kriegen. Unmittelbar bevor sie aufbrachen nahm Bernd meine Hand und zog mich in die Bibliothek, wo niemand war, und gestand mir, wie sehr er Gott dafür danke, daß ich Engländerin sei. »Chris, wenn du Französin oder Russin wärst«, sagte er und machte ein Gesicht, als erfülle ihn der schiere Gedanke daran mit Entsetzen. Er schmiegte sein Gesicht an meines. »Ich würde dich natürlich ganz genauso lieben, ich könnte gar nicht anders, aber stell dir vor, was das bedeuten würde ...«

»Dann wird auch Deutschland mit hineingezogen, wenn es Krieg gibt?« fragte ich. »Deutschland ebenso wie Österreich und Frankreich und Rußland – also fast das gesamte Europa?« stieß ich hervor, da ich so etwas Schreckliches einfach nicht glauben konnte.

»Außer England«, sagte er, und leise fügte er hinzu: »Gott sei Dank, außer England.« Jemand öffnete die Tür einen Spalt und ermahnte ihn, er müsse jetzt los. Ich flüsterte ihm ins Ohr, daß ich morgen nach Berlin zurückführe und bei ihm sein würde. Er eilte aus dem Zimmer, so daß der Wagen, als ich in die Halle kam, bereits die Allee hinunterraste und ich nur Bernds Helm noch kurz in der Sonne aufblitzen sah, als er um die Kurve verschwand.

Es ging alles rasend schnell. Ich kann es noch nicht recht fassen. Ich weiß nicht, was ich von alldem halten soll, und hier sagt niemand ein Wort. Wenn ich die Gräfin nach ihrer Meinung frage, antwortet sie beschwichtigend, ich bräuchte mir nicht mein Köpfchen zu zerbrechen – mein Köpfchen! Als ob ich sechs Jahre alt und aus Zucker wäre! –, es komme schon alles wieder ins Lot. »Europa ist momentan etwas aufgeregt«, sagt sie gelassen, »und wittert an jeder Ecke Gefahr, und wenn es zu der Ecke kommt und dahinter schaut, ist nichts zu finden. So war es schon oft und wird bestimmt wieder so sein. Gehen Sie zu Bett, mein Kind, und vergessen Sie die Politik. Überlassen Sie sie älteren und erfahreneren Köpfen. Unser Kaiser ist immer für den Frieden eingetreten, und wir können uns darauf verlassen, daß er Österreichs zerzaustes Gefieder wieder glattstreicht.«

Nach allem, was ich bei den Klosters über den Kaiser gehört habe, bezweifle ich das zwar sehr, war jedoch zu höflich, um etwas darauf zu erwidern, und ging gehorsam in mein Zimmer. Wenn es Krieg gibt, dann wird Bernd – nun gut, ich bin müde. Ich sollte wohl heute abend besser nichts mehr schreiben. Aber ich habe Dich so lieb, liebste Mutter.

Deine Chris

Welch ein Glück, daß Mütter Frauen sind und nicht in den Krieg zu ziehen brauchen. Wie schrecklich, wenn Mütter Männer wären!

■ ■ ■ *Köseritz, Samstag, 25. Juli 1914*

Weißt Du, mein Liebes, ich wäre viel lieber in Berlin bei Frau Berg und unabhängig. Dann könnte ich Bernd sehen, wann immer er kommen kann, und müßte nicht dutzendmal ›danke‹ und ›dürfte ich bitte‹ sagen. Ich hatte meine Abreise schon für heute vorbereitet, und nun will mich die Gräfin nicht gehen lassen. Sie sagt, sie würde mich am Montag hinbringen, wenn sie und Helena fahren. Sie werden ein Weilchen in Berlin bleiben, weil sie nicht so weit ab vom Schuß sein wollen, wenn es Neuigkeiten gibt, und sie sagt, da sie ja nun fast meine Tante sei, wäre es von ihr nicht in Ordnung, es zuzulassen, daß ich, ihre Nichte in spe, allein in einer Pension wohne, während sie sich in ihrem Haus eine Straße weiter aufhalte. Was würden denn die Leute sagen? meinte sie – was würden die Leute sagen, das fragt sich jeder Deutsche, bevor er etwas tut oder läßt. Alle scheinen auf Schritt und Tritt Angst zu haben vor den Leuten und vor dem, was diese sagen könnten. So muß ich nun in ihr Haus in der Sommerstraße ziehen und so lange sie dort bleibt im goldenen Käfig sitzen. Sie sei überzeugt, sagt sie, meine Mutter würde das auch wollen. Davon bin ich kein bißchen überzeugt, ich, die ich meine Mutter kenne und weiß, wie herrlich unkonventionell sie ist und wie herzlich gleichgültig ihr *die Leute* sind; aber da ich einen Deutschen von Adel heiraten werde, muß ich wohl seine Verwandten beschwichtigen, so lange jedenfalls, bis ich sie mit sanfter Gewalt und List an mich gewöhnt habe. Mißmutig gab ich also nach. Hab' keine Angst – meinen Unmut behielt ich für mich. Nach außen hin gab ich mich so wohlerzogen und erfreut, daß Du staunen würdest. Es ist wirklich sehr liebenswürdig von der Gräfin, und dies um so mehr, als man ihr deutlich anmerkt, daß sich ihre Begeisterung in Grenzen hält. Nicht zuletzt deshalb ist meine Dankbarkeit, die sich ja einem ebensolchen Mangel an Begeisterung verdankt, um so größer.

Ich möchte hier nicht bis Montag warten. Ich wäre gern heute abgereist – hätte die vielen Meilen durch endlose Wälder zurückgelegt, die uns vom nächsten Bahnhof trennen und durch die einmal am Tag die Nachrichten im Schrittempo gekarrt werden müssen. Heute und morgen werden wir fast die ganze Zeit in dieser sonnigen Leere hier sitzen. Wieder ist es ein wundervoller Tag, aber mir kommt er wie ein Körper vor, dessen Seele entwichen ist, wie das ausdruckslose Lächeln eines gutaussehenden Idioten. Wie es scheint, hat sich Deine unglückliche Chris ernsthaft verliebt. Ich glaube nicht, daß es die Nachrichten sind, denen ich näher sein möchte: Es ist Bernd.

Was die Nachrichten betrifft, so scheinen die Zeitungen heute der Meinung zu sein, daß sich die Dinge wieder einrenken. Ziemlich salbungsvoll schreiben sie darüber, aber salbungsvoll sind sie ja eigentlich immer – als ob sie, wenn sie Augen hätten, diese zum Himmel aufschlügen und dabei viel frommes Weiß sehen ließen. Sie weisen auf die gräßlichen Folgen hin, die es für die ganze Welt hätte, wenn Serbien, ›dieser elende kleine Gauner‹, es wagen sollte, den gerechten Forderungen von Deutschlands entrüstetem und edlem Verbündeten Österreich nicht nachzukommen. Aber Serbien wird sie natürlich erfüllen. Die Zeitungen gehen fest davon aus. Undenkbar, daß es sich weigert. Der Kaiser kreuzt mit seiner Yacht irgendwo droben vor Norwegen, und Seine Majestät habe nicht zu erkennen gegeben, schreiben sie, daß er seinen Urlaub zu unterbrechen gedenke. Solange er wegbleibt, meinen sie, kann nichts Ernstes passieren. Welch eine Anklage Seiner Majestät! Solange er wegbleibt und sich amüsiert, wird es Frieden geben. Wie phantastisch wäre es dann also, wenn er für immer wegbliebe und sich amüsierte!

Dies hätte ich am liebsten zur Gräfin gesagt, als sie uns beim Mittagessen die Zeitungen vorlas – ich wüßte zu gern, was dann passiert wäre. Na ja, wenn ich auch bei ihr in der Sommerstraße wohnen und höflich sein muß, so kann ich doch jeden zweiten Tag an jenen glücklichen, rauhen Ort, in Klosters Wohnung nämlich, entfliehen und dann sagen, wonach mir der Sinn steht. Ich habe Dir, glaube ich, schon geschrieben, daß er mich nun dreimal wöchentlich unterrichten wird.

Nach dem Tee

Fast den ganzen Vormittag habe ich geübt. Ich schrieb an Bernd, setzte ihn über meine Abreise am Montag in Kenntnis und erzählte ihm all die vielen Kleinigkeiten, die mir zufällig in den Kopf kamen. Nach dem Mittagessen ging ich nach draußen und legte mich mit einem Buch, in dem ich nicht las, auf die Wiese am Ufer, dieselbe Wiese, wo Bernd und ich erst vorgestern unser Boot vertäuten, aber es kommt mir vor, als sei es vor zehn Jahren gewesen. Ich lag so still da, daß mich die Kühe vergaßen und direkt neben meinem Kopf knirschend vor sich hin kauten. Wie üblich tranken wir den Tee auf der Terrasse im schattigen Winkel der nach Südwesten zeigenden Mauern, und die Gräfin verbreitete sich mit großer Gelassenheit über die politische Lage. Ihre Ausführungen waren überaus aufschlußreich: mit ruhiger Stimme klärte sie Helena und mich über alles mögliche auf; und dabei bestickte sie mit ruhigen, kühlen Fingern und in aller Seelenruhe ein unschuldiges Hemdchen für das Baby ihrer verheirateten Tochter. Sie schien mit sich und der Welt und dem Gang der Ereignisse zufrieden und wirkte ruhig und gelassen wie die Schwäne auf dem Haff. All die aufrührerischen und ketzerischen Meinungen, mit denen sie Kloster bestimmt hatte um sich werfen hören, sind an ihr spurlos abgeglitten. Offensichtlich beachtet sie gar nicht, wenn er irgendwelche Gedanken äußert, ganz einfach deshalb, weil er ein Genie ist. Genies haben Narrenfreiheit. Vermutlich denkt sie etwa so. Es war recht interessant, was sie über Deutschland erzählte – alles, was sie sagte, drehte sich um Deutschland. Sie kennt sich in der deutschen Geschichte sehr gut aus, und bestimmt hat sie uns alles erzählt, was sie darüber weiß. Als schließlich die Diener kamen, um das Teegeschirr abzutragen, sah ich Deutschland deutlich vor mir: das entzückendste Lämmchen mit einem blauen Band um den Hals, das bis zum Bauch in Gänseblümchen steht und die Welt mit freundlichen Äuglein betrachtet.

Adieu, liebste Mutter. Der Samstag ist nun fast vorüber. Mittlerweile muß das Ultimatum für Serbien abgelaufen sein. Ich bin so gespannt, was geschehen ist. Ich frage mich, was Du in der Schweiz von alldem hältst. Du weißt, ich werde meinen Unterricht unterbrechen und in die Schweiz kommen, wenn Du den leisesten Wunsch nach mir verspürst; und vielleicht, wenn Bernd wirklich fort muß – dann würde ich zu Dir zurückkriechen wollen, bis er wieder in Sicherheit ist. Und dennoch bin ich mir nicht sicher. Gewiß wäre es das beste, weiterzumachen, egal, was geschieht, ruhig mit Kloster zu arbeiten bis Oktober, wie wir geplant hatten. Aber Du brauchst nur den kleinen Finger zu heben, und ich werde kommen. Ich meine, wenn Du unruhig wirst und Dir Sorgen machst.

Deine Chris

■ ■ ■ *Köseritz, Sonntag abend, 26. Juli*

Liebste Mutter, ich habe gepackt und bin reisefertig. Morgen früh fahren wir los. Aus irgendeinem Grund, vielleicht wegen der allgemeinen Aufregung und des ganzen Durcheinanders, kamen heute keine Zeitungen, aber der Graf rief aus Berlin an, daß der Außenminister von Österreich-Ungarn die serbische Regierung um seinen Paß gebeten und Belgrad verlassen habe. Bestimmt weißt Du das heute bereits. Die Gräfin, immer noch völlig gelassen, sagt, Österreich werde nun Serbien gehörig bestrafen, sowohl für den Mord als auch für die Unverschämtheit, seine, also Österreichs, gerechte Forderungen zurückgewiesen zu haben. Am Telefon sagte der Graf lediglich, daß Serbien sich weigere, den Forderungen nachzukommen. Es schien unglaublich. Auch ich war der Meinung, daß Serbien die Strafe verdiene. In den gestrigen Zeitungen hieß es, in Anbetracht dessen, was geschehen ist, seien die Forderungen vollkommen angemessen. Wegen der Verwirrung über Bernds plötzliche Abreise hatte ich die österreichische Note nicht gelesen und war nun voller Empörung über Serbiens Verhalten, durch seine Frechheit das Unrecht auf die Spitze zu treiben und womöglich einen Krieg in Europa vom Zaun zu brechen. Stutzig und nachdenklich wurde ich allerdings, als die Gräfin sich von meinen empörten Äußerungen sehr angetan zeigte und mir mit den Worten »Aus diesem Kind wird noch einmal eine ausgezeichnete kleine Deutsche« die Wange tätschelte. Da dachte ich mir dann, ich sollte wohl lieber abwarten und mich besser informieren, bevor ich über Serbien endgültig den Stab breche. Wahrscheinlich gibt es viele Dinge, die man wissen müßte. Kloster wird mir alles erzählen. Ich entdecke an mir ein tiefes Mißtrauen gegen diese Leute. Damit meine ich keine bestimmten Leute wie die Köseritz und die Klosters und deren Freunde, sondern die Deutschen im großen und ganzen. Es ist eine Art von tiefsitzendem Unbehagen, ein Unbehagen, wie man es empfindet, wenn in Fragen von grundlegender Bedeutung Meinungsverschiedenheiten bestehen.

»Dann wird es also Krieg geben?« sagte ich zur Gräfin, starrte ihr durchaus heiteres Gesicht an und war von der Aussicht, eine ausgezeichnete kleine Deutsche zu werden, überhaupt nicht angetan.

»Oh, nur eine Strafexpedition«, entgegnete sie.

»Bernd meinte, es würde bedeuten, daß Rußland und Frankreich ebenso wie Sie Krieg bekommen«, sagte ich.

»Oh, Bernd – er ist verliebt«, sagte die Gräfin und lächelte.

»Ich verstehe nicht ganz …«, begann ich.

»Verliebte übertreiben immer«, sagte sie. »Rußland und Frankreich werden sich in eine so gerechte Bestrafung nicht einmischen.«

»Aber ist sie denn gerecht?« fragte ich.

Hierauf bedachte sie mich mit einem kritischen Blick. Offenkundig hielt sie das für eine reichlich unpassende Bemerkung aus dem Munde einer Person, die es sich zur Aufgabe machen sollte, eine ausgezeichnete kleine Deutsche zu werden. »Liebes Kind«, sagte sie, »Sie glauben doch wohl nicht, daß unser Verbündeter, der Verbündete des Kaisers, Forderungen stellen würde, die nicht gerecht sind?«

»Meinen Sie, daß die Zeitungen vom Freitag noch irgendwo hier herumliegen?« lautete meine Antwort. »Ich würde gern die österreichische Note lesen und mir selbst ein Bild davon machen. Das habe ich nämlich noch nicht getan.«

Hierauf lächelte die Gräfin und zog die Glocke. »Ich nehme an, Dörner« – Dörner ist der Butler – »hat sie«, sagte sie. »Aber zerbrechen Sie sich bei dieser Hitze nicht zu sehr Ihr Köpfchen.«

»Es wird nicht schmelzen«, sagte ich, da ich es nicht leiden kann, wenn man meinen Kopf für so klein hält und noch dazu aus Zucker – neulich sagte sie schon einmal so etwas, und auch da ging es mir entschieden gegen den Strich.

»Es gibt Leute, deren Aufgabe es ist, sich über diese bedeutsamen Dinge für uns den Kopf zu zerbrechen«, sagte sie, »und denen können wir es getrost überlassen.«

»So, als ob sie Gott wären«, bemerkte ich.

Wieder traf mich ein kritischer Blick. »Genau«, sagte sie. »Treue Untertanen, wahre Christen gleichen sich in ihrem blinden Vertrauen und Gehorsam gegenüber der Obrigkeit.«

Dann ging ich in mein Zimmer hoch, für den Fall, daß ich mir eine ehrliche und somit unhöfliche Bemerkung nicht würde verkneifen können.

Welch ein Pech, daß die Wahrheit immer so unhöflich ist. Und so ist jemand wie ich, die – aus zugegebenermaßen alles in allem niedrigen Beweggründen – unbedingt als das gelten möchte, was Diener eine richtige Dame nennen, leider unablässig gezwungen, es an Offenheit mangeln zu lassen. Ich wollte, Bernd wäre kein Junker. Das ist ein großer Fleck auf seiner sonst so makellosen Weste. Ich wünschte, er wäre ein Kanalarbeiter, ein wüst fluchender Kanalarbeiter, und wir könnten nach Herzenslust fluchen und jedem die Meinung sagen, und ich bräuchte keine Dame mehr zu sein. Es ist so spießig, eine Dame zu sein. Diese deutschen Aristokraten sind hoffnungslose Spießer.

Wenn ich wieder in Berlin bin und mich einfach nur politisch auf dem laufenden halten möchte, was meine ganze Zeit in Anspruch nehmen dürfte, da ich ja an weltbewegende Ereignisse, wie wir sie momentan erleben, nicht gewöhnt bin, empfinde ich es bestimmt als überaus lästig, auf Schritt und Tritt von einem Gespinst aus Artigkeiten, Höflichkeitsfloskeln und Rücksichtnahmen in meiner Bewegungsfreiheit behindert zu werden und jede dieser verfluchten Benimmregeln beachten zu müssen, für die sich die Leute hier so schrecklich begeistern. Nirgendwo habe ich eine solche Vielzahl von Verhaltensregeln kennengelernt wie in Deutschland. Immerzu muß man irgend etwas feierlich beteuern; egal, ob man etwas annimmt oder ablehnt, man muß sich des langen und breiten darüber auslassen! Viel Lärm um nichts, denn es steckt überhaupt nichts dahinter, außer Angst; Angst wiederum spukt ihnen andauernd im Kopf herum; Angst, den anderen zu beleidigen, wenn er stärker, höhergestellt ist als man selbst – weil er einem dann schaden, einen irgendwie bestrafen wird; falls man ein Mann ist, wird er sich zehn zu eins mit einem schlagen.

Ich habe nun die österreichische Note gelesen. Es wundert mich nicht allzu sehr, daß Serbien sich weigert, auf das Ultimatum einzugehen, und dennoch wäre es bestimmt klüger gewesen, wenn es die Forderungen akzeptiert hätte, jedenfalls so weit wie irgend möglich.

»Viel klüger«, sagte die Gräfin milde lächelnd, als ich dies heute abend beim Essen äußerte. »Klüger zumindest für Serbien. Aber so ist es auch gut.« Und sie lächelte erneut.

Ich bin zu dem Schluß gekommen, daß auch die Gräfin Krieg haben will – einen großen europäischen Krieg, damit Deutschland, das so schrecklich gern diesen lästigen rasselnden Säbel aus der Scheide ziehen möchte, die Gelegenheit beim Schopf ergreifen und losschlagen kann. Man braucht nur eine Weile hier gewesen zu sein, unter ihnen gelebt und sie reden gehört zu haben, dann weiß man, daß alle sehnsüchtig auf einen Vorwand warten, um mit dem Angriff zu beginnen. Seit Jahren arbeiten sie nur auf den Augenblick hin, an dem sie unbesorgt zur Attacke blasen können. Der Kaiser, sagt Kloster, habe während seiner ganzen Regierungszeit nur diesen einen Gedanken verfolgt. Es stimmt zwar, seine Regentschaft ist bisher durchaus friedlich verlaufen – darauf weisen sie immerzu hin, wenn sie einen Ausländer zu überzeugen versuchen, daß ihre ungeheuren Kriegsvorbereitungen überhaupt nichts mit Krieg zu tun haben; natürlich ist jede Regentschaft friedlich bis zu dem Augenblick, wo sie es nicht mehr ist. Sorgsam hielten sie sich bisher von jeder möglichen Auseinandersetzung fern, weil sie für den großen Vernichtungsschlag noch nicht gerüstet waren, den sie beabsichtigen, wenn sie bereit *sind*. Bis in die kleinsten Einzelheiten haben sie ihre Vorbereitungen getroffen. Bernd erzählte mir, daß die Männer, die nicht kämpfen können, die Alten und die Untauglichen, schon seit Jahren immer im Herbst genaue und geheime Anweisungen erhalten, was sie zu tun haben, wenn der Krieg erklärt ist, damit sie mithelfen können, ihre Brüder erfolgreich umzubringen – ihre Brüder, für die Christus doch genauso gestorben ist. Jedem dieser bejahrten oder gesundheitlich mehr oder weniger angeschlagenen Deutschen, die Überbleibsel sozusagen, die wirklich nicht kämpfen können, wird in diesen geheimen Befehlen eine Aufgabe zugewiesen, die er in der seinem Wohnort nächstgelegenen Stadt übernehmen muß, etwa Nachschublager zu überwachen oder im Bereich der Organisation und Verwaltung zu arbeiten. Alle anderen Männer mit Ausnahme derer, die das Glück haben, schwachsinnig oder fast tot zu sein – in welch einer Welt leben wir denn, wenn das Glück ist?! –, müssen in den Kampf ziehen. Die Frauen und die Tausende ins Land geholter Russen und Polen werden sich während der kurzen Zeit, da die Männer nicht da sind – der Krieg soll nämlich nicht lange dauern, nur ein paar Wochen, so lange wie der siegreiche Krieg von 1870 –, um die Bauernhöfe kümmern. Hast Du je etwas so Entsetzliches, so Schlimmes gehört wie diese seit Jahrzehnten anhaltende minutiöse Konzentration aufs Töten – auf erfolgreiches, siegreiches Töten, einfach um sich Dinge unter den Nagel zu reißen, die einem nicht gehören. Genau darauf läuft es nämlich hinaus – egal, ob sie es in große, leere Worte wie Deutschtum und all die übrigen Phrasen kleiden, mit denen die Obrigkeit ihre Untertanen so bequem für dumm verkaufen kann. Deutschland, weißt Du, ist in meinen Augen der Habgierige, der Angreifer. Jetzt, da ich eine Weile hier gelebt habe, kann ich mir nichts anderes vorstellen. Ein Verteidigungskrieg, in dem es seine Heimat vor mutwilligem Angriff schützen müßte, ist völlig unvorstellbar. Keine zivilisierte Nation führt derzeit etwas Böses im Schilde. Die europäischen Völker sind nüchtern und zivilisiert – mit anderen Worten: erwachsen. Und die halbzivilisierten Völker würden sich scheuen, eine so starke Nation wie Deutschland anzugreifen. Seit vielen Jahren trainiert und lebt es einzig und allein auf den Angriff hin. Was nützen da alle Beteuerungen? Man braucht sich bloß ihre Standpunkte anzuhören, um die flüchtigen Beteuerungen beiseite zu wischen, die sie wie auf Befehl immer dann einfügen, wenn ihnen das Unnatürliche ihres Benehmens zu Bewußtsein kommt. Ich weiß, was ich hier schreibe, unterscheidet sich erheblich von dem, was ich vor zwei oder drei Tagen geschrieben und empfunden habe, aber ich bin ganz plötzlich auf den Boden der Tatsachen gestellt und an die Eindrücke erinnert worden, die ich bereits in Berlin gewann. Deutlich treten sie mir wieder vor Augen, und ich bin nicht so überzeugt davon, daß am Verhalten der Leute dort nur die Hitze und die Überarbeitung schuld waren. Sie legten einen Eifer an den Tag, ja sie fieberten geradezu danach, mit ihrem Beutezug zu beginnen. Ich habe Dir, glaube ich, geschrieben, daß Berlin schon bei meiner Ankunft auf mich den Eindruck eines brodelnden Hexenkessels machte.

Liebste Mutter, verzeih mir, wenn ich hysterisch bin. Ich wäre bestimmt nicht hysterisch, wenn ich an die Notwendigkeit, die Rechtmäßigkeit eines solchen Krieges glauben könnte, wenn Deutschland nicht in den Krieg zöge, sondern der Krieg nach Deutschland käme. Und ich habe Angst – Angst um Bernd. Angenommen, er – aber wenn wir nach Berlin kommen, hat sich ja die Lage vielleicht schon wieder beruhigt, und die Gräfin kann gleich wieder hierher zurückkehren, was Gott gebe, und ich werde zu Frau Berg und meinen Fliegen gehen können, die ich nun mit größtem Wohlwollen betrachten will. Egal, was sie tun, es soll mich nicht mehr stören.

Gute Nacht, liebste Mutter. Ich bin so dankbar, daß diese beiden Tage nun vorüber sind.

Deine Chris

Es ist diese Stille hier, dieser aberwitzig friedliche Sonnenschein und die aufgeräumte Gräfin und die Entrücktheit der Natur, die mir so zu schaffen machen.

■ ■ ■ *Berlin, Mittwoch, den 29. Juli*

Mein liebes Mütterlein! Es ist sechs Uhr morgens, und ich sitze da im Morgenrock und schreibe Dir, denn wenn ich es nicht jetzt tue, werden wieder alle möglichen Dinge und Leute auf mich einstürmen wie gestern und vorgestern und mir keine ruhige Minute lassen. Es wird nämlich mit nahezu tödlicher Gewißheit Krieg geben, und die Deutschen haben nun vollends den Verstand verloren. Selbst dieses Haus ist infolgedessen wie vom Fieber befallen, so daß mir, wenn ich Dir schreiben will, keine andere Möglichkeit bleibt, als früh aufzustehen.

Du machst Dir keine Vorstellung, wie es gestern auf den Straßen hier zuging. Sie schienen voll von Betrunkenen, die mit vor Erregung geröteten und geschwollenen Gesichtern durcheinanderschrien. Es ist natürlich äußerst interessant und neu für mich, die mit Krieg nur im Geschichtsunterricht in der Schule in Berührung gekommen ist. Was erhoffen sie sich eigentlich? Worin sehen sie den Sinn eines solchen Krieges, diese armen Kreaturen, die dort unten herumbrüllen und herumstolzieren und ihre Hüte und Taschentücher, ja sogar ihre Babys hoch über ihren Köpfen schwenken, wenn eine königliche Hoheit in einem Automobil vorbeirauscht, was alle fünf Minuten geschieht, weil es so viele von ihnen gibt. Unsere Fahrt von Köseritz nach Stettin am Montag, die nun so weit zurückzuliegen scheint, daß sie mir wie etwas aus einem anderen Leben vorkommt, war das letzte, was ich an Schönem und Normalem erlebte. Seither ist alles ein einziges Tohuwabohu und ganz gräßlich. Unvergeßlich bleiben mir die Eindrücke von der Landschaft, durch die wir am Montag fuhren, so reizend lag sie da in ihrem sommerlichen Frieden, der erste Roggen wurde auf den Feldern geschnitten, die Hecken hingen voll von Waldreben. Vorgestern nahm ich all diese Schönheit gar nicht richtig wahr, ich wollte nur weiterkommen, weg von dort, lesen, was Neues in den Zeitungen stand. Doch jetzt, da ich hier bin, erinnere ich mich wieder an jene merkwürdig *unschuldige* Stimmung, und ich bin so froh, daß wir eine Reifenpanne hatten, die uns zu einem zehnminütigen Halt auf einem Straßenabschnitt zwang, wo es rechts und links, so weit das Auge reichte, riesige Weizenfelder gab und einen breiten Streifen Himmel mit friedlichen weißen Wolken, die sich kaum bewegten, und wo nur das wundervoll fließende Rauschen der Pappeln am Straßenrand und der Gesang der Lerchen zu hören waren. Beim Gedanken daran empfinde ich einen gewissen Trost und vergesse für ein paar Sekunden das ›Deutschland über alles‹-Gebrülle und die Hoch-Rufe und die Jubelschreie. Dann erreichten wir Stettin; und seitdem ist alles um mich her von einer abstoßenden Häßlichkeit.

Am Montag kam der Kaiser zurück. Er war in Berlin eingetroffen, als auch wir dort ankamen, und die siegessichere Gelassenheit der Gräfin verstärkte sich merklich, als ihr der Diener, der uns vom Bahnhof abholte, die Neuigkeit erzählte. Denn dies machte den Ernst der Lage deutlich, wie die Zeitungen an jenem Abend verkündeten und dabei ihre Freude hinter frommen Hoffnungen, die Schrecken des Krieges mögen der Welt noch erspart bleiben, kaum zu verbergen vermochten. Bernd war am Bahnhof und brachte uns in die Sommerstraße. Wir fuhren die Dorotheenstraße entlang, die parallel zu Unter den Linden verläuft, weil letztere voll von Menschen war. An ein Durchkommen war nicht zu denken. Diese Leute bildeten einen lebenden Keil aus Leibern, dazwischen drängten sich berittene Polizisten, die am Rand der Verzweiflung zu sein schienen und die Menge auseinanderzutreiben versuchten.

Bernd war so lieb, und es tat gut, wieder in seiner Nähe zu sein! Aber er machte ein ernstes Gesicht und lächelte überhaupt nicht, außer, wenn er mich ansah. Dann verwandelte dieses liebe Lächeln, das voller Güte ist, sein ganzes Gesicht. »O Bernd, ich liebe dich so sehr«, konnte ich mir nicht verkneifen, ihm zuzuflüstern, und beugte mich dazu nach vorn, ohne auf Helena zu achten, die neben ihm saß. Und da ich an Helenas Blick merkte, daß sie es mitgehört hatte, und mir ausgelassen und fröhlich ums Herz war, wieder bei ihm zu sein, wandte ich mich zu ihr und sagte: »Was muß er mich auch so hinreißend anlächeln!«

Die Gräfin lachte leise, woraus ich entnahm, daß sie mein Benehmen schlecht fand. Ich habe festgestellt, daß sie immer leise lacht, wenn etwas ihr Mißfallen erregt, wie ich auch bemerkt habe, daß wenn sie mit einem selbstgefälligen Lächeln sagt, der Krieg sei schrecklich und müsse vermieden werden, sie von ganzem Herzen hofft, er werde nicht vermieden. Ihr einziger Sohn ist bei den Kürassieren und, wie Kloster sagt, ein Mensch, dem nichts so recht gelingen will. Ein Krieg böte ihm die Chance, weiterzukommen, Karriere zu machen. Freilich auch die Chance, zu sterben oder zum Krüppel zu werden, wie ich zu Helena am Sonntag in Köseritz sagte, als sie dem Pfarrer, der mit dem Hut in der Hand und unzähligen Verbeugungen einen Besuch abstattete, von ihrem Bruder und seinen Möglichkeiten erzählte.

Sie starrte mich ungläubig an und der Pfarrer ebenso. Ich fürchte, ich bin reichlich ungestüm ins Gespräch geplatzt.

»Es wäre mir lieber«, sagte Helena, »Werner würde fallen oder sein Leben lang ein Krüppel sein, als daß er nicht Karriere macht. Der eigene Bruder darf, kann kein Versager sein.«

Und der Pfarrer machte eine Verbeugung und rief aus: »Das ist gut und edel gesagt. Daraus spricht Stolz, echter deutscher Vaterlandsstolz.«

Helena, weißt Du, vergaß nämlich nicht, wie es bei Deutschen zuweilen vorkommt, natürlich zu sein. Sie sagte ganz unverblümt, daß sie ihrem Bruder eine Karriere wünsche. Sie vergaß das übliche Gerede von Patriotismus und dem Ruhm, sich für die Hohenzollern in Stücke reißen zu lassen.

Gestern verschwanden die Diener, und es bediente uns das weibliche Personal. Die Maschinerie kam dadurch nicht ins Stocken. Sie lief so reibungslos weiter, als habe der Wechsel schon vor Wochen stattgefunden. Selbst der Butler, der mit Sicherheit zu alt zum Kämpfen ist, verschwand.

Bernd kommt, wann immer er kann. Zum Glück wohnen wir hier ganz in der Nähe des Generalstabshauptquartiers, und er nimmt seine Mahlzeiten bei uns ein. Er beharrt darauf, daß der Krieg streng auf Österreich und Serbien beschränkt bleiben und daher in ein oder zwei Wochen vorbei sein werde. Er sagt, Sir Edward Grey habe schon früher kriegslüsterne Regierungen besänftigt und werde dies auch jetzt wieder erfolgreich tun. Bernd meint, ein Krieg sei Wahnsinn und heutzutage werde keine Regierung eine derartig haarsträubende Dummheit begehen, einen solchen vom Zaun zu brechen. Ich höre ihm zu, und seine Worte überzeugen mich und sind mir ein Trost; dann gehe ich zu den anderen zurück, und mein Trost ist schnell dahin. Denn die anderen sind ihrer Sache so sicher. Für sie gibt es keine Frage, keinen Zweifel. Das sagen sie freilich nicht, keiner von ihnen, weder der Graf noch die Gräfin noch der Sohn Werner, der gestern hier war, noch Bernds Oberst, der gestern abend mit uns aß, noch all die anderen Leute, Regierungsbeamte, die den Grafen aufsuchen, und Freundinnen der Gräfin, die vorbeikommen. Sie sagen zwar nicht, daß es mit Sicherheit zum Krieg kommt, doch ist jedem von ihnen ganz deutlich die Genugtuung und Erleichterung anzusehen, die Menschen immer dann zu erkennen geben, wenn sie etwas bekommen, das sie sich seit langer langer Zeit innig gewünscht haben, und die dann ›Endlich!‹ seufzen. Einige zeigen ihre Befriedigung offener als andere – Bernds Oberst zum Beispiel, der besonders ausgelassen scheint. Er war gestern abend sehr aufgedreht, wenn auch angeblich nicht wegen des Krieges. Wenn die Möglichkeit eines Krieges erwähnt wird, was natürlich laufend geschieht, schütteln alle sofort wie auf Befehl die Köpfe und machen ein ernstes Gesicht und sagen, Gott gebe, er möge selbst jetzt noch vermieden werden oder etwas Ähnliches; im völligen Einklang mit den Zeitungen. Und gestern abend beim Dinner äußerte jemand zudem noch mit todernster Miene die Hoffnung, das deutsche Volk möge nicht außer Rand und Band geraten und der Regierung einen Krieg aufzwingen.

Ich hielt das für ziemlich abstrus. Besonders nach meinen zwei Stunden am Vormittag bei Kloster, der mir erklärte, daß die Regierung alles steuere, was passiert, die öffentliche Meinung lenke und in der Bevölkerung genau die Begeisterung und Aggressivität schüre, die sie für ihre Zwecke brauche, wie damals im Jahre 1870, als gegen Frankreich mobilisiert wurde. Ich weiß, es ziemt sich nicht für ein junges Mädchen, bei Tisch den Mund aufzumachen, wenn es nicht gefragt wird, und ich weiß, daß es außer über Blumen und Bonbons überhaupt keine eigene Meinung haben darf, und ich weiß auch, daß von einem jungen Mädchen, das verlobt ist, erwartet wird, bei jeder Gelegenheit äußerste Bescheidenheit an den Tag zu legen, andauernd die Augen niederzuschlagen, fast so, als schäme es sich fortwährend; dennoch konnte ich der Versuchung nicht widerstehen, mich zu dem Mann, der mir bei Tisch gegenüber saß und diese Behauptung aufstellte, ein hoher Beamter aus dem Ministerium des Inneren, vorzubeugen und zu sagen. »Aber Ihre Öffentlichkeit ist doch so diszipliniert und Ihre Regierung ist so allmächtig ...«, und ich wollte ihn gerade fragen, welche Gründe er für seine Befürchtungen habe, daß die Öffentlichkeit in diesem Zustand die Regierung zwingen würde, denn die Sache interessierte mich, und ich wollte unbedingt hören, was er darauf erwidern würde, als die Gräfin sanft lächelnd dazwischentrat.

»Meine liebe frischgebackene Nichte«, sagte sie und blickte in die Runde, »verspricht, eine ganz ausgezeichnete kleine Deutsche zu werden. Schauen Sie nur, wie sie einerseits bereits unsere Zurückhaltung erkennt und bewundert und andererseits unsere Macht.«

Der Oberst, der zu meiner einen Seite saß, lachte, erhob sein Glas und bat mich, auf meine Gesundheit und die Gesundheit des glücklichsten aller jungen Männer, Leutnant von Inster, trinken zu dürfen. »Das gute alte England, es lebe!« rief er aus, neigte den Kopf über seinem Glas zu mir hin, »das England, das so schöne Blumen zieht und es Deutschland erlaubt, sie zu pflücken. Lange möge es in dieser altruistischen Tätigkeit fortfahren. Lange mögen die Häuser Deutschlands mit Englands schönsten Erzeugnissen geschmückt sein.«

Er war aufgestanden, und alle Anwesenden tranken auf England und mich. Alle zeigten sich begeistert, und ich freute mich und war stolz, zumal ich Bernd, der neben mir saß, ansah, wie stolz und erfreut er war. »England!« riefen sie aus und hoben ihre Gläser, »England und die neue Allianz!« Und sie verbeugten sich und lächelten mir zu, und einer nach dem anderen kam zu mir und stieß mit mir an.

Dann mußte Bernd eine kleine Rede halten und dem Obersten danken – Du kannst Dir nicht vorstellen, wie schön er spricht: Er war kein bißchen verlegen und fand genau die richtigen Worte. Da erhob sich doch tatsächlich auch der Graf und sagte etwas – ich vermute, die Etikette nötigte ihn dazu, sonst hätte er sich wohl lieber die Zunge abgebissen –, und als er erst einmal im Reden war, entledigte er sich seiner Aufgabe mit fester Stimme und derselben Gewandtheit und demselben Geschick, mit dem Bernd mich überrascht hatte. Er sagte, sie – die Köseritz und Insters – begrüßten die bevorstehende Heirat zwischen Bernd und mir, nicht nur wegen der vielen Reize, Tugenden und vor allem Talente – (stell Dir den geistesabwesenden Grafen vor, der diese Komplimente abspulte! Du hättest sehen sollen, wie mir vor Überraschung der Mund offenstehen blieb) –, die die junge Dame aufs schönste schmückten, so groß und zahlreich sie auch seien, sondern auch weil eine solche Ehe die bereits enge Verbindung zwischen zwei großen Nationen desselben Glaubens, desselben Blutes und derselben Ideale noch weiter festigen werden. »Lange mögen diese beiden Länder«, sagte er, »die in ihren Händen die flackernden Fackeln von Menschlichkeit und Zivilisation tragen, Seite an Seite in die Annalen der Geschichte einmarschieren und sich dabei in ruhmreichen Lettern verewigen.« Dann setzte er sich hin und verfiel augenblicklich wieder in sein übliches Schweigen und seine Geistesabwesenheit. Es war, als wäre eine Kerze ausgeblasen worden.

Sie sind wirklich alle sehr freundlich zu mir, die Leute, die ich hier getroffen habe, und sie sagen die nettesten Dinge über England. Sie sind in England verliebt, wie ich Frau Bergs Pensionsgästen zu sagen pflegte, aber offen und begeistert, nicht zornig und widerwillig wie die Pensionsgäste. Ich habe noch nie so viele nette Dinge über England gehört wie gestern. Ich hörte sie sehr gern und fühlte mich ganz beschwipst.

Nach dem Essen traten wir auf den Balkon und blickten über den Tiergarten hinweg. Der Vorgesetzte des Grafen hatte nach ihm geschickt, und Bernd und einige der Männer waren ebenfalls fortgegangen, aber es kamen laufend neue Leute und gesellten sich zu uns auf den Balkon und betrachteten die Menschenmassen. Das Brandenburger Tor liegt unmittelbar links neben uns, und der Reichstag ist einen Steinwurf entfernt jenseits der Straße zu unserer Rechten. Als die Menschenmassen die Offiziere in unserer Gruppe erblickten, jubelten sie vor Freude und warfen die Hüte in die Luft. Der Oberst in der Uniform eines Stabsoffiziers war die Hauptattraktion. Er schien gar nicht zu merken, daß sich eine Menschenmenge versammelt hatte, und redete mit mir fast in derselben ausgelassenen und blumigen Weise wie damals in der Oberförsterei, sagte vieles über Haar und Augen und dergleichen. Ich weiß ja, daß ich Haare und Augen habe; ich habe sie schon mein ganzes Leben lang, wozu also die Zeit verschwenden, mir davon zu erzählen? Ich versuchte nach Kräften ihn dazu zu bewegen, darüber zu sprechen, wie er die Chancen eines Krieges einschätze, aber völlig umsonst.

Weißt Du, wie spät es ist? Fast acht, und das Deutschland-über-alles-Getue ist bereits wieder auf den Straßen in vollem Gange. Kleine Grüppchen von Leuten stehen herum, sehen so winzig und schwarz aus, als seien sie nur Staffage, und haben doch Blut in den Adern und könnten verletzt werden; sie sitzen schon auf den Stufen des Reichstagsgebäudes und lesen eifrig in den Morgenblättern. Ich muß mich anziehen und hinuntergehen und erfahren, ob irgend etwas Neues passiert ist. Adieu, meine geliebte Mutter, ich werde schreiben, sobald ich wieder einen Augenblick Zeit habe. Und vergiß nicht, liebste Mutter, daß ich sofort in die Schweiz komme, falls Du Dir meinetwegen Sorgen machst. Aber falls nicht, möchte ich meine Stunden bei Kloster lieber nicht abbrechen. Sie sind wirklich wichtig für unsere Zukunft.

Deine Chris

▪ ▪ ▪ *Berlin, Freitag nachmittag, den 31. Juli*

Allerliebste Mutter, Deine Briefe sind mir überallhin gefolgt, nach Köseritz und zu Frau Berg, wo Du mich natürlich vermuten mußtest. Heute ging ich zu Frau Berg und fand Deine letzten beiden. Ich habe Dich so lieb, teuerste Mutter, und danke Dir für Deine herzlichen Worte und Dein liebevolles, selbstloses Verständnis für Bernd und mich. Immer schon warst Du meine engste, meine beste Freundin, nicht nur meine über alles geliebte Mutter. Mir ist, als würde ich in Liebe baden. Kann es noch eine Steigerung geben? Es scheint, als hätte ich den Gipfel des Glücks erklommen. Seltsam, wie man ein solch kostbares Wissen einfach so mit sich herumträgt! Es kommt mir vor wie eine magische, verborgene Kraft, die einen beschützt, einen unangreifbar macht und vor Schaden bewahrt; während da draußen ein Volk, das den Verstand verloren hat, Tag und Nacht diesen schrecklichen Lärm veranstaltet.

Wie ich Deinem letzten Brief entnehme, hast Du beim Schreiben unter einem Kirschbaum im Obstgarten Deines Hotels in Glion gesessen, von wo aus Du durch die Blätter der Walnußbäume auf den tief unten liegenden See sehen konntest; Du schriebst von dessen Farbe und dem tiefen Frieden. Seit Mittwoch marschieren hier Tag und Nacht Soldaten in neuen grauen Uniformen durchs Brandenburger Tor auf der breiten Straße Richtung Charlottenburg. Unablässig ist ihr schwerer Schritt zu hören. Von meinem Fenster aus kann ich sie die große gerade Straße hinuntermarschieren sehen; und Menschenmassen, die sich nicht von der Stelle zu bewegen oder weniger zu werden scheinen, rufen ihnen zu. Woher kommen bloß alle diese Soldaten? Ich hätte mir nicht träumen lassen, daß es auf der Welt, geschweige denn in Berlin, so viele gibt; und dabei befindet sich Deutschland noch nicht einmal im Kriegszustand! Aber es ist müßig, Fragen zu stellen oder die Sprache darauf zu bringen. Inzwischen weiß ich, daß das Wörtchen ›warum‹ in diesem Haus nicht nur zwecklos ist, sondern als anstößig gilt. Niemand will sich auf ein Gespräch einlassen; wahrscheinlich haben sie es nicht nötig, sie scheinen alle bestens im Bilde zu sein. Sie gehören zum Kreis der Eingeweihten. Sie sind nicht das Volk. Das Volk, das ist dieser brüllende, schwitzende Mob da draußen, der Spalier steht, wenn die Soldaten vorbeimarschieren; auch Frau Berg und ihre Pensionsgäste sind das Volk, ebenso die Soldaten selbst. Das Volk sind hier alle Leute, die gehorchen und zahlen und keine Ahnung haben, was ihnen bevorsteht; eine ungeheure Menge von Sklaven – unterwürfig, gierig, bemitleidenswert. Ich hätte mir wohl nie etwas so Bemitleidenswertes vorstellen können wie diese ehrenwerten Berliner Bürger mittleren Alters, Familienväter, die von ihren bescheidenen Einkommen sparsam leben, all jene Angestellten, Pfarrer, Lehrer, Professoren, die dort draußen auf den Gehsteigen in aller Öffentlichkeit sich betrunken und den Verstand verloren haben und vor Freude tanzen, weil sie meinen, der große Augenblick, auf den man sie immer vertröstet hat, sei nun gekommen und sie würden nun plötzlich reich werden, könnten aus Rußland und Frankreich Geld scheffeln und die ganze Welt beherrschen und ihr einen Fußtritt verpassen. Genau das habe ich heute überall erlebt, als ich mich irgendwie zum Haus von Frau Berg durchkämpfte, um Deine Briefe abzuholen. Jeder normale Mensch aus einem normalen Land würde diese schwitzenden Herren vorgerückten Alters wohl am liebsten unsichtbar machen, so schockierend wirkt ihr Anblick auf jeden, der für seinesgleichen ein Gefühl von Respekt und Achtung empfindet. Stell Dir anständige Bürger vor, dick und schlaff vom Bier und vom vielen Sitzen in den Cafés, Bürger, die billige Strohhüte und sorgfältig geflickte und ausgebürstete schwarze Fräcke tragen und die bei der Aussicht, daß das Blut ihrer Kinder und jedermanns Kinder fließen wird, vor Begeisterung auf den Straßen *tanzen* und dies auch noch völlig in Ordnung, ja geradezu anerkennenswert finden!

Es herrscht hier glühende Hitze. Der Himmel ist wie aus Blei und wolkenlos, und an den Bäumen im Tiergarten glänzen die Blätter und bewegen sich nicht, als seien sie aus Metall geschnitten. Entlang von Unter den Linden und der Straße nach Charlottenburg liegt dauernd Staub in der Luft – nicht viel, dazu sind die Straßen zu gut gefegt, aber immerhin so viel, daß man das unablässige Marschieren der Truppen nicht vergißt. Und zu beiden Seiten der Strecke, die sie zurücklegen, drängen sich die schwitzenden Menschenmassen, rot und apoplektisch von der Erregung und der Hitze; selbst Frauen mit Kindern und Säuglingen mischen sich unter die wogende, wildgewordene Menschenmenge. In den Fenstern der Häuser rechts und links vom Brandenburger Tor drängen sich den ganzen Tag die Leute, und das vaterländische Geschrei kommt keinen Augenblick lang zum Verstummen.

Es ist ein gräßliches Geschrei. Der einzige Ort, an dem ich mich ihm entziehen kann – und ich hasse Lärm, er tut mir richtig in den Ohren weh –, ist das Badezimmer hier, das aus einer dunklen Kammer ohne Fenster besteht und sich mitten im Haus befindet. Als ich es zum erstenmal sah, erschien mir dieses Bad fürchterlich, aber nun bin ich dankbar, daß es sich nicht lüften läßt. Das Haus wurde zu einer Zeit gebaut, als es noch viele Jahre dauern sollte, ehe die Deutschen anfingen sich zu waschen, und erst als die Köseritz einzogen, wurde ein Badezimmer benötigt. Dann mußte es in irgendeinem Loch installiert werden, und dieses Loch ist der einzige stille Ort. Überall sonst, in jedem Zimmer des Hauses, hat man das Gefühl, in unmittelbarer Nähe von einem Dutzend Kneipen in den schlimmsten Slums von London zu leben und als sei es immerzu Samstagnacht. Glaub mir, der Patriotismus eines aggressiven Landes, dem niemand etwas zuleide tun will, ist wirklich grauenhaft.

Auf dem Weg zu Frau Berg gelang es Bernd irgendwie, mich durch die Menschenmenge in ruhigere Straßen zu lotsen. Wenn es nach ihm gegangen wäre, hätte ich das Haus überhaupt nicht verlassen, aber ich wollte mir selbst einen Eindruck von allem verschaffen. Als wir ins Freie traten, brauste der Kaiser in seinem Auto durchs Brandenburger Tor. Eine Szene, wie sie sich dort abspielte, hast Du noch nie erlebt. Es war beängstigend, als sei ein Haufen losgelassener Verrückter unterwegs. Jedesmal, wenn man ihn in den Straßen sieht, kommt es zu solchen wüsten Szenen, sagt Bernd. Plötzlich hat er den höchsten Gipfel der Beliebtheit erklommen, denn er ist nun der Verteiler der großen Lotterie, in der jedes Los ein Gewinn sein wird. Es gibt nämlich keinen Deutschen, und sei er auch noch so gewitzt oder nüchtern, der nicht regelmäßig und mit feierlichem Ernst Lotterielose kauft. Sind sie nicht komisch, läßt man einmal ihre anderen Eigenschaften beiseite? Ihr Denken ist so unausgegoren, sie haben den Kopf voll mit gefährlichem Wissen, das sie aufgrund ihrer geistigen Unreife falsch gebrauchen. Wenn sie in bezug auf Waffen und Ausrüstung nicht auf dem neuesten Stand wären, würden sie ganz still sein und nicht ans Kämpfen denken.

Bernd nahm mir das Versprechen ab, bei Frau Berg zu warten, bis er mich abholen könne, und da er nicht vor zwei Uhr zurückkam und Frau Berg mich sehr liebenswürdig zu dem wohlbekannten Mittagsmahl einlud, befand ich mich wieder einmal im Schoß der Pensionsgäste. Nur saß ich diesmal nicht abseits am dunklen Tischende nahe der Tür, sondern stolz zur Rechten von Frau Berg und nahm somit nach Doktor Krummlaut den zweiten Ehrenplatz ein.

Es war sonderbar und so anders. Wie immer stellte Wanda ihre Schüsseln auf meiner linken Schulter ab, nicht nur um meine Aufmerksamkeit auf sich zu ziehen, sondern auch zur eigenen Bequemlichkeit, weil sie heiß und schwer waren. Mit Ausnahme des rotmundigen Bankangestellten und eines anderen jungen Mannes hatten sich dieselben Pensionsgäste eingefunden. Hilda Seeberg war da, die Schwedin und Doktor Krummlaut; und natürlich Frau Berg in ihrer ganzen Leibesfülle und einem engen schwarzen Kleid, das vorn zugeknöpft und ohne Kragen war und am Hals von einer großen Brosche zusammengehalten wurde, die fast ganz unter ihrem eindrucksvollen Doppelkinn verschwand, das so majestätisch herabwallt wie der Bart eines Patriarchen. Das Essen war wie immer, desgleichen die Hitze und die Fliegen. Aber von der nervösen Spannung, die immer in der Luft gelegen hatte, der streitlustigen Stimmung war nichts mehr zu merken; niemand versuchte, mit mir zu politisieren und gegen England zu hetzen. Ich weiß nicht, ob ihre übergroße Höflichkeit damit zu tun hatte, daß ich mit einem preußischen Offizier verlobt bin – ich wurde mit Glückwünschen geradezu überhäuft –, jedenfalls nahmen sie eine andere Haltung gegenüber England ein. Natürlich mag es auch an ihrer allgemeinen Fröhlichkeit gelegen haben – Fröhlichkeit stimmt jedermann freundlich! –, denn auch hier war die Zufriedenheit, die Genugtuung jener zu spüren, die nach qualvollem Warten endlich kriegen, was sie wollen.

Diese Befriedigung brachten sie recht geräuschvoll zum Ausdruck, nicht so zurückhaltend wie die Köseritz, aber die Sache selbst war die gleiche. Die Atmosphäre bei Frau Berg ähnelte mehr der auf den Straßen. Wo die Gräfin in ihrer Freude sogar noch gelassener wurde, gebärdeten sich die Pensionsgäste regelrecht hemmungslos – erregt wie Wilde, die um das Feuer tanzen, auf dem ihre Opfer braten sollen. Frau Berg dröhnte und vibrierte vor Erleichterung wie ein großes Erdbeben, und der enorme Preisanstieg in dieser Woche störte sie anscheinend kein bißchen. Was wird ihr der Krieg schon bringen, frage ich mich, außer Mühsal und Schwierigkeiten und abreisenden Pensionsgästen? Da ich nur zu Besuch war, mußte ich höflich sein und mir ihr Gerede widerspruchslos anhören – wahrlich, als Besucher sind einem die Hände gebunden! Ich konnte nicht so argumentieren, wie ich es getan hätte, wenn ich noch immer ein ganz normaler Pensionsgast gewesen wäre – das war ein Jammer, denn in der Zwischenzeit habe ich eine Menge Deutsch gelernt und hätte vieles sagen können und aus meinem Herzen keine Mördergrube machen müssen; hier gab es keine Gräfin, die mich mit sanftem Lächeln daran erinnert hätte, daß ich mich danebenbenehme. Aber ich mußte am Tisch sitzen und mir alles lächelnd anhören und durfte mir in keiner Weise anmerken lassen, wie mich ihre Einstellung und ihr Verhalten befremdete und entsetzte, denn der Maulkorb, den man als Gast anlegen muß, ist nichts gegen den, der einem als Verlobte eines preußischen Offiziers verpaßt wird. Sie wissen schließlich nicht, um welch eine Art von preußischem Offizier es sich bei Bernd handelt, wie anders er ist, daß er über wirkliche Herzensbildung verfügt und für ihre niederträchtigen Heilslehren und Absichten nur Verachtung übrig hat; und er, der durch seine Herkunft an den preußischen Staat gekettet ist, soll von mir, die ich ihn liebe, nicht verraten werden. Jedenfalls sind ihm vorläufig die Hände gebunden, und er muß seine Pflicht erfüllen; aber eines Tages werden wir fortgehen – er und ich und Du, liebste Mutter, wenn nirgendwo mehr ein Krieg in Sicht ist und für ihn daher auch keine Verpflichtung mehr besteht hierzubleiben. Dann wandern wir aus und leben in Amerika. Er wird Uniform und Sporen und den ganzen Firlefanz ablegen, und wir werden frei und friedlich leben, uns der Kunst und der Schönheit widmen und Freunde haben, die weder Intrigen spinnen, was den Lebensinhalt der hiesigen Oberschicht ausmacht, noch sich ihr Lebtag lang ängstigen, womit alle anderen Bevölkerungsschichten hier ihre Zeit vertun.

»Jetzt können wir mit Frankreich endlich alte Rechnungen begleichen«, prustete Doktor Krummlaut beim Suppeessen heute mittag bei Frau Berg mit funkelnden Augen – eigentlich dachte ich, es sei Frankreich, das alte Rechnungen zu begleichen hat –, »und Rußland, der barbarische Koloß, wird umstürzen und an seinem eigenen Blut ersticken.«

Frau Berg überbot ihn sodann mit Äußerungen, aus denen eine noch blutrünstigere Gesinnung sprach.

Hierauf ließ sich doch tatsächlich die Schwedin vernehmen, die sonst nie den Mund aufzutun pflegte. Auch sie führte blutige Reden und äußerte den Wunsch, an jedem Laternenmast Unter den Linden einen Kosaken an den Füßen aufgehängt zu sehen.

Dann sagte Hilda Seeberg, wenn doch ihr Herr Papa – diesen Herrn Papa hatte sie nicht ausstehen können, wie sie mir einmal erzählte – nur noch lebte: Es wäre der stolzeste Augenblick seines Lebens, wenn er an der Spitze seines Regiments nach Frankreich einmarschieren würde, um Präsident Poincaré den Garaus zu machen. »Und wenn«, sagte sie mit blitzenden Augen, »ihn sein Regiment aufgrund seines hohen Alters nicht mehr als Führer anerkennen könnte, würde er bestimmt heimlich nach Frankreich reisen und den infamen Poincaré in die Luft jagen – ihn einfach in die Luft jagen im Namen des Kaisers, des Vaterlandes und unseres Gottes.«

»Amen«, sagte Frau Berg sehr vernehmlich.

Als Bernd endlich kam, flog ich ihm geradezu entgegen. Bei seinem Anblick war mir, als hätte jemand eine Tür weit aufgerissen und die ganze wohltuende Frische eines frühen Morgens ins Zimmer strömen lassen. Ich hing an seinem Arm, sah zu ihm hoch und versenkte den Blick in seine lieben klugen Augen, die einen so freundlich, so wissend anschauen. Die Pensionsgäste begegneten ihm mit einmütiger Unterwürfigkeit, selbst Doktor Krummlaut, ein gescheiter Mann mit wahrscheinlich weitaus mehr Grips als Bernd. Aus Gewohnheit wurde Bernd sogleich starr und unnahbar, als das Spießbürgertum in Gestalt der gratulierenden Pensionsgäste erschien. Er ist sich dessen gar nicht bewußt, da es ihm durch seine Erziehung zur zweiten Natur wurde. Du hättest seine hochmütige Miene sehen sollen, an der sich deutlich ablesen ließ, daß ihm ihre Huldigungen lästig waren. Er wirkte furchtbar unhöflich, und ach, wie liebten sie ihn dafür! Sie himmelten ihn einfach an und hätten ihm wohl ohne weiteres die Stiefel geleckt. Es war ein drolliger Anblick, wie sie um ihn herumscharwenzelten! Der Herr hatte sich unter seine Sklaven begeben. Und wenn man bedenkt, daß sogar Doktor Krummlaut scharwenzelte!

Draußen herrscht nun ein noch entsetzlicherer Lärm als ohnehin schon. Ich höre kaum das Kratzen meiner Feder. Soll ich mal schnell hinausgehen und schauen, was los ist, oder mich lieber ins Badezimmer zurückziehen? Ich weiß es nicht. Meine Ohren halten das nicht mehr lange aus – ich werde noch ganz taub werden und nicht mehr spielen können.

■ *Später*

Das zusätzliche Geschrei hatte folgende Ursache: Es sind Sonderausgaben der Zeitungen erschienen, die verkünden, daß der Kaiser für ganz Deutschland den Kriegszustand ausgerufen hat. Na schön. Jetzt haben sie es also wahr gemacht. Von einem sehr fröhlich dreinblickenden Besucher, den ich traf, als er ins Wohnzimmer hochkam, erfuhr ich, daß auf einen Kriegszustand ebenso unvermeidlich der eigentliche Krieg folgt wie auf eine deutsche Verlobung die Hochzeit. Das eine ist so verbindlich wie das andere, sagte er. Daß ein Verlöbnis aufgelöst wird, komme sehr selten vor und rufe einen ungeheuren Skandal hervor, und außerdem, so erklärte der Gast, und man sah ihm an, daß er sich freute wie ein Schneekönig – es war ein Gast männlichen Geschlechts und daher eher bereit, stehenzubleiben und sich zu unterhalten –, könnte die Rückkehr von einem Kriegszustand zu einem *status quo ante* womöglich das undenkbare Ergebnis zeitigen, nämlich: den Kaiser den Thron zu kosten.

»Sie können sich vorstellen, mein allergnädigstes Fräulein«, sagte der Besucher, »daß Seine Majestät niemals zulassen würde, daß sein Volk, um dessen Wohlergehen sich seine hochherrschaftlichen Gedanken doch in einem fort und ganz ausschließlich drehen, von einem so kolossalen Unheil heimgesucht werde. Deshalb gebe ich Ihnen Brief und Siegel darauf, daß Krieg bevorsteht.«

»Aber es hat Ihnen doch niemand etwas getan«, sagte ich.

Er guckte mich einen Augenblick groß an und lächelte dann. »Hohe Politik und die kleinen Köpfe der Frauen«, sagte er. »Die hohe Politik und die kleinen Köpfe der Frauen«, und damit ging er lächelnd und kopfschüttelnd die Treppe hoch.

Ich wünschte mir wirklich, sie würden nicht andauernd so reden, als sei mein Kopf so fürchterlich klein. Noch nie in meinem Leben haben es Leute so ausgeprägt und selbstgefällig als erwiesen angesehen, daß ich dumm bin.

Ach, mir ist so weh ums Herz. Wie lange noch, und auch Bernd wird zu der marschierenden Kolonne auf der Charlottenburger Chaussee gehören! So freilich wird er nicht von mir gehen. Er gehört ja dem Generalstab an, und bei seinem Abschied wird mehr Aufwand veranstaltet werden; aber jeder einzelne von den Männern in den neuen grauen Uniformen, die hier Tag und Nacht entlangmarschieren, ist ein Sinnbild des scheidenden Glücks, steht für ein abgeschlossenes Kapitel, für das Ende von etwas, das nie wieder so werden wird, wie es war.

Deine müde Chris

■ ■ ■ *Berlin, vor dem Frühstück,*
Samstag, 1. August 1914

Meine liebste Mutter, ich habe etwas erlebt, das ich wohl nicht so schnell wieder vergessen werde. Es war gestern, nachdem die Zeitungen die Nachricht verbreitet hatten, daß Deutschland Rußland ein Ultimatum gesetzt habe, sofort die Mobilisierung rückgängig zu machen, und bis heute morgen elf Uhr eine Antwort verlange. Dies löste ein ungeheures Aufsehen aus. Die Gräfin wurde aus ihrer ruhigen Gelassenheit aufgerüttelt und ließ sich zu Freudenschreien und ängstlichen Äußerungen hinreißen – Freude darüber, daß der Schritt erfolgt war, Angst, Rußland könnte gehorchen und es würde letztendlich doch keinen Krieg geben.

Wir mußten die Fenster schließen, um unsere eigenen Worte zu verstehen. Einige Freundinnen der Gräfin, die gerade zu Besuch waren – Männer fehlten in unserer Runde –, brachen sofort auf, um auf Schleichwegen zum Schloßplatz zu fahren und sich ein Bild von der Stimmung dort zu verschaffen, und mit den Worten, auch wir müßten Zeugen des größten historischen Ereignisses der bald größten Nation der Welt sein, bestellte die Gräfin ein Taxi – ihr eigener Chauffeur wurde bereits eingezogen – und machte sich fertig, ihnen zu folgen. Wir mußten endlos auf das Taxi warten, aber das war unser Glück, denn sonst wären wir womöglich hingefahren und wieder umgekehrt und hätten gar nicht mehr mitbekommen, wie der Kaiser auf den Balkon trat und zur Menge sprach. Wir machten einen großen Umweg, aber dennoch schien ganz Deutschland zu Unter den Linden und dem kleinen Platz an deren Ende zu strömen, wo das Schloß steht. Ich glaube, wir wären nie dort angekommen, wenn uns nicht zufällig ein Vetter der Gräfin, ein sehr schneidiger junger Gardeoffizier, im Taxi erspäht hätte, als es vergebens versuchte, die Friedrichstraße zu überqueren. Dem Polizisten, der uns am Weiterfahren hinderte, verpaßte er mit den Sporen einen kleinen Tritt und trat unter Bekundung seiner Überraschung und zahllosen Begrüßungsfloskeln zu uns, um seine gnädigste Cousine zu fragen, was in aller Welt sie in einem Taxi suche. Er sagte, es sei hoffnungslos, darin zum Schloßplatz durchkommen zu wollen, aber wenn wir ihm gestatteten, uns zu Fuß zu begleiten, erfülle ihn das mit Stolz – die gnädige Cousine würde ihm erlauben, ihr seinen Arm anzubieten und die jungen Damen sollten sich ganz dicht hinter ihm halten.

So gingen wir also los, und es war erstaunlich, wie er uns durchlotste. Wenn sich die Menge bei seinem Herannahen nicht gleich von selbst teilte, sprang von irgendwo her ein unterwürfiger Polizist herbei – einer von jenen Berliner Polizisten, die so grob zu einem sind, wenn man allein ist und wirklich Hilfe braucht –, und trieb sie auseinander. Von der Friedrichstraße zum Schloßplatz ist es ebensoweit wie von hier zur Friedrichstraße, aber wir legten die Strecke viel schneller zurück als die erste Hälfte im Taxi, und als wir ans Ziel kamen, waren sie alle dort: die trunkenen Menschenmassen – dieses trifft die Sache am besten –; sie jubelten, schunkelten, verfluchten die Leute, die ihnen im Weg standen oder ihnen auf die Füße traten; sie brüllten Hurra oder Strophen von vaterländischen Liedern. Alle waren sie ordentlich gekleidet, offensichtlich ehrenwerte Leute in normalen Zeiten. Ich empfinde es immer wieder als höchst befremdlich, wenn solide Bürger mit ihren Familien sich wie betrunkene Rowdies aufführen. Ein bebrillter Professor mit goldener

Uhrkette über der schwarzen Weste und der eindrucksvollen Hemdbrust, der wirres Zeug brüllt, so lange den Mund aufreißt und alle möglichen Schreie ausstößt, bis die Adern an seinem Hals und seiner Stirn aussehen, als wollten sie gleich platzen – das ist für mich der merkwürdigste Anblick von der Welt. Ich kann mir nichts Merkwürdigeres vorstellen, nichts, worüber man ein solches Gefühl von Beklemmung und Scham empfindet. Genau das wird mir in Zukunft bei den Worten ›deutscher Patriotismus‹ immer sogleich vor Augen treten. Und wenn man sieht, wie eine korpulente ältere Dame, die einem geordneten Haushalt bedächtig und würdevoll vorstehen sollte, heiser vor lauter Schreien, den Federhut, den sie sonst nur an Sonntagen und mit spitzen Fingern aufsetzt, sich von ihrem ehrbaren grauen Kopf reißt und wie wild geworden in der Luft schwenkt und jedesmal in Hochrufe ausbricht, wenn ein Prinz oder General oder Minister zu sehen ist, dann möchte man weinen vor Scham über die schimpfliche Behandlung, die diese armen Menschen erfahren, über die Ausbeutung ihrer Begeisterung im Interesse einer einzigen Familie.

Der schneidige Vetter der Gräfin führte uns ein paar Stufen hoch und blieb bei uns stehen, damit wir nicht sofort wieder von dort verdrängt würden, was sicher der Fall gewesen wäre, wenn er uns allein gelassen hätte. Ich glaube, es waren die Stufen einer Statue oder eines Brunnens oder von etwas Ähnlichem, aber was immer es auch sein mochte, es war von einer Menschentraube so fest umschlossen, daß ich an einen jener klebrigen Fliegenstäbe denken mußte, die im Sommer schwarz von Fliegen sind, und noch immer nicht weiß, was das Ganze war. Ich weiß nur, daß es kein Haus war und wir in unmittelbarer Nähe des Schlosses standen und auf das Menschenmeer unter uns blicken konnten, das wogende, tosende Meer verzerrter, in der Sonne glühender und schweißtriefender roter Gesichter mit weit aufgerissenen Mündern.

Die Gräfin, die in Gegenwart von Personen aus den unteren Bevölkerungsschichten ihre Gelassenheit wiedergefunden hatte, setzte nun ihre Brille auf und musterte sie mit Interesse und mit nachsichtigem Wohlwollen. Helena machte große Augen. Der fesche Vetter, der, schlank und rank, wie ein Schutzengel neben uns stand, zwirbelte seinen kleinen Schnurrbart und bemerkte von Zeit zu Zeit nonchalant: *»Fabelhafter Enthusiasmus, was?«*

Mir kam plötzlich der Gedanke, daß bestimmt auch Beerbohm Tree manchmal einer erfolgreichen Kleiderprobe seiner gelungenen Massenszenen so zuschaut, mit derselben lässigen Befriedigung, daß die sorgfältigen Vorbereitungen so fabelhafte und zeitgemäße Ergebnisse erzielten.

Jedesmal, wenn sich der Cousin dabei mehr an mich wandte, entgegnete ich natürlich: *»Kolossal.«*

»Dreckiges Volk, die Russen«, bemerkte er und zwirbelte die Enden seines Schnurrbarts hoch. *»Werden lernen, was es heißt, frech zu sein gegen uns. Wollen sie schwarz und blau dreschen.«*

Du verstehst ja Deutsch, so daß ich den Bemerkungen des jungen Mannes nicht ihren besonderen Beigeschmack zu nehmen brauche, indem ich sie übersetze.

»O Pardon – aber meine Gnädigste – tausendmal Pardon …«, beteuerte er gleich darauf mit ungeheuer besorgter Stimme, als er durch einen kleinen Jungen, der von irgendwo heruntergeklettert war, ziemlich heftig und unvermittelt gegen mich geschubst wurde. Sogleich wandte er sich dem Jungen zu, der wohl eher

heruntergepurzelt als geklettert war. Blitzschnell griff der Vetter nach seinem Degen, bereit, auf jeden einzuschlagen, der es gewagt hatte, ihn, einen Offizier, zu schubsen; und als er merkte, daß der Übeltäter ein Kind und daher, wie sie sagen, nicht satisfaktionsfähig war, schalt er ihn bloß einen *infamen* und *verfluchten Bengel* und verpaßte ihm eine so kräftige Ohrfeige, daß der Kleine bestimmt am Boden gelegen hätte, wenn Platz zum Fallen gewesen wäre.

So aber wurde er nur gegen einen Mann in schwarzem Frack und Strohhut geschleudert, der aussah wie ein älterer vertrauenswürdiger Büroangestellter, so ehrwürdig und untadelig mit seinem kurzgeschnittenen grauen Bart und seiner Brille. Offensichtlich war er der Vater des Jungen, denn er knallte ihm sofort noch eine, diesmal aufs andere Ohr, zog den Hut und bat den Herrn Leutnant, dem Jungen aufgrund seines jugendlichen Alters noch einmal zu verzeihen.

Der Vetter, den ich inzwischen richtig unsympathisch fand, begann gerade, dem Vater gehörig die Meinung zu sagen und ihm in gestrengen Worten den Rat zu geben, er möge gefälligst darauf achten, daß sein schwachsinniger Sohn solche Frechheiten in Zukunft unterlasse oder zum Teufel etc. etc., als plötzlich ein derartiges Hurra-Geschrei ausbrach, daß der Rest seiner Philippika im allgemeinen Lärm unterging: Der Kaiser war auf den Balkon des Schlosses getreten.

Der Vetter nahm Haltung an und salutierte. Die Luft schien voll von Hüten und Taschentüchern und schrillen Freudenschreien. Der Kaiser hob die Hand.

»Jetzt spricht Seine Majestät«, rief die Gräfin, und ihre Gelassenheit war dahin.

Sogleich wurde es totenstill, richtig unheimlich nach all dem Lärm. Nur der geohrfeigte kleine Junge brüllte weiter, aber nicht aus patriotischen Gründen. Sein Vater schob dem mit preußischer Gründlichkeit einen Riegel vor, indem er den Kopf des Kindes unter seinen schwarzen Rock zog, diesen zuknöpfte und seinen Arm fest dagegen drückte, damit der Erstickende auch durch heftigsten Kampf nicht freikomme. Nun war nichts mehr zu hören; aber der verzweifelt zappelnde Junge trat mit seinen staubigen Stiefelchen gegen die Schienbeine des Vetters, und dieser, der in stocksteifer Haltung Seiner Majestät salutierte, konnte die Maßnahmen nicht ergreifen, nach denen seine verletzte Ehre, geschweige denn der Schmerz in seinen Schienbeinen, verlangte.

Ohne sich dessen bewußt zu sein, zahlte es ihm der kleine Junge ganz schön heim, denn seine Stiefelchen waren recht robust und mit Nägeln beschlagen, und der Vater hatte nur noch Augen und Ohren für Seine Majestät und merkte nicht, was geschah. Dies alles nahm meine Aufmerksamkeit derart in Anspruch, daß ich den ersten Teil der Rede gar nicht mitkriegte. Aber was ich hörte, war ungeheuer eindrucksvoll. Ich hatte ja den Kaiser schon einmal gesehen, wie Du Dich erinnern wirst; damals weilte er mit der Kaiserin in London, 1912 oder 1913, meine ich, und wir waren gerade bei Tante Angela in Wilton Crescent zu Besuch und sahen ihn eines Nachmittags in einem Landauer den Birdcage Walk hinunterfahren. Weißt Du noch, wie mürrisch er dreinblickte und kaum auf die Grüße aus der Menge reagierte? Wir sagten, die beiden müssen sich gestritten haben, da er so schmolle. Und weißt Du auch noch, wie unscheinbar er aussah in seinem Zylinder und schwarzen Frack, wie ein mürrischer und gelangweilter Ehemann aus der Mittelschicht? Damals hatte er nichts von einem König an sich, bis auf die

Livreen der Diener, und das waren englische. Gestern war alles ganz anders. Er sah wirklich aus wie der König aus einem Bilderbuch, ein echter Kriegsherr – beeindruckend und glanzvoll mit seinen in der Sonne funkelnden Orden. Wir standen nahe genug, um ihn ganz deutlich sehen zu können. Diesmal wirkte er nicht besonders mürrisch oder gelangweilt. Ich bin sicher, er amüsierte sich bestens – unbewußt natürlich, aber mit jenem Gefühl freudiger Erregung, die alle großen Männer in entscheidenden Augenblicken ihres Lebens verspüren; der keusche Sir Galahad beispielsweise, als sein sterbliches Fleisch die geistlichen Dinge erblicken durfte; Parsifal, als er den Gral über den zum Gebet gebeugten Häuptern hochhielt und sich bei aller Bescheidenheit im Glanz seines Ruhmes sonnte; Beerbohm Tree – ich komme einfach nicht los von diesen Analogien zum Theater –, als er nach seiner erfolgreichsten Premiere, ganz sanftmütig vor Glück und Zufriedenheit, vor den Vorhang trat. Durchzieht sie nicht die Jahrhunderte, diese tiefe Demut im Augenblick des größten Erfolgs, diese bewegte Bescheidenheit desjenigen, der ihn erzielt hat, dieses »Nicht uns, o Herr, bring zu Ehren, sondern deinen Namen«, das in einem solchen Moment ganz aufrichtig gemeint ist und deshalb so ungeheuer zu Herzen geht? Man brauchte sich über die Leute auf dem Schloßplatz wirklich nicht zu wundern. Die Kaiserin war anwesend sowie zahlreiche Offiziere und Prinzen und andere Leute, aber unser aller Augen richteten sich nur auf den Kaiser. Er kam und stand da allein vor den anderen. Er war sehr ernst, und aus seinen Zügen sprach verhaltener Triumph. Hier präsentierte sich das Königtum in all seinem Glanz: ein Prinz wie aus dem Märchen, prächtig gekleidet, mit geblähten Nüstern, blitzenden Augen, der Verteidiger der Heimat, der Führer zum Ruhm, der Gegenstand gläubiger Verehrung seiner Untertanen, die ihn von Kindesbeinen an in ihre Gebete einschlossen. Tausende, die ihn noch nie gesehen, sondern nur scheu verehrt hatten, konnten ihn jetzt sehen und hören. Es war, als ob das Volk plötzlich Gott schauen dürfe. Eine tiefe Ehrfurcht lag in dem allgemeinen Schweigen. Ich glaube, wenn sie nicht so dicht gedrängt gestanden hätten, wären sie niedergekniet.

Nun ist es freilich nicht schwer, eine Volksmenge in Wallung zu bringen. Wir wissen ja, wie leicht man sich selbst von den billigsten Emotionen rühren läßt, von irgend etwas, das einen an seiner sentimentalen Ader packt, dort, wo man sich nach all den Jahren immer noch ans Knie der Mutter klammert. Wir beide haben uns doch oft darüber unterhalten. Du kennst derlei und hast selbst eine solche Ader – sogar Du, die Du immer um Sachlichkeit bemüht bist. Die drei Dinge, die bei mir bisher den wundesten Punkt berührten – ich will sie Dir jetzt bekennen, jetzt, wo ich Deine belustigten Augen mit dem leicht skeptischen Ausdruck nicht auf mir ruhen fühle –, die drei Stellen, die mir jedesmal schier das Herz brachen, so daß ich nur immerzu schluchzen wollte, sind, wenn der zu Tode verwundete Kurwenal an Tristans Seite kriecht und sagt: *»Tristan, Trauter, schilt mich nicht, daß der Treue auch mitkommt!«*, und der sterbende Siegfried haucht: *»Brünnhild, heilige Braut«*, und der sterbende Tannhäuser singt: *»Heilige Elisabeth, bitte für mich.«* Wie Du weißt, stammen alle drei Beispiele aus Deutschland. Allesamt morbides, sentimentales Zeug. In der Mehrzahl scheinen derlei Dinge aus Deutschland gekommen zu sein, wo es doch eigentlich recht brutal zugeht. Freilich ist Sentimentalität im Grunde genommen verwässerte Morbidität und daher aufs engste verwandt mit Grausamkeit. Und ich empfinde eine echte und gesunde Abneigung gegen Wagners *Tannhäuser.*

Aber da selbst die beste von uns beiden – und das bist Du – solche kleinen verborgenen Sümpfe der Gefühlsduselei hat, kannst Du wohl die Wirkung des Kaisers gestern in einem solchen Augenblick auf ein Volk ermessen, dessen Sümpfe von seinen Politikern sorgfältig gepflegt werden. Sogar ich, der die ganze Einstellung zutiefst zuwiderläuft, die fest davon überzeugt ist, daß die wahren Motive unter all dem Getue niederträchtig sind, die sich von ihrem ganzen Naturell her nicht das geringste aus Kaisern macht, selbst ich war wie gebannt. Das heißt, gebannt von ihm. Oh, das arme Volk konnte einen durchaus mitreißen mit seinem Eifer, sich zu opfern, mit seiner Bereitschaft, Körper und Seelen als sinnlose Opfer den Hohenzollern darzubringen. Die Rede des Kaisers eignete sich für den feierlichen Anlaß vorzüglich. Davon hatte man allerdings ausgehen können. Wenn er nicht in der Lage gewesen wäre, sie selbst zu verfassen, hätten seine Beamten schon dafür gesorgt, daß eine redegewandte Person sie für ihn aufsetzte; aber Kloster sagt, auf billigem, volkstümlichem Niveau halte er wirklich gute Reden. Keines der großen wohltönenden Worte fehlte darin, die großen alten Worte, mit denen ehrgeizige und machtgierige Herrscher seit Menschengedenken Wunder wirken: Gott, Pflicht, Vaterland, Heim und Herd, Ehefrauen, Kinder und abermals Gott – unzählige Male: Gott.

Vielleicht wirst Du die Rede in den Zeitungen lesen. Was Du nicht vor Dir sehen kannst, ist diese riesige Menschenmenge, die sich, stumm vor Begeisterung und frommer Ehrfurcht, leise weinend, Männer und

Frauen wie kleine Kinder, zu Füßen eines, man könnte fast meinen, himmlischen Vaters, zusammengeschart hatte. »Geht nach Hause«, sagte er, als er sie am Ende mit erhobener Hand entließ –, »geht nach Hause und betet.«

Und wir gingen, um uns herum Totenstille. Diese riesige Menschenmenge: still und leise wie Kirchgänger, die das Gotteshaus verlassen; bewegt, wie Gläubige, die vom Abendmahl kommen. Ich ging hocherhobenen Hauptes neben der heulenden Helena und bemühte mich, nicht selbst zu weinen, denn dann wären sie mehr denn je davon überzeugt gewesen, daß ich eine fabelhafte kleine Deutsche zu werden verspreche, aber auch ich hätte schrecklich gern geweint. Ich konnte kaum die Tränen zurückhalten. Diese betrogenen Menschen! Ausgebeutet und betrogen, von der Wiege an Schritt für Schritt zu einer bestimmten Geisteshaltung erzogen, die ihre Ausbeuter brauchen, mit bestimmten Leidenschaften, die sorgfältig entwickelt und genährt werden, bestimmten altertümlichen Vorstellungen, jede von ihnen ein Anachronismus, die ihnen beständig vor Augen gehalten werden – wenn sie denn in ihrer mörderischen Attacke auf Völker, die ihnen nichts getan haben, tatsächlich als Sieger hervorgehen, was haben sie dann persönlich davon? Nur Wind, den leeren Wind großer Worte. Sie bekommen es gesagt, und sie werden es in den Zeitungen lesen, daß sie nun groß sind, das mächtigste Volk der Welt, dasjenige, das es am besten versteht, andere Nationen zu vernichten und zu schinden. Aber der einzelne Bürger, der zu der großen Schicht gehört, die die Rechnung bezahlt, wird um kein Haar glücklicher werden. Für ihr restliches Leben wird diese Generation nur ärmer und trauriger sein, das ist alles. Niemand wird ihnen das Geld zurückerstatten, das sie geopfert haben, und niemand wird ihnen ihre toten Söhne wiedergeben. Überall wird es Scharen armseliger alter Frauen geben, die jung und zufrieden waren, bevor der ganze Ruhm einsetzte, und Scharen von trostlosen alten Männern, die einst Kinder hatten, und Scharen von Krüppeln, die einst voll Freude und Hoffnung in die Zukunft blickten. Ja, auch ich gehorchte dem Kaiser und ging nach Hause und betete; aber ich betete, daß Deutschland geschlagen werde – so geschlagen, so bestraft werde für dieses ungeheuerliche Verbrechen, daß es ruckartig und mit Gewalt in die moderne Zivilisation eingegliedert, in die Gegenwart gezerrt und gelehrt werde, daß die Welt schon zu erwachsen ist, um sich mit der Zerstörungswut eines mutwillig grausamen Kindes abzufinden. Die Vorstellung, daß man jemandem Angst vor Gott einhämmern muß, ist zwar eigenartig, aber ich glaube, bei den Preußen bleibt einem keine andere Wahl. Sie verstehen nur Fußtritte und Schläge. Respekt haben sie nur vor rücksichtslos ausgeübter, roher Gewalt. Ich höre sie schon höhnisch lachen, sollte Christus heute unter sie treten und sanft ermahnen: ›Ihr Kindlein, liebet einander.‹

Deine Chris

■ ■ ■ *Berlin, Sonntag, 2. August 1914*

Liebe Mutter, stell Dir vor: Gestern, beim Unterricht, wollte sich Kloster weder über den Krieg noch über den Kaiser äußern. Eine ganze Weile dachte ich, er sei krank; aber das war er nicht, er wollte schlicht und einfach nicht darüber reden. Ich erzählte ihm vom Freitag und dem ›Geht nach Hause und betet‹ des Kaisers und wie mir bei diesen Worten und dem ganzen Drumherum zumute gewesen war und rechnete fest damit, daß er mich mit einem Schwall kritischer, aufschlußreicher Kommentare eindecken und kein Blatt vor den Mund nehmen würde, statt dessen schwieg er. Und nicht nur das: Während ich so darauflosredete, wurde er richtig nervös, fiel mir schließlich ins Wort und bat mich weiterzuspielen.

Da fragte ich ihn, ob er krank sei, und er erwiderte: »Nein, warum sollte ich krank sein?«

»Weil Sie so anders sind – Sie sagen gar nichts«, entgegnete ich.

Und er sagte: »Nur Frauen müssen immer reden.«

So spielte ich denn weiter und wunderte mich im stillen.

Als ich aus seinem Zimmer trat, lief ich im Gang Frau Kloster in die Arme und fragte sie, ob irgend etwas nicht in Ordnung sei, und auch sie sagte: »Nein, was sollte denn nicht in Ordnung sein?«

»Weil der Meister so anders ist als sonst«, sagte ich. »Er unterhält sich nicht mit mir.«

Und sie sagte: »Meine liebe Mees Chrees, wir leben jetzt in einer großen Zeit, da kann man nicht so sein wie sonst.«

»Aber der Meister ...«, stammelte ich. »Ebendiese große Zeit – gerade da sollte man doch meinen, daß es nur so aus ihm heraussprudeln müßte ...«

Sie zuckte die Achseln und wiederholte lediglich: »Man ist nicht so wie sonst.«

Völlig verdutzt ging ich weg. Brot hatte ich mir erhofft und nichts als einen merkwürdigen Stein nahm ich mit auf den Weg. Kloster und Bernd sind die beiden einzigen normalen und vernünftigen Menschen, die ich in dieser vor Aufregung fiebernden Stadt kenne, die beiden einzigen, zu denen ich Vertrauen habe und denen ich mein Herz ausschütten kann. Und als ich gestern zu Kloster ging, dürstete ich geradezu nach Aufklärung und Einsicht und hoffte so sehr, er würde in seiner objektiven, kritischen Art dem kaiserlichen Vogel, dem preußischen Adler, eine Feder nach der anderen ausrupfen, was mir in meiner totalen geistigen Isolation so guttäte, mein inneres Gleichgewicht wiederherstellen würde und ein echter Trost wäre. Doch er blieb stumm. Darüber komme ich einfach nicht hinweg.

Bernd habe ich seither nicht mehr gesehen, da er furchtbar beschäftigt ist und gestern überhaupt nicht kommen konnte, aber heute kommt er zum Mittagessen, und vielleicht kann er mir dann Klosters Verhalten erklären. Ich habe den ganzen Vormittag geübt – es mag Dir aberwitzig erscheinen, Geige zu spielen, während Rom brennt, aber ich übte wild entschlossen und mit einem Gefühl trotziger Verachtung gegenüber dieser verkehrten Welt, deren Widerwärtigkeit ich mit der Musik wie mit blitzenden Pfeilen zu Leibe rücken und deren Vorurteilen und Borniertheiten ich jene herrlichen Kompositionen entgegensetzen will, die von ihren eigenen Landsleuten geschaffen wurden, bevor die Preußen die Oberhand gewannen. Den ganzen Morgen übte ich das Violinkonzert von Beethoven, und die nackte, schnörkellose, strahlende Klarheit, die zutage tritt, wenn kein Orchester da ist, das die Geige in den Hintergrund drängt, zog mich derart in ihren Bann, daß ich alles um mich herum vergaß.

Bei den Menschenmassen drunten auf der Straße hat seit Freitag eine gewisse Ernüchterung eingesetzt, und ich brauchte zum Spielen nicht ins Badezimmer zu gehen. Jetzt, wo der Krieg unmittelbar bevorsteht, scheinen die Frauen allmählich ein bißchen darüber nachzudenken, was dies wirklich bedeuten könnte, und die Männer sind mit ihrem wüsten Gebrüll nicht mehr ganz so leicht bei der Hand. Die Leute gehen nach wie vor in die Kirche – gestern hielten die Kirchen rund um die Uhr zu völlig ungewohnten Stunden Gottesdienste ab, natürlich auf Befehl, und auch heute fahren sie damit fort, denn in Zeiten wie diesen sind die Kirchen für die Obrigkeit von großem Nutzen, weil sie die nötigen Emotionen im Volk nähren. Der Kaiser sagte den Leuten, sie sollen beten, und also beten sie. Dies ist in verschiedener Hinsicht nützlich: Es bringt sie zum Schweigen, schafft sie von der Straße weg und hilft den Behörden. In Wirklichkeit gibt es keinen gottloseren Ort als Berlin. Religion ist das letzte, woran die Leute hier denken. Nicht einmal im Traum fiele es hier jemandem ein, in die Kirche zu gehen, es sei denn, man bekommt dort ein Konzert geboten oder einen Prinzen zu sehen, und was das flache Land betrifft, so hätte man die beiden Sonntage, die ich dort verbrachte, mit ganz normalen Werktagen verwechseln können, wenn nicht der Sonntagsbraten gewesen wäre. Zwar bekam ich an beiden einen Pfarrer zu Gesicht, aber jedesmal fand er sich bei der Familie ein, nicht umgekehrt, die Familie in der Kirche. Nun erinnert sich plötzlich alles wieder an Gott, als sei er von der Obrigkeit angeknipst worden, wie man elektrisches Licht anknipst und sagt: ›Es werde Licht‹, und es wird tatsächlich Licht. So stelle ich mir den Kaiser vor, wie er mit dem Finger die Liste seiner Aktivposten durchgeht und zum Posten ›Gott‹ kommt. Dann klingelt er nach einem Beamten und sagt: ›Es werde Gott‹, und plötzlich ist Gott da.

Gotteslästerung liegt mir wirklich fern. Es geht hier auch gar nicht um Gott. Es geht darum, daß die deutsche Obrigkeit auf- und zudreht, was ihr zur Erreichung ihrer Ziele opportun erscheint. Es ist nicht Gott. Es ist nur ein Wasserhahn.

■ *Später*

Bernd kam zum Mittagessen, aber leider auch sein Vorgesetzter. Beide trafen gemeinsam ein, nachdem wir bereits mit der Mahlzeit begonnen hatten – das Haus ist wie ein Bienenstock, ein einziges Kommen und Gehen, und manchmal kommt der Verkehr auf der Treppe derart ins Stocken, daß nur noch ein Londoner Polizist damit fertig werden könnte. Ich konnte mit Bernd nur über ganz alltägliche Dinge reden, und gleich nach dem Essen ging er schon wieder, entführt von seinem Oberst. Er konnte mir gerade noch zuflüstern, daß er versuchen wolle, heute abend zum Dinner zu kommen, und zwar frühzeitig, aber bis jetzt ist er noch nicht erschienen, und es geht schon auf halb acht.

Der Graf aß mit uns zu Mittag, außerdem zwei andere Männer, die ihr Essen in sich hineinschlangen, als müßten sie noch einen Zug kriegen, und dabei redeten sie so atemlos drauflos, daß mir immer noch schleierhaft ist, warum sie nicht daran erstickten. Alle triumphierten und waren ganz aufgeregt vor Freude, weil die Deutschen auf ihrem Weg nach Frankreich heute morgen in Luxemburg einmarschierten, ohne sich um die Proteste und inständigen Bitten der Großherzogin zu kümmern, die man vermutlich wie Distelwolle amüsiert beiseite pustete. Es schien den Grafen zu belustigen, den ich noch nie zuvor belustigt gesehen hatte und dem ich dies auch gar nicht zugetraut hätte; aber die Vorstellung, daß ein *junges Mädchen* (*»Sie soll ganz niedlich sein«*, warf einer der beiden schmatzenden Männer ein. »*Ja, ganz appetitlich*«, ließ sich der andere vernehmen: »*Na, es geht*«, sagte der Oberst mit einem Achselzucken) mit dem Auto rausfährt, um einer mächtigen Armee den Durchgang zu verwehren, um Tausenden von Bajonetten Einhalt zu gebieten, indem sie mahnend ihre kleine Hand hebt wie ein Kätzchen die Pfote, raubte ihm seine ernste Würde und versetzte ihn in ein unheimliches, seltsames Kichern.

Der Oberst, der so freundlich und ausgelassen wie immer war, eher noch mehr als sonst, sagte, sämtliche Eisenbahnstrecken in Luxemburg seien bis spätestens heute abend in deutscher Hand. »Das läßt sich so spielend lösen wie eine einfache Rechenaufgabe«, lachte er; und ich hörte, wie er zum Grafen sagte, die deutsche Kavallerie stehe bereits an mehreren Punkten in Frankreich.

»*Ja, ja*«, sagte er, womit er anscheinend mich meinte, denn er sah mich an und lächelte, »wenn wir Deutschen Krieg führen, dann warten wir damit nicht bis morgen. An alles ist gedacht, alles steht bereit, eine Menge Sprit ist in der Maschine; *und dann los.*«

Er hob sein Glas. »Reizendes englisches Fräulein«, sagte er, »ich trinke auf Ihre bezaubernden Augen.«

Nun gibt es Abendessen. Ich muß aufhören.

■ *Elf Uhr nachts*

Du wirst es nicht glauben, aber Kloster hat den Roten-Adler-Orden erster Klasse erhalten und ist heute vom Kaiser zum Geheimrat und zur Exzellenz ernannt worden. Und seine engsten Freunde, die gewitztesten Schwätzer seiner Clique, zwei oder drei, die sich bei ihm zu Hause immer besonders geistreich über Sozialismus und die Untertanenmentalität und Dummheit der Deutschen ausließen, sind mit demselben Orden ausgezeichnet und mit derselben Beförderung geehrt worden. Kloster war heute nachmittag im Schloß. Schon gestern, als ich meine Stunde hatte, wußte er davon. *Kloster!* Ausgerechnet er. Mir wird übel.

Bernd ist nicht zum Dinner erschienen, konnte aber hinterher eine halbe Stunde bei mir sein, eine halbe Stunde voller Trost, den ich bitter nötig hatte, denn wo kann man auf dieser im Aufruhr befindlichen Welt schon noch fest und sicher den Fuß hinsetzen? Der Oberst war beim Dinner zugegen; er kommt fast zu jeder Mahlzeit; und er war es, der die Sprache auf Klosters Audienz bei Seiner Majestät heute nachmittag brachte.

Ich zuckte zusammen, als hätte mir jemand einen Schlag versetzt. »Das *kann nicht* wahr sein«, stieß ich hervor, wie jemand, der plötzlich erschrickt.

Alle sahen mich an. Irgendwie merkte ich, daß sie schon vorher davon gewußt hatten, und Bernd erzählte mir heute abend, es sei der Graf gewesen, der die Behörden darauf aufmerksam gemacht habe, daß man Stimmen wie die Klosters auf die Seite der Hohenzollern ziehen sollte.

»Liebes Kind«, sagte die Gräfin sanft, »wir Deutsche lassen unsere bedeutenden Männer nicht leer ausgehen.«

»Aber er würde doch nie …«, fing ich an; dann mußte ich wieder an meine gestrige Unterrichtsstunde und an sein Schweigen denken. Das war es also. Er hatte den Befehl, sich im Schloß einzufinden und die Ehrung entgegenzunehmen, bereits in der Tasche.

Ich saß da und starrte vor mich hin. Kloster gekauft? Kloster käuflich? Und die Regierung fand in einer solchen Krise die Zeit, sich seinetwegen Gedanken zu machen?

»*Ja, ja*«, sagte der Oberst fröhlich, als könne er meine Gedanken lesen – und ich merkte nun, daß ich ihm, ohne ihn wahrgenommen zu haben, direkt in die Augen geblickt hatte, »*ja, ja,* wir denken hier an alles.«

»Nicht«, ergänzte die Gräfin sanft, »daß man nicht von selbst auf die Idee gekommen wäre, ein so großes Genie wie unseren lieben Kloster zu ehren. Seit Jahren schon beschäftigt sich Seine Majestät in Gedanken mit ihm.«

»Das nehme ich wohl an«, sagte ich; denn Kloster hat mir oft erzählt, wie sie ihn bei Hofe haßten, ihn und seine Freunde, aber daß er in der ganzen Welt viel zu bekannt sei, um von der Obrigkeit belästigt werden zu können; etwa so, vermute ich, wie es sich mit Tolstoj und dem russischen Hof verhielt.

Die Gräfin streifte mich mit einem schnellen Blick.

»Und er sich mit Seiner Majestät«, fuhr ich fort.

»Kloster«, sagte die Gräfin sehr milde, »ist ein überaus amüsanter Redner und kann sich zuweilen geistreiche Bemerkungen nicht verkneifen, die ihm plötzlich so einfallen, wie unpassend sie auch sein mögen. Wir wissen alle, daß sie nichts zu bedeuten haben. Wir alle kennen und lieben unseren Kloster. Und wie Sie sehen, mein Kind, niemand mehr als Seine Majestät, die Genie stets zu schätzen weiß.«

Ich konnte nur schweigend auf meinen Teller starren. Kloster war weg. Kloster ließ sich durch eine Ordensverleihung mundtot machen. Ich wollte den unerträglichen Gedanken von mir stoßen und laut hinausschreien: ›Nein, das *kann nicht* sein.‹

An wen soll man denn jetzt noch glauben? Wer bleibt da noch? Bernd, mein Liebster, mein Herzallerliebster; und als ich stumm dasaß und die anderen weiter triumphierten, sich beglückwünschten und ihre Genugtuung zum Ausdruck brachten mit Majestät hier und Deutschland da, geriet für einen Moment sogar mein Vertrauen zu Bernd ins Wanken. Angenommen, es würde auch er mit seiner preußischen Herkunft und Erziehung abtrünnig und liefe im Geiste zu der Seite der Welt über, die einem Mann Orden verleiht, weil er seine Gedanken völlig unter Kontrolle hat, und sich ihm erkenntlich zeigt, weil er seine Seele verkauft? Kloster, dieser freieste aller kritischen Geister, war übergelaufen, sein deutsches Blut konnte letztlich doch nicht dem Aufruf zur Sklaverei widerstehen. Ich hätte es nie für möglich gehalten. Ohne tatsächlichen Beweis hätte ich es nie geglaubt. Und Bernd? Was ist mit Bernd? Denn in Kloster habe ich mehr Vertrauen gesetzt als in Bernd. O Mutter, mir wurde kalt vor Angst.

Dann kam er. Mein Liebster kam für eine glückselige halbe Stunde zu mir. Und weil wir, Gott sei Dank, verlobt sind und somit das Recht haben, allein zu sein, wurden wir diese selbstgefälligen Hurrapatrioten für ein Weilchen los. Wäre er aus irgendeinem Grund verhindert gewesen, so daß ich bis morgen hätte warten und die ganze Nacht an Kloster hätte denken müssen, ich wäre bestimmt verrückt geworden. Denn wenn man erst einmal an einen Menschen glaubt, so tut man das mit seinem ganzen Herzblut. Ich zumindest. Wenn es ums Glauben geht, schlage ich alle Vorsicht in den Wind, da gibt es für mich keine vorsichtige, besonnene Zurückhaltung, die, so sagt man, eine Frau in der Liebe wie im Glauben bewahren sollte. Aber wo kommt man denn hin ohne Glauben und Liebe? Bernd tröstete mich, und zwar vor allem, als ich merkte, wie sehr er selbst Trost nötig hatte. Er war ebenso tief erschüttert und entsetzt wie ich. Oh, wie leicht wurde mir da plötzlich ums Herz, als ich diese Entdeckung machte!

Wir klammerten uns aneinander und trösteten uns wie zwei verletzte Kinder. Kloster hat uns beiden sehr viel bedeutet. Hier, an diesem Ort der Heuchelei und Selbsttäuschung, vielleicht sogar noch mehr als anderswo. Kloster stand für Furchtlosigkeit, für Freiheit, für Schönheit, für alles, was wirklich zählt. Und nun ist er weg, verstummt: Mit dem Roten-Adler-Orden erster Klasse hat man ihm den Mund gestopft. Es gibt diesen Orden in drei Klassen. Voller Bitterkeit fragten wir uns, ob er es nicht billiger hätte haben können, ob es die zweite, ja selbst die dritte Klasse nicht genauso getan hätte. Er ist jetzt ein wirklicher Geheimrat mit dem Prädikat Exzellenz. Gott hab' ihn selig.

Chris

■ ■ ■ *Berlin, Montag, 3. August 1914*

Liebste Mutter, es ist jetzt nur noch eine Frage von Stunden, daß Bernd abberufen wird, und wenn er fort muß, komme ich zu Dir zurück.

Deine Chris

■ ■ ■ *Berlin, Montag, 3. August, abends*

Liebe Mutter, ich möchte zurück zu Dir – sobald Bernd weg ist, komme ich zu Dir zurück, und wenn er nicht gleich weg muß, sondern in Berlin im Hauptquartier des Stabes gebraucht wird, was, wie er jetzt sagt, vielleicht eine Weile der Fall sein wird, bleibe ich nicht bei den Köseritz, sondern ziehe wieder in Frau Bergs Pension, solange Bernd noch in Berlin ist, und am Tag seiner Abreise nehme ich den nächsten Zug in die Schweiz.

Ich weiß nicht, was los ist, aber die Köseritz sind plötzlich anders zu mir. Ich fühle mich bei ihnen immer unbehaglicher und fremder. Unter ihnen und den Leuten, die heute hier waren, herrscht eine so düstere Stimmung, daß ich mich frage, ob ihr Krieg wirklich so reibungslos vonstatten geht wie geplant. Daß mich die Köseritz mögen, habe ich nie so recht geglaubt, und jetzt gibt es für mich keinen Zweifel mehr daran, daß sie mich nicht leiden können. Heute abend beim Dinner war das Gesicht des Grafen eine einzige Gewitterwolke, und der Oberst, der sich heute verspätete und gleich nach dem Abendessen wieder ging, hat doch wahrhaftig kein einziges Mal das Wort an mich gerichtet. Er sah mich kaum an, als er sich verbeugte, und seine Verbeugung war denkbar förmlich. Ich kann ja niemanden fragen, ob es schlechte Nachrichten für Deutschland gibt, denn die schiere Annahme, daß es so etwas wie schlechte Nachrichten überhaupt geben *könnte,* würde als eine ganz fürchterliche Beleidigung aufgefaßt werden. Nebenbei bemerkt, habe ich das Gefühl, daß ich in alles, was es auch sei, irgendwie verwickelt bin. Bernd ist seit heute vormittag nicht mehr hier gewesen. Ich werde morgen zu Frau Berg gehen und sie fragen, ob ich mein altes Zimmer kriegen kann. Aber ach, liebste Mutter, ich fühle mich so hin- und hergerissen! Ich möchte so schrecklich gern weg von hier, zu Dir zurück, und der Gedanke, wieder bei Frau Berg zu sein, nur um zu warten, immer nur auf die winzigen Bruchteile von Sekunden zu warten, die Bernd zu mir kommen kann, erfüllt mich mit Entsetzen. Und dennoch, wie könnte ich ihn im Stich lassen? Ich liebe ihn so. Und wenn er erst einmal weg ist, werde ich ihn dann jemals wiedersehen? Wenn er nicht wäre, hätte ich mich schon gestern in die Schweiz aufgemacht, just, als ich die Sache mit Kloster erfuhr, denn der einzige Grund meines Aufenthaltes in Berlin war ja doch Kloster.

Und jetzt erklärt Kloster, er wolle mich nicht mehr unterrichten. Liebste Mutter, es tut mir so leid, Dir das mitteilen zu müssen, aber es ist die Wahrheit. Heute abend erhielt ich von ihm einen kurzen Brief, in dem stand, er bedauere, den Unterricht nicht fortführen zu können. Nur das. Kein weiteres Wort. Nun verstehe ich überhaupt nichts mehr. Es ist niemand da, den ich fragen kann, außer Bernd, und den sehe ich immer nur ganz kurz. Natürlich weiß ich, daß der Unterricht jetzt seltsam und peinlich wäre, aber ich dachte, wir, Kloster und ich, könnten irgendwie weitermachen und beenden, was wir angefangen haben, indem wir alles andere ausklammerten und uns ausschließlich auf das schiere Lehren und Lernen konzentrierten. Er weiß, wie wichtig es für mich ist. Er weiß, was diese Reise hierher für uns, Dich und mich, bedeutet hat, die Schwierigkeiten, die Opfer. Ich fühle mich heute abend sehr elend, liebste Mutter, und heule Dir die Ohren voll, was unverzeihlich egoistisch ist. Am liebsten würde ich auch Bernd verlassen und gleich morgen nach Glion fahren. Aber wenn ich mir andererseits vorstelle, daß er dann ohne mich wäre – er ist ja in diesem Chaos genauso isoliert und innerlich einsam wie ich. Ich bin der einzige Mensch, den er hat, der einzige, der ihn versteht. Heute sagte er zu mir, als er mich in seinen Armen hielt – Du solltest sehen, wie wir uns jetzt aneinanderklammern: wie zwei Ertrinkende –: »Wenn dies vorbei ist, Chris, wenn ich meine Pflicht getan und die Rechnung mit ihnen bis auf den letzten Heller beglichen habe, dann gehen wir für immer von hier weg. Wir werden nie zurückkommen. Uns kriegen sie nicht mehr.«

■ ■ ■ *Berlin, Dienstag, 4. August 1914*

Meine liebe Mutter, die Stimmung in diesem Haus ist wirklich unerträglich. Morgen werde ich wieder in die Pension von Frau Berg ziehen. Ich habe es mit ihr bereits telefonisch vereinbart und kann mein altes Zimmer bekommen. Mag ich mich dort auch einsam und verlassen fühlen ohne meinen Unterricht und Kloster, ohne den Grund, den ich zuvor für mein Hiersein hatte, ich werde zumindest nicht unter diesem entsetzlichen Gefühl leiden, das ich hier habe, plötzlich und unbegreiflicherweise unerwünscht, ja angefeindet zu sein. Bernd kam heute morgen, und die Gräfin erklärte ihm, ich sei ausgegangen, und so ging er wieder weg. Sie kann unmöglich geglaubt haben, daß ich ausgegangen sei, denn ich sage ihr immer zuvor Bescheid, wenn ich ausgehe, also will sie uns auseinanderbringen. Aber warum nur? Warum? Und ach, ihn zu sehen, bedeutet mir doch so viel! Es tat so weh, einfach so nebenbei erfahren zu müssen, daß er hier gewesen war! Eine Frau, die mit uns zu Mittag aß, sagte beiläufig, er sei ihr aus der Haustür entgegengekommen, als sie eintrat.

»Was – war Bernd hier?« entfuhr es mir, und ich wollte ihm schon fast nachlaufen, um ihn auf der Straße noch einzuholen.

»Helena dachte, Sie seien ausgegangen«, erwiderte die Gräfin.

»Aber Sie wissen doch, daß ich nicht ausging«, sagte ich zu Helena.

»Helena wußte nichts dergleichen«, entgegnete die Gräfin streng. »Sie sagte, was sie für wahr hielt. Ich muß Sie doch sehr bitten, die Worte meiner Tochter nicht in Zweifel zu ziehen. Wir Deutsche lügen nicht.«

Und der Graf murmelte: *»Peinlich, peinlich«*, schob seinen Stuhl zurück und verließ das Zimmer.

»Sie haben meinem Mann das Mittagessen verdorben«, sagte die Gräfin streng.

»Das tut mir sehr leid«, erwiderte ich und versuchte, weiterzuessen, aber vor lauter Tränen in den Augen sah ich den Teller nicht mehr.

Hierauf blieb nur noch Frau Berg. Ich wartete, bis die Gräfin allein war, und sagte ihr dann, daß ich es für besser hielte, in die Lützowstraße zurückzukehren, und, wenn sie nichts dagegen hätte, gern morgen gehen würde. Es war sehr *peinlich*, wie sie hier sagen; denn wie sehr einen die Leute auch loswerden wollen, sie sind immer verärgert, wenn man selbst gehen will. Ich bedankte mich, so gut ich konnte, und ich konnte ihr für vieles danken, wenn ich die letzten zwei Tage aus meinem Gedächtnis strich. Da ich völlig ratlos und verwirrt war, fragte ich sie denn auch, wodurch ich sie beleidigt hätte, worauf sie mir natürlich nicht antwortete und auf meine Frage nur noch beleidigter reagierte.

Ich werde jetzt packen und einen Brief an Bernd schreiben, um ihn von meinem Schritt in Kenntnis zu setzen, falls Helena abermals unglücklicherweise überzeugt sein sollte, ich sei ausgegangen, wenn er das nächste Mal kommt. Und ich versuche fröhlich zu sein, Mütterlein, und mir nichts anhaben zu lassen, und wenn ich bei Frau Berg bin, werde ich mich wohl wieder normaler fühlen. Doch man hat solche Ängste – mehr als nur Ängste, es graut einem. Aber in dieser Stimmung mag ich nicht weiterschreiben. Ich packe.

Deine Chris

■ ■ ■

Bei Frau Berg
4. August 1914, sehr spät

Liebste Mutter, ich komme bald heim zu Dir. Mach Dir keine Sorgen. Glaube bloß nicht, ich käme zurück, als sei ich durch den Fleischwolf gedreht worden, als blutendes Etwas, denn ich habe ja immer noch Bernd und glaube noch immer an ihn – mit allen Fasern meines Herzens. Und solange ich ihn habe, wie soll ich da nicht glücklich sein? Es ist sonderbar, daß ich jetzt, wo die Katastrophe eingetreten ist, ganz seelenruhig mitten in der Nacht in meinem alten Zimmer sitze und Dir schreibe. Daß mir zumute ist wie jemandem, dem man einen tödlichen Schlag versetzt hat und der nicht spürt, daß er tödlich ist, liegt glaube ich daran, weil die ganze Situation so übermächtig ist. Aber der Schlag ist nicht tödlich. Ich habe ja noch Bernd und Dich – ich brauche jetzt nur Geduld. Bis ich ihn wiedersehe. Bis der Krieg vorbei ist und er mich holt, und dann werde ich immer bei ihm sein.

Ich komme zu Dir, liebe Mutter. Hier ist es aus. Ich will Dir die ganze Situation in aller Ruhe schildern. Ich werde mich Bernds nicht unwürdig erweisen, ich will ihm an Würde und Geduld nicht nachstehen. Wenn Du gesehen hättest, wie er sich heute abend von mir verabschiedete und vom Oberst andauernd unterbrochen wurde! Sein Blick, als er gehorchte – ich werde diesen Blick niemals vergessen. Wenn ich mal wieder schwach bin und niederträchtige Gedanken hege, werde ich mir diesen Blick in Erinnerung rufen, und das wird mich vor Fehlern bewahren.

Beim Abendessen saßen nur die Gräfin, Helena und ich am Tisch, und sie sagten kein Wort, nicht nur nicht zu mir, sondern auch untereinander nicht, und mittendrin brachte eine Bedienstete einen kurzen Brief des Grafen an die Gräfin, und nachdem diese einen Blick darauf geworfen hatte, stand sie auf und verließ den Raum. Wir beendeten unser Dinner in eisigem Schweigen, und ich wollte gerade auf mein Zimmer hochgehen, als die Zofe der Gräfin mir nachgelaufen kam und mich bat, bei ihrer Herrin zu erscheinen. Sie war allein in ihrem Salon und saß an ihrem Schreibtisch, obwohl sie nicht schrieb, und als ich eintrat, sagte sie, ohne sich umzudrehen, sie müsse mich bitten, auf der Stelle das Haus zu verlassen, noch heute abend. Abgesehen von ihren persönlichen Überzeugungen, die allesamt für mein Gehen sprächen – sie wolle ganz offen sein, sagte sie –, gebe es ernste politische Gründe dafür, daß ich nicht einmal bis morgen früh mehr bleiben könne. Die Karriere des Grafen, seine Position im Ministerium, ihre gesellschaftliche Stellung, Majestät – ich kann mich wirklich nicht mehr an alle ihre Äußerungen erinnern, und es ist ja im Grunde auch egal. Ich hörte ihr zu, versuchte, zu verstehen, versuchte, meine ganze Aufmerksamkeit auf ihre Worte zu konzentrieren und sie zu entwirren, während mir das Herz wegen Bernd bis zum Hals schlug. Denn man jagte mich mit Schimpf und Schande aus dem Haus, und ich bin seine Verlobte und somit Teil seiner Ehre, und jede Schmach, die mich trifft, fällt auf ihn zurück.

Als die Gräfin weitersprach, wurde ihre Stimme immer unsicherer. Sie bemühte sich angestrengt, Gelassenheit zu bewahren, aber die ganze Angelegenheit ging ihr offensichtlich derart unter die Haut, daß es bedrückend war, dies alles mit ansehen zu müssen. Sie tat mir richtig leid. Am liebsten hätte ich sie in die Arme genommen und ihr gesagt, sie solle es sich nicht so zu Herzen nehmen, selbstverständlich würde ich sofort das Haus verlassen, wenn sie bloß nicht aus allem ein solches Drama machte. Schließlich konnte sie nicht mehr an sich halten, stand auf, lief im Zimmer hin und her und sagte allerlei über England. Da fiel es mir wie Schuppen von den Augen. Plötzlich konnte ich mir einen Reim auf alles machen, was mir bisher so verwirrend unverständlich gewesen war. Sie hatten es schon seit zwei Tagen befürchtet, und nun wußten sie es. England wird nicht einfach die Arme verschränken und ruhig zusehen. Wie ich England da liebte! Als ich in diesem Berliner Salon stand, im Zentrum der preußischen Adelswelt aus Offizieren und Beamten, ganz allein mit meinen Gedanken und Empfindungen – wie liebte ich da England! Fünf Minuten vorher hatte mein Herz aus Angst vor Schmach wie rasend geklopft, jetzt pochte es vor Glück und Stolz so heftig, daß ich kein Wort über die Lippen brachte, selbst wenn ich es gewollt hätte. Ich war ein Stückchen England. Um sich seiner Liebe zu England wirklich bewußt zu werden, muß man, glaube ich, in Deutschland sein. Für einen Augenblick vergaß ich sogar Bernd, mein Herz war so voll von dieser anderen Liebe, dieser stolzen Liebe zum eigenen Land, wenn es für die gerechte Sache eintritt! Und da legte die Gräfin los, es sprudelte geradezu aus ihr heraus: England stehe vor der Kriegserklärung, und das unter so schmachvollen Umständen und mit der allseits bekannten widerlichen Heuchelei, daß einem ehrenwerten Deutschen davon übel werde. »Belgien!« rief sie, »was ist schon Belgien? Eine bloße Ausrede, ein Vorwand, wieder so eine abscheuliche, auf die Tränendrüsen drückende Phrase, mit denen ihr euren unersättlichen Opportunismus bemäntelt …« Und in dieser Art ging es weiter, während ich schweigend daneben stand.

Aber das ist ja nun alles gleichgültig – ich bin in Eile, weil ich diesen Brief noch heute abend einwerfen will. Zum Glück gibt es hier ein paar Meter weiter einen Briefkasten, so daß ich mich nicht auf diese schrecklichen Straßen begeben muß, auf denen sie jetzt nach Englands Blut schreien.

Ich ging nach oben und packte meine Sachen. Ich wußte, Bernd würde den Brief bekommen, den ich heute vormittag aufgab, um ihm mitzuteilen, daß ich morgen wieder zu Frau Berg zöge; also war ich mir sicher, ihn zu sehen, selbst wenn er nicht zu den Köseritz käme, bevor ich das Haus verließ. Aber er kam. Er kam gerade, als ich meinen Geigenkasten hinuntertragen wollte – wie albern und weltfremd einem nun diese ganze Musikmacherei vorkommt –, und er nahm mich bei der Hand und führte mich ins Wohnzimmer.

»Nicht hier, nicht hier!« rief die Gräfin, die uns aufgeregt nachlief. »Nie wieder, nie wieder kommt mir eine Engländerin in mein Wohnzimmer ...«

Bernd ging zu ihr, zog ihre Hand durch seinen Arm und führte sie höflich zur Tür, die er hinter ihr schloß. »Du weißt von England, Chris?« fragte er.

»Natürlich – hör nur«, antwortete ich, denn auf der Straße verkündeten Zeitungsjungen laut schreiend: »Kriegserklärung Englands!«, und es erhob sich ein mächtiges, dumpfes Gebrüll wie von unzähligen, waidwunden wilden Tieren.

»Du mußt sofort zu Deiner Mutter fahren – morgen«, sagte er. »Bevor Du auffällst, bevor man Dir die Abreise erschweren kann.«

Ich erzählte ihm, daß mich die Gräfin gebeten habe, ihr Haus zu verlassen, und daß ich noch heute abend zu Frau Berg gehen wolle. Er verlor kein Wort über die Köseritz, war aber besorgt, ob mich Frau Berg jetzt aufnehmen würde. Er sagte, er werde mit mir kommen und dafür sorgen, daß sie mich aufnehme, und stellte mich unter ihren Schutz als Teil von ihm selbst. »Und morgen fährst du ab. Du nimmst den erstbesten Zug in die Schweiz, ohne Frau Berg oder sonst einer Menschenseele zu sagen, wohin du fährst«, sagte er. »Du überquerst einfach die Grenze und kommst nicht zurück. Hinterher werde ich mit Frau Berg alles regeln. Du gehst zum Anhalter Bahnhof – zu Fuß, Chris, als ob Du einen Spaziergang machen wolltest – und steigst in den ersten Zug nach Genf, Zürich, Lausanne, egal in welche Stadt, wenn sie nur in der Schweiz liegt. Du mußt deinen ganzen Verstand zusammennehmen. Hast du genügend Geld?«

»Ja, ja«, sagte ich, da ich merkte, daß jede Sekunde kostbar war und nicht vergeudet werden durfte; aber er öffnete meinen Geigenkasten und legte etliche Banknoten hinein.

»Und hast du den nötigen Mut?« fragte er, nahm mein Gesicht in seine Hände und sah mir in die Augen.

Oh, das Glück, die Glückseligkeit, nahe bei ihm zu sein, ihn zu hören und zu sehen! Was könnte und würde ich nicht für Bernd sein und tun?

Ich sagte ihm, daß ich genug Mut hätte, denn ich hätte ja ihn, und es würde mir daran nicht fehlen, auch nicht an Geduld.

»Wir werden beides brauchen, Chris«, sagte er, sein Gesicht dicht an meinem, »oh, meine über alles geliebte Chris!«

Und dann trat der Oberst ins Zimmer.

»Herr Leutnant?« sagte er mit heiserer Stimme, als kommandiere er Truppen herum.

Bei diesem Kasernenton erstarrte Bernd sogleich und nahm Haltung an – der perfekte Automat, sieht man davon ab, daß ich an seinem Arm hing.

»Zu Befehl, Herr Oberst«, sagte er.

»Nehmen Sie die Hand dieser Frau von Ihrem Arm, Herr Leutnant«, herrschte ihn der Oberst an.

Ganz sachte nahm Bernd meine Hand weg, und ich legte sie wieder auf seinen Arm.

»Wir wollen heiraten«, sagte ich zum Oberst, »und vielleicht sehe ich Bernd nach dem heutigen Abend lange Zeit nicht mehr.«

»Ein deutscher Offizier heiratet keine feindliche Ausländerin«, brüllte der Oberst. »Nehmen Sie die Hand dieser Frau da weg, Herr Leutnant.«

Wieder tat Bernd sanft meine Hand weg, aber ich klammerte mich fest. »Das ist also der Abschied?« sagte ich, sah zu ihm hoch und klammerte mich an ihn.

Er stand dem Oberst gegenüber, aufrecht und starr, sein Profil mir zugewandt; aber dann wandte er doch den Kopf und sah mich an. »Denk daran …«, hauchte er.

»Ich verbiete Ihnen zu sprechen, Herr Leutnant«, brüllte der Oberst.

»Kümmere dich nicht um ihn«, flüsterte ich. »Was bedeutet er schon? Woran soll ich denken, Bernd, mein Geliebter?«

»Denk daran: Mut – Geduld …«, murmelte er rasch, kaum hörbar.

»Ruhe!« schrie der Oberst. »Nehmen Sie die Hand dieser Frau von Ihrem Arm, Herr Leutnant. Kreuzhimmeldonnerwetter noch mal! Augenblicklich.«

Bernd nahm meine Hand, hob sie zu seinem Gesicht, küßte sie langsam und sah mich dabei an. Ich werde seinen Blick niemals vergessen.

Der Oberst, der sehr rot im Gesicht war und eher wie eine wild gewordene Maschine aussah als ein Mensch, trat zur Seite und zeigte zur Tür: »Gehen Sie mir voran«, sagte er. »Auf der Stelle. Marsch.«

Und Bernd schritt hinaus wie bei einer Parade.

Wann werden wir einander wiedersehen? Erst seit zwei Wochen, zwei Wochen und zwei Tagen lieben wir uns. Aber die Zeit ist kein Maß für solche Dinge. Sie gehören der Ewigkeit an. Sie sind ewig. Wenn er fällt und meine restlichen Jahre leer sind, werden wir dennoch das ganze Leben für uns gehabt haben.

Und nun ist der Morgen meiner Abreise angebrochen. Du wirst Dir keine Sorgen machen, liebe Mutter. Du wirst ruhig und geduldig warten, bis ich komme. Wenn es geht, schreibe ich Dir von unterwegs. Es kann einige Tage dauern, bis ich in der Schweiz bin, vielleicht wird es schwierig, aus Deutschland rauszukommen. Ich denke, ich gebe mich als Amerikanerin aus. Frau Berg, die Ärmste, wird erleichtert sein, wenn sie merkt, daß ich weg bin. Sie nahm mich heute nacht nur Bernd zuliebe auf. Während sie noch auf der Türschwelle stand und Einwände erhob, als ich endlich nach einem entsetzlichen Gang durch die Menschenmassen ankam – denn ich fürchtete, sie würden mich erkennen und mich wie stets als Engländerin identifizieren –, brachte ihr sein Bursche einen kurzen Brief von ihm, und dies gab den Ausschlag zu meinen Gunsten. Ich fürchte, Menschlichkeit hätte das nicht bewirkt, auch Mitleid nicht, denn Patriotismus und Mitleid passen hierzulande schlecht zusammen.

Ob Du mir wohl glaubst, wie seelenruhig ich zu Bett gehe und heute nacht schlafe, an dem Abend, der mir als das Ende meines Glücks erscheinen könnte. Ich bin froh, daß ich alles niedergeschrieben habe, was heute abend geschehen ist. Beim Schreiben wurde mir alles so klar. Ich werde kein Wort, keinen Blick von Bernd heute abend vergessen. Nie werde ich seine Geduld, den Ausdruck unantastbarer Würde auf seinem lieben

Gesicht vergessen, als der Oberst, weil er im Dienst ist und grausam sein kann, in einem solch wichtigen Augenblick im Leben zweier armer Menschen so herzlos war.

Gott schütze Dich und sei mit Dir, meine Mutter, meine liebe, süße Mutter.

Deine Chris

■ ■ ■ *Halle, Mittwoch nacht, 5. August 1914*

Bis hierher bin ich gekommen und hoffe, in ein oder zwei Stunden weiterfahren zu können. Wir sind angehalten worden, um Truppenzüge vorbeizulassen. Einer nach dem anderen rast vorbei, gerammelt voll von winkenden, rufenden Soldaten, allesamt mit Blumen in ihren Knopflöchern und auf ihren Mützen. Ich habe ihnen nachgeschaut. Die Züge nehmen kein Ende. Und die Begeisterung der Menge auf dem Bahnsteig, wenn sie vorbeifahren, ist unvermindert groß. Ich will nach Zürich. Ich habe versucht, einen Zug nach Basel zu kriegen, aber auf diesem Weg komme ich nicht in die Schweiz – er ist *abgesperrt*. In Berlin hatte ich keine große Schwierigkeit, eine Fahrkarte zu bekommen. Am Fahrkartenschalter herrschte ein solches Gedränge und Durcheinander, daß mich der Mann lediglich fragte, warum ich verreisen wolle; und ich sagte, ich sei Amerikanerin und wolle zu meiner Mutter zurück, und er warf mir die Fahrkarte hin, froh, mich loszuwerden. Rechne noch nicht mit mir: Wenn ich da bin, bin ich da. Bestimmt werden wir noch etliche Male angehalten.

Es geht mir gut, liebe Mutter. Den ganzen Tag war es fürchterlich heiß, so eingezwängt in einem Wagen dritter Klasse – eine andere Klasse war nicht zu kriegen.

Verglichen damit ist es im Bahnhof hier kalt und zugig, und ich wünschte, ich hätte meinen Mantel dabei. Ich habe nichts mitgenommen bis auf meine Geige und das, was in ihren Kasten ging, und das waren Taschentücher. Bernd wird wohl dafür sorgen, daß mir meine Sachen nachgeschickt werden. Ich habe alles in meinen großen Koffer eingeschlossen: Deine Briefe und alle Wertsachen. In Wittenberg tauchte ein Bahnbeamter im Zug auf, und nachdem er alle in meinem Abteil beäugt hatte, deutete er plötzlich mit der Hand auf mich und sagte: *»Ihre Papiere.«* Da ich keine hatte, erzählte ich ihm, daß ich Amerikanerin sei, und tischte ihm meine ganze Familiengeschichte auf; ich wußte bisher gar nicht, daß mir so viel Deutsch zu Gebote steht. Die anderen Fahrgäste hörten gespannt, aber nicht unfreundlich zu. Ich glaube, es hilft einem in Deutschland, wenn man eine Frau und jung ist.

Jetzt werde ich mir etwas heißen Kaffee besorgen, denn es ist kalt geworden, finde ich, und dann werfe ich diesen Brief ein. Das einzige auf der Welt, was mir jetzt dringend wichtig scheint, ist, zu Dir zu kommen. Ach, Mutter, wenn ich erst wieder bei Dir bin! Es wird sein, als käme ich in den Himmel, als säße ich nach vielen Irrfahrten und Prügeln endlich zu Füßen Gottes.

Morgen vormittag müßten wir eigentlich in Waldshut, d. h. an der Grenze, sein, aber niemand kann es mit Sicherheit sagen, weil wir überall auf der Strecke aufgehalten werden können.

Deine Chris

Es ist gut, zu müde zu sein, um sich Gedanken zu machen.

■ ■ ■ *Würzburg. Donnerstag, 6. August 1914, 16 Uhr*

Weiter als bis hierher bin ich nicht gekommen. Diesmal wurde *ich* aufgehalten, nicht der Zug. Er fuhr ohne mich weiter. Na ja, das macht eigentlich nichts; dadurch werde ich nur ein wenig länger von Dir ferngehalten.

Wir hielten hier heute etwa um 10 Uhr morgens an, und ich war so müde und steif nach der langen Nacht, die ich eingekeilt im Abteil verbrachte, daß ich ausstieg, um ein wenig Luft zu schnappen und mir die Beine zu vertreten, und instinktiv griff ich nach meinem Geigenkasten und nahm ihn mit. Ein bayerischer Offizier, der mit ein paar Soldaten den Zug betrachtete, sah mich, trat sofort auf mich zu und wollte meine Papiere sehen.

»Sie sind Engländerin«, sagte er; und als ich erwiderte, ich sei Amerikanerin, machte er nur ›Tscha‹ oder so ähnlich.

Ich kann Dir gar nicht schildern, wie gemein er war. Er ließ mich zwei Stunden in der prallen Sonne stehen. Du kannst Dir vorstellen, wie mir zumute war, als ich meinen Zug ohne mich abfahren sah. Ich fragte ihn, ob ich nicht vielleicht in den Schatten gehen könnte, in den Warteraum, irgendwohin, nur weg aus der schrecklichen Sonne, denn nach der ersten halben Stunde war ich klatschnaß, und seine Antwort darauf und auf alle meine Proteste war immer die gleiche: *»Krieg ist Krieg. Mund halten.«*

Es gab keinen vernünftigen Grund, mich nicht in den Schatten gehen zu lassen, außer, daß er die Macht hatte, es zu verhindern. Nun, er war sehr jung und hatte wahrscheinlich noch nie so viel Macht besessen, und bei einem Deutschen ist ein solches Verhalten vermutlich dann ganz normal. Aber es war eine äußerst lächerliche Situation. Ich versuchte, die Sache von dieser Seite zu sehen und mich darüber zu amüsieren, aber es war mir nicht nach Lachen zumute. Während er wegging und mit seinen Vorgesetzten telefonierte, um sich Anweisungen erteilen zu lassen, stellte er einen Soldaten neben mich, der mich bewachen sollte, und natürlich drängten sich die Leute, die auf dem Bahnsteig warteten, um mich zu begaffen. Man kam überein, daß ich zweifelsohne eine Spionin sei, und sicher und eindeutig eine von den schweinischen Engländern, sagten sie. Da wünschte ich mir, kein Deutsch zu verstehen. Ich stand da und bemühte mich nach Kräften, dies alles sehr ulkig zu finden, aber ich war zu müde dazu, und ich hatte kein Frühstück im Bauch, und sie waren wirklich dermaßen grob. Dann versuchte ich mir einzureden, daß alles nur ein dummer Traum und ich in Wirklichkeit schon in Glion sei und in der nächsten Minute in einem kühlen Schlafzimmer aufwachen würde, wo das Licht durch grüne Läden fiele, und der See da sei und die schneebedeckten Berge gegenüber, und Du, mein liebstes Mütterlein, würdest mich zum Frühstück rufen. Aber es war zu heiß und für einen Traum zu klar und entsetzlich folgerichtig. Und mein Kleid wurde immer nässer vor lauter Hitze und klebte an mir.

Ich möchte zu Dir. Das ist jetzt mein einziger Gedanke. Bis heute nacht gibt es hier keinen Zug mehr, und dann nur einen bis nach Stuttgart. Ich nehme an, dieser Brief kommt viel früher bei Dir an als ich, weil ich vielleicht in Stuttgart festgehalten werde.

Ein anderer Offizier, ranghöher als der erste, ließ mich gehen. Er war anständiger. Er kam und fragte mich und sagte, da er nicht beweisen könne, daß ich keine Amerikanerin sei, ginge er lieber das Risiko ein, mir zu glauben, als einer Dame, die einer befreundeten Nation angehöre, Ungelegenheiten zu bereiten, oder so ähnlich. Ich weiß nicht, was er genau sagte, denn inzwischen war ich ganz wirr im Kopf wegen der herunterknallenden Sonne. Aber er ließ mich gehen. Und ich ging dann in dieses Restaurant hier, um mir etwas zum Trinken zu besorgen. Er kam mir nach, um, wie er sagte, dafür zu sorgen, daß ich nicht weiter belästigt werde, also schien es mir angezeigt, ihm zu erzählen, daß ich demnächst einen seiner Offizierskollegen heiraten werde. Als ich ihm Bernds Namen und Regiment nannte, war er wie umgewandelt und richtig zuvorkommend und sorgte wirklich dafür, daß ich nicht mehr belästigt wurde. Der liebe Bernd! Schon sein bloßer Name rettet mich.

Ich lege mich nun zum Schlafen auf die Bank im Warteraum, nachdem ich enorm viel eiskalte Milch getrunken habe. Mein Geigenkasten dient mir als Kopfkissen. Die arme Geige! Sie kommt mir jetzt so nutzlos, so überflüssig vor!

Es ist so schön, flach zu liegen und nichts tun zu müssen. Der Kellner sagt, es gebe hier einen Ort, wo ich mich waschen könne, und ich gehe wohl besser und wasche mich, nachdem ich dies hier in den Briefkasten geworfen habe, aber ich habe im Grunde keine rechte Lust dazu. Ich mag eigentlich gar nichts tun, nur immerzu die Augen schließen und warten, bis ich bei Dir bin. Aber ich denke, ich gehe raus in die Sonne und wärme mich wieder auf, denn hier drinnen ist es kalt. Liebe Mutter, ich bin jetzt viel näher bei Dir als seit Wochen. Willst Du Dir nicht eine Landkarte besorgen, damit du sehen kannst, wo Würzburg liegt?

Deine Chris

Nachbemerkung

Christine ist der einzige Roman Elizabeth von Arnims, der unter einem Pseudonym – Alice Cholmondeley – erschien. Die Gründe, weshalb sie sich dabei ausgerechnet des sehr ungewöhnlichen Nachnamens einer Schriftstellerkollegin, der durch den sozialkritischen Roman *Red Pottage* (1899) bekannt gewordenen Mary Cholmondeley (1859–1925), bediente, liegen im dunkeln.

Warum sie das Buch nicht unter ihrem Künstlernamen veröffentlichen ließ und ihre Autorschaft selbst engsten Freunden verbarg, ist eine andere Frage, die sich durchaus beantworten läßt.

Wie fast in all ihren Romanen verarbeitete Elizabeth auch in *Christine* eigene Erlebnisse und Begebenheiten aus ihrem persönlichen Umfeld. Schreiben war für sie ein Akt der Daseinsbewältigung, eine Strategie, mit unliebsamen Erinnerungen fertig zu werden: So ›bewältigte‹ sie z. B. eheliche Frustrationen in *The Pastor's Wife* (1914; dt. *Verlobung in Luzern*), die selbstquälerische Beziehung zu Francis Russell in *Vera* (1921) oder ihre ebenfalls unglücklich endende Liaison mit dem zwanzig Jahre jüngeren Stuart Frere-Reeves in *Liebe* (1925). Alle diese literarischen ›Abrechnungen‹ mit noch lebenden Personen veröffentlichte sie ganz unbekümmert und für jeden Eingeweihten erkennbar unter ihrem Künstlernamen. Anders verhält es sich mit *Christine,* denn diesem Roman liegt eine Begebenheit zugrunde, die für eine Mutter, selbst eine nicht besonders hingebungsvolle, nie zu bewältigen ist: der Tod eines Kindes.

Die eigenwillige, musikalisch hochbegabte Felicitas

(1899–1916), in der Familie ›Martin‹ genannt, war das Lieblingskind des Vaters gewesen und auch von ihren Großeltern mütterlicherseits besonders verhätschelt worden. Nach dem Tode Hennings von Arnim (1910) und der Übersiedlung ihrer Mutter nach England wurde sie ins Internat gegeben, was für ein Mädchen aus ihren Kreisen durchaus üblich und angesichts der beruflichen und privaten Neuorientierung Elizabeths unumgänglich war.

Im Juni 1914 geriet Felicitas in den Verdacht, einer Mitschülerin Geld entwendet zu haben. Zusammen mit ihrem zweiten Mann Francis Russell fuhr Elizabeth sofort nach Lausanne, um ihrer – wie sich später herausstellte, zu Unrecht verdächtigten – Tochter ins Gewissen zu reden, die daraufhin einen Nervenzusammenbruch erlitt und in ein Sanatorium eingewiesen werden mußte. Von dem, was dann geschah, berichtete ›Teppi‹, die langjährige Erzieherin der Familie von Arnim, später in ihren ›Erinnerungen‹: »Ich hatte das schwere Amt zu übernehmen, Felicitas nach Hause zu holen. Sie beteuerte ihre Unschuld, fand aber bei der Mutter kein Gehör. Es begann für das bedauernswerte Kind eine Zeit des Martyriums im *Chalet*. Felicitas wurde in ein Zimmer verbannt, zu dem nur eine Dienerin Zutritt erhielt, um es zu reinigen und um ihr Speisen hineinzutragen. Sonst war das Zimmer verschlossen, und die Mutter hoffte, Felicitas durch die vollständige Isolierung zum Geständnis zu bringen. Als dies nach achttägiger Einsperrung nicht erfolgte, wurde ich beauftragt, die angebliche Sünderin nach Deutschland in ein Pensionat zu bringen. Ich wählte die Pension, in der ich als Lehrerin gearbeitet hatte, und fuhr mit ihr nach Marburg. Die Mutter nahm keinen Abschied von dem Kinde, was um so tragischer war, als sich Mutter und Kind in diesem Leben nicht wiedersehen sollten …«[1]

Nachdem sich ihr Zorn gelegt hatte, und, wie sie meinte, Gras über die Affäre gewachsen war, schrieb Elizabeth ihrer Tochter mehrere Briefe, die diese jedoch nicht beantwortete. Das Zerwürfnis blieb bestehen, wurde aber überlagert von anderen Ängsten, die nach dem Attentat auf den österreichischen Thronfolger samt Gemahlin auch Elizabeth in ihrer Walliser Idylle erfaßten; die Ereignisse überstürzten sich: Es war Krieg. Am 28. August verließ sie ihr Chalet Soleil und fuhr über Paris nach England (vgl. *In the Mountains,* 1920, dt. *Das Chalet in den Bergen*). Unter dem 1. September steht in ihrem Tagebuch: »England! Wunderbarer Tag. Unbeschreiblich glücklich …«[2] Felicitas scheint vergessen.

Während Henning, der Jüngste, in England ein Internat besuchte und die mittleren Töchter Liebet und Evi sich in Londoner Hospitälern glücklos (wegen ihres deutschen Akzents) als Krankenschwestern versuchten, ehe sie 1916 in die USA auswanderten (was Elizabeth zu ihrem Roman *Christopher and Columbus,* 1919, dt. *In ein fernes Land,* inspirierte), blieben Beatrix und Felicitas, jede an einem anderen Ort, in Deutschland zurück. Die Unterhalts- und Ausbildungskosten der beiden mußten vom Guthaben der Familie bei der Deutschen Bank bestritten werden, auf das Elizabeth nur so lange Zugriff hatte, wie sie die Fiktion, in der Schweiz zu leben, aufrechterhalten konnte, weshalb sie

---

1 M. L. Backe: Erinnerungen an die Autorin. Unveröffentlichte Abschrift aus dem Familienarchiv Sibylla Ritchie, zit. in: Kirsten Jüngling/Brigitte Roßbeck, Elizabeth von Arnim. Eine Biographie. (=it 1840) Frankfurt a. M. 1996, S. 226f.

2 Elizabeths Tagebuch, zit. in: a. a. O., S. 230

sich in ihren über eine Schweizer Adresse geleiteten Briefen an Beatrix der deutschen Sprache bediente. Mehrfach ist in ihnen auch von Felicitas die Rede und zwar in einer Weise, die zeigt, daß Elizabeth ihr noch immer grollte. Als das Geld knapp wurde und die Gebühren für die Berliner Schule, in die sie nach Kriegsausbruch gewechselt war, nicht mehr bezahlt werden konnten, ermahnte Elizabeth ihre älteste Tochter: »Lasse keine Verwandteneinmischung stattfinden« und verfügte über Felicitas' weiteres Schicksal streng: »wenn es nicht geht laß sie als lernende Schwester in Speyer unterbringen. *Sie soll nicht zu Verwandten.* Entweder soll sie weiter bleiben wo sie ist, oder sie soll arbeiten.[3] Teppi, die gute Seele, vermittelte das Mädchen schließlich als Helferin in ein Bremer Kinderheim. Dort soll sie in feuchten Kleidern bei offenem Fenster Geige gespielt haben. Die Folge war eine doppelseitige Lungenentzündung, der sie in den Morgenstunden des 2. Juni erlag. Teppi hatte sie noch kurz zuvor im Krankenhaus besucht, von den Ärzten aber nicht erfahren, wie schlimm es um das Mädchen stand.[4] Am 4. Juni erhielt Elizabeth das Telegramm mit der Todesnachricht und kurz darauf einen Anruf von Teppi. »Niemand weiß besser als Sie«, so ihre Worte an Teppi, »wie zerschmettert ich sein muß über alles was vorgegangen ist, über die Gedanken an das letzte Mal da ich Felicitas sah, wegfahrend von mir für immer und immer, ohne Kuß, ohne Liebe nach den traurigen Scenen der letzten Tage im *Chalet* – Wenn ich sie nur einmal wieder in meinen Armen gehabt hätte! Um ihr zu sagen wie tief

[3] A. a. O., S. 235.
[4] Vgl. Karen Usborne, Elizabeth von Arnim. Eine Biographie. Frankfurt a. M. 1994, S. 315.

ich sie je geliebt habe, und gerade weil ich sie so tief liebte litt ich so sehr damals unter dem was sie getan hatte … Teppi, wie soll man das nun aushalten?«[5]

Kurz darauf wurde das Tagebuch der Verstorbenen gefunden, aus dessen Einträgen hervorgeht, wie sehr das arme Mädchen unter dem fälschlich erhobenen Schuldvorwurf gelitten hatte. Möglicherweise war dieses Tagebuch der Auslöser für den vorliegenden Roman, in den, wie es scheint, auch Passagen von Briefen eingingen, die Beatrix ihrer Mutter im August 1914 aus der im Kriegstaumel schwelgenden deutschen Hauptstadt geschrieben hatte. Wann Elizabeth mit der Arbeit an *Christine* begann, wissen wir nicht, doch da der Roman bereits im Mai 1917 erschien, kann nicht viel Zeit zwischen dem Tod der Tochter und dem ersten Entwurf verstrichen sein. Daß sie ein Pseudonym wählte, mag angesichts der geschilderten Ereignisse nicht erstaunen. Doch wenn man die vielen, teilweise allzu überschwenglich anmutenden Liebesbeteuerungen Christines liest, gewinnt man den Eindruck, daß die Autorin mit der Fiktion, Briefe ihrer verstorbenen, über alles geliebten Tochter herauszugeben, ihre Identität nicht nur verschleiern, sondern gewissermaßen in eine andere Rolle schlüpfen wollte, die Rolle der liebenden, verständnisvollen, opferbereiten Mutter, die sie selbst aufgrund ihrer Lebensumstände, ihrer Wesensart und Interessen nie hätte sein können. Christine, die hochbegabte, vielversprechende junge Geigerin wird nicht müde, dieses Bild einer Idealmutter und eines innigen Mutter-Tochter-Verhältnisses zu beschwören (bisweilen zum Überdruß des Lesers). Indem Elizabeth als Autorin diese ideale Mutter-Tochter-Bezie-

[5] Zit. in: Jüngling/Roßbeck, Elizabeth, S. 244.

hung imaginierte, leistete sie auf ihre ganz persönliche Weise ein Stück Trauerarbeit als Mutter, die all diese Epitheta nicht verdiente.

Vor dem Hintergrund der Tragödie, die sich im Hause Arnim-Russell zwischen 1914 und 1916 abspielte und die vielleicht das düsterste Kapitel in Elizabeths an Höhen und Tiefen reichem Leben darstellt, mag all das makaber erscheinen. Freilich förderte der Leidensdruck, unter dem *Christine* zweifellos entstanden ist, auch eine von Elizabeths Stärken zu Tage: ihren Sarkasmus und ihr satirisches Talent, dem sie bereits 1909 in *The Caravaners* (dt. *Die Reisegesellschaft)* freien Lauf gelassen hatte. Mit beißender Ironie karikierte sie in diesem Roman, der wegen seines antideutschen Tenors vor dem Krieg selbst englische Rezensenten bedenklich stimmte, jene bornierte, großsprecherische und chauvinistische Adelsschicht, die in *Christine* ihr Ziel erreicht zu haben scheint: die Entfesselung eines Krieges im Namen von Vaterland, Kaiser und Gott. Die Protagonistin des vorliegenden Romans wird ein Opfer dieses Krieges. Und in einem gewissen Sinn erlitt Felicitas von Arnim-Schlagenthin das gleiche Schicksal. Das aus so nichtigem Anlaß entstandene Zerwürfnis zwischen Elizabeth und ihrer jüngsten Tochter, das sich unter normalen Umständen gewiß leicht hätte beilegen lassen, geriet im Strudel der Kriegswirren außer Kontrolle und mußte tragisch enden.

Angelika Beck